HEYNE BÜCHER

SCIENCE FICTION

Herausgegeben
von Wolfgang Jeschke

Ein Verzeichnis weiterer Bände dieser Serie finden Sie am Schluß des Bandes.

J. M. DILLARD

BOTSCHAFTER

STAR TREK
DEEP SPACE NINE

Roman

Deutsche Erstausgabe

WILHELM HEYNE VERLAG
MÜNCHEN

HEYNE SCIENCE FICTION & FANTASY
Band 06/5115

Titel der amerikanischen Originalausgabe
EMISSARY
Deutsche Übersetzung von Andreas Brandhorst

4. Auflage

Redaktion: Rainer Michael Rahn

Printed in Germany 1996
Umschlagbild: Pocketbook/Simon & Schuster
Umschlaggestaltung: Atelier Ingrid Schütz, München
Technische Betreuung: Manfred Spinola
Satz: Schaber Satz- und Datentechnik, Wels
Druck und Bindung: Ebner Ulm

ISBN 3-453-07280-4

Für Dave Stern.
Mit herzlichem Dank.

KAPITEL 1

Die erste Begegnung mit Jean-Luc Picard brachte eine krasse Veränderung in Ben Siskos Leben.

Sternzeit 44002.3: Vierzig Raumschiffe der Föderation erhielten den Befehl, Kurs auf Wolf 359 zu nehmen und dort ein Borg-Schiff abzufangen, das in Richtung Erde flog. Die *Saratoga* erreichte das Einsatzgebiet vor dem Rest der Flotte.

Lieutenant Commander Benjamin Sisko erfüllte an Bord der *Saratoga* die Pflichten des Ersten Offiziers, und es erging ihm wie allen anderen Besatzungsmitgliedern: Er hatte noch nie einen Borg gesehen und wußte kaum etwas von jenem Volk. Starfleet Command schien es für sehr gefährlich zu halten. Die Borg standen in dem Ruf, noch erbarmungsloser zu sein als die Romulaner. Wenn sie angriffen, ließen sie praktisch nie Überlebende zurück. Trotzdem: Sisko fürchtete sich nicht. Er vertraute sich selbst, dem Captain, der *Saratoga* und Starfleet.

Doch er war nicht auf die unglaubliche *Größe* des Gegners vorbereitet.

Das breite Projektionsfeld im Kontrollraum der *Saratoga* zeigte einen riesigen Borg-Raumer, der bewegungslos vor dem Hintergrund der Sterne hing — im Vergleich zu ihm war das Föderationsschiff ein Zwerg. Es fiel Sisko zunächst schwer, das Gebilde als Raumschiff zu erkennen: Er sah einen Würfel aus Metall, an dessen Seiten sich zahllose Leitungen, Verbindungsstutzen und andere Dinge erstreckten. Nirgends gab es eine große glatte Fläche. Nichts deutete darauf hin, daß die

Konstrukteure so etwas wie Eleganz beabsichtigt hatten. Das Etwas erweckte vielmehr den Eindruck, als verdanke es seine Existenz dem instinktiven Bemühen, einzelne Komponenten zusammenzufügen. *Wie ein Nest,* dachte Sisko.

Oder wie ein Bienenstock. Insekten, die einen gigantischen, stählernen Bienenstock bauten ...

Als das Borg-Schiff auf dem Wandschirm erschien, beugte sich Captain Storil in seinem Sessel vor, und dünne Falten formten sich über gewölbten Brauen.

Sisko nahm diese Reaktion mit einem gewissen Erstaunen zur Kenntnis. Ein anderer Captain hätte vielleicht nach Luft geschnappt oder leise geflucht, um Verblüffung zum Ausdruck zu bringen, doch bei Storil genügte eine gerunzelte Stirn. Er war Vulkanier und somit daran gewöhnt, alles Emotionale zu verdrängen, in jedem Fall Logik und Vernunft den Vorrang zu geben. Wie die meisten Angehörigen seines Volkes verfügte er über eine bemerkenswert hohe Intelligenz und kontrollierte die eigenen Gefühle so gut, daß er kühl und berechnend erschien, wenn man menschliche Maßstäbe anlegte. Sisko hatte zunächst befürchtet, daß der Vulkanier bei seinen Entscheidungen die Moral der überwiegend aus Menschen bestehenden Crew unberücksichtigt ließ. Doch bald wurde ihm klar: Die Logik spielte eine große Rolle für Storil, aber noch wichtiger war für ihn die Mannschaft seines Schiffes.

»Fähnrich Delaney.« Storil neigte den Kopf ein wenig zur Seite. »Versuchen Sie, eine Kom-Verbindung herzu ...«

Im Projektionsfeld flackerte es kurz, und ein Gesicht ersetzte die Darstellung des Borg-Schiffes. *Ein menschliches Gesicht,* dachte Sisko in der ersten Millisekunde. Doch als sich die Züge formten, ahnte er, daß irgend etwas nicht mit rechten Dingen zuging.

»Picard«, hauchte Storil neben ihm.

Siskos Blick kehrte zum Wandschirm zurück. Jean-

Luc Picard — und er stand auf der Brücke des großen Borg-Schiffes. Aus einem der routinemäßigen Flottenberichte wußte Sisko, daß Picard vor einigen Jahren den Befehl über die *Enterprise* bekommen hatte; er galt als einer der besten Raumschiff-Kommandanten Starfleets, die *Enterprise* als eines der besten Schiffe. In den Hologrammen hatte Sisko einen würdevollen, selbstsicheren Mann gesehen, der auch Wärme ausstrahlte. Ja, dies war zweifellos der berühmte Captain der *Enterprise.*

Und gleichzeitig handelte es sich um ein fremdes Wesen, um eine gräßliche Mischung aus Metall und Fleisch. Eine komplex anmutende mechanische Prothese erweiterte den einen Arm, und aus der Schläfe ragte ein spezieller Sensor für die visuelle Wahrnehmung. Nicht der geringste Ausdruck zeigte sich in dem blassen, leeren Gesicht. Würde und Wärme waren verschwunden. Weiter hinten standen reglose Borg in individuellen, wabenartigen Nischen. Erneut dachte Sisko an Insekten und stellte sie sich als geistlose Angehörige eines Kollektivs vor, das Metall absonderte und Picard in einen Kokon aus Technik hüllte.

Wenn noch etwas vom früheren Jean-Luc Picard übriggeblieben war, so ließ sich das Mensch-Maschine-Wesen nichts davon anmerken. Der Schläfensensor glühte rot, summte leise und neigte sich nach vorn. Er betrachtete das sich ihm darbietende Bild mit einer Intelligenz, die so leer, unendlich und kalt war wie das All.

Wenn die Borg eine derartige Metamorphose für die Crew der *Saratoga* planten … Sisko wäre lieber gestorben.

»Ich bin Locutus«, sagte das Wesen. Die Stimme gehörte Picard, aber sie klang leblos und monoton. »Ihr werdet integriert. Widerstand ist zwecklos.«

Ärger erfaßte Sisko, als er die Arroganz in diesen Worten hörte. Er begegnete Storils Blick. Das Gesicht des Captains blieb ruhig und gefaßt, aber die Brauen schoben sich andeutungsweise nach oben. Sisko kannte den Vulkanier gut genug, um so etwas wie Trotz zu erkennen.

Wir sollen integriert werden? fragten die Augen des Ersten Offiziers stumm. *Von wegen!*

In Storils Miene gab es etwas, das diese Einstellung bestätigte.

»Desaktiviert eure Waffensysteme und begleitet uns anschließend zum Sektor null null eins«, fuhr Locutus fort. »Eine Weigerung hat nur eure Elimination zur Folge.«

Null null eins — die Erde. Der bolianische taktische Offizier Hranok strich mit hellblauen Händen über die Konsole, schob das Kinn vor und zischte empört.

Sisko wandte sich den Anzeigen seiner Instrumente zu und sah eine graphische Darstellung von drei Raumschiffen, die sich der *Saratoga* hinzugesellten. Jetzt waren vier Davids bereit, es mit Goliath aufzunehmen. »Sir, Admiral Hanson hat uns die *Gage, Kyushu* und *Melbourne* geschickt.«

Captain Storils Aufmerksamkeit galt auch weiterhin dem Wandschirm. »Bringen Sie uns in Position Alpha, Fähnrich.«

»Aye, Sir«, erwiderte Fähnrich Tamamota. Es fiel ihr schwer, den Blick von Locutus im Projektionsfeld abzuwenden. Tamamota war jung und noch recht unerfahren, aber ihre Hände zitterten nicht, als sie die Kontrollen bediente. Vielleicht lag es an der Ruhe, die Storil ausstrahlte.

»Torpedokatapulte vorbereiten«, sagte der Vulkanier. Im gleichen Tonfall hätte er eine routinemäßige taktische Überprüfung anordnen können. Dennoch hörte Sisko gewichtigen Ernst: Storil verabscheute es, die Waffen einzusetzen; sie stellten für ihn das letzte Mittel dar, den letzten Ausweg. »Akkumulatoren der Phaserkanonen mit Energie beschicken.«

Der in einen Borg verwandelte Picard verschwand abrupt vom Wandschirm — offenbar verstand er die Bedeutung von Storils Reaktion. Das Bild wechselte, zeigte wieder den würfelförmigen Raumer.

Der muskulöse Hranok beugte sich zu seiner Konsole vor. »Das Borg-Schiff richtet einen Traktorstrahl auf die *Melbourne.*«

»Ausgangspunkt des Traktorstrahls anpeilen, Lieutenant«, sagte Storil ruhig. »Eröffnen Sie das Feuer, sobald Sie soweit sind.«

Sisko beobachtete, wie Phaserstrahlen und Photonentorpedos durch schwarze Leere rasten. An dem Würfel schien die destruktive Energie kurz heller zu gleißen, bevor ihr Leuchten verblaßte.

Gleichzeitig nahm der Borg-Raumer die *Melbourne* unter Beschuß.

Jetzt geht es uns allen an den Kragen, fuhr es Sisko durch den Sinn.

Zwei oder drei Sekunden lang erbebte die *Melbourne* vor dem Hintergrund des schwarzen Kosmos, war dabei von einer gespenstischen Korona umgeben. Sisko kniff die Augen zusammen, als es im Projektionsfeld blendend hell loderte. Er zwang sich, auch weiterhin zuzusehen, zu beobachten, wie die *Melbourne* auseinanderplatzte. Mehrere Explosionen schufen Dutzende von großen Lecks und schleuderten Trümmer davon. Er stellte sich vor, was nun im Kontrollzentrum jenes Schiffes geschah, auf einer Brücke, die sich kaum von der der *Saratoga* unterschied. Er dachte an sterbende Besatzungsmitglieder...

Sisko war stolz auf seine Fähigkeit, bei Notfällen nicht die Beherrschung zu verlieren. Während des ersten Ausbildungsjahrs an der Starfleet-Akademie hatte er bei einer entsprechenden Übung jämmerlich versagt, weil ihn die Nerven im Stich ließen. Jenen unliebsamen Zwischenfall nahm er zum Anlaß, psychisch und emotional zu exerzieren. Das Ergebnis jener Bemühungen erfüllte ihn mit Zufriedenheit: Selbst jetzt, in dieser praktisch aussichtslosen Situation, verharrte er in Gelassenheit; die Gefühle wichen fort, bis er ebenso kühl wurde wie der Captain. Ein Teil von ihm gab sich dem Entsetzen hin und schrie immer wieder, daß ihnen allen der Tod bevorstand, daß er seinen Posten verlassen sollte, um die letzten Sekunden bei Frau und Sohn zu verbringen. Doch der stärkere, rationale Aspekt seines Selbst wußte: Er konnte Jennifer und Jake nur helfen, indem er jetzt seine Pflichten so gut wie möglich erfüllte.

Die Zeit dehnte sich. So deutlich wie nie zuvor spürte Sisko den eigenen Atem, das Pochen des Herzens in seiner Brust. Er sah den Kommandanten an und wartete, dachte überhaupt nicht, als das Borg-Schiff den Kurs änderte und auf die *Saratoga* zuhielt.

Der Boden hob und senkte sich. Sisko taumelte und wahrte das Gleichgewicht, als Lieutenant Hranok rief: »Die Borg richten den Traktorstrahl auf uns!«

»Ausweichmanöver«, sagte Storil und hielt sich an den Armlehnen des Sessels fest. »Delta-Muster.«

Tamamotas Finger huschten über die Schaltflächen der Navigationskonsole. »Delta-Muster initialisiert.« Sie starrte auf die Anzeigen hinab, und Sisko sah, wie sie erblaßte. »Wir rühren uns nicht von der Stelle.«

Die am Operatorpult sitzende Delaney bestätigte. »Der Traktorstrahl hat uns erfaßt.«

Sisko blickte zum Wandschirm. Zuvor hatte die *Saratoga* versucht, der *Melbourne* zu helfen, und jetzt zeigten die *Gage* und *Kyushu* das gleiche Gebaren: Sie eröffneten das Feuer auf den Borg-Raumer.

Trotzdem haben wir nicht die geringste Chance, dachte der Erste Offizier mit eisiger Gewißheit. Unmittelbar darauf unterdrückte er diesen Gedanken, konzentrierte sich allein auf das Hier und Jetzt.

»Unsere Schilde verlieren energetisches Potential«, meldete Delaney. »Kapazität sinkt auf vierundsechzig Prozent ... zweiundvierzig ...«

»Strukturnutation verändern«, sagte Storil. Er sprach so ruhig, als bliebe ihnen jede Menge Zeit.

Hranok führte die Anweisung hastig aus. »Die Modulationen sind wirkungslos.«

»Wir verlieren die Schilde!« entfuhr es Delaney, und diesmal vibrierte Panik in ihren Worten. »Wir ...«

Dunkelheit. Kurz darauf krachte es fast ohrenbetäubend laut, und Flammen züngelten durch den Kontrollraum. Irgend etwas schleuderte Sisko zu Boden. Die *Saratoga* kippte jäh zur Seite, und als sie sich wieder aufrichtete, schnappte der Erste Offizier nach Luft. Rauch drang ihm in die Lungen, und er hustete, schnitt eine Grimasse und stemmte sich hoch. Qualm wogte, brannte in den Augen. Er wischte sich vermeintlichen Schweiß von der Stirn und erschrak nicht, als er dunkelrote Flüssigkeit am Ärmel sah.

Dies war kaum der geeignete Zeitpunkt, um sich Furcht hinzugeben. Es kam jetzt nur darauf an zu *handeln.*

Finsternis kroch über die Brücke und wich nur dort ein wenig zurück, wo Funken aus beschädigten Konsolen stoben. Sisko lauschte, ob die ruhige Stimme des Captains zu vernehmen war. Vulkanier waren weitaus kräftiger und widerstandsfähiger als Menschen; bestimmt erholte sich Storil als erster — wenn er überlebt hatte.

Stille.

»Schadensbericht«, brachte Sisko heiser hervor und hustete erneut.

Keine Antwort. Die Notbeleuchtung flackerte mehrmals, und dann ging ein gleichmäßiger matter Schein von ihr aus.

»Schadensbericht!« wiederholte Sisko scharf — als könnte er allein mit Willenskraft dafür sorgen, daß es noch andere Überlebende gab. Er stand auf und schwankte mehrmals.

Im Halbdunkel bewegte sich etwas. Ein verwundeter

und blutender Hranok zog sich an seiner Konsole hoch, während Sisko von Offizier zu Offizier eilte, nach Handgelenken griff und vergeblich versuchte, den Puls zu ertasten. Zuerst Garcia, dann Delaney. Tot. Tot. Ebenso Tamamota.

Nicht fühlen, nur handeln. Nimm die Fakten einfach nur zur Kenntnis; denk nicht über sie nach.

Captain Storil ... Blicklose Augen starrten ruhig und unbewegt ins Nichts.

Nicht fühlen, nur handeln.

Sisko zog die Hand vom Vulkanier fort, erhob sich langsam und sah zu Lieutenant Hranok, der sich am Pult abstützte. Er schien starke Schmerzen zu haben, doch seine Wunden blieben in der Düsternis verborgen.

»Direkter Treffer«, krächzte Hranok. »Decks eins bis vier.«

Decks eins bis vier. Jennifer und Jake. *Nicht denken. Nicht fühlen. Nur handeln.*

Sisko klopfte auf seinen Insignienkommunikator. »Maschinenraum, Status.«

Stille. Sisko und Hranok wechselten einen ernsten Blick.

»Achtung«, ertönte die Sprachprozessorstimme des Computers. »Beschädigung des Materie-Antimaterie-Wandlers. Strahlungsabschirmung versagt in vier Minuten.«

Nicht denken ...

Erneut berührte er den Insignienkommunikator. »An alle: Verlassen Sie das Schiff.« Sisko trat zum Lift und drehte sich um, als er merkte, daß Hranok an der Konsole verweilte und weiterhin versuchte, den Kontrollen eine Reaktion abzuringen. »Wir müssen die Zivilisten ...«

(Jennifer und Jake)

Nicht denken, nicht fühlen ...

»... zu den Rettungskapseln bringen, Lieutenant«,

sagte er fest, ohne sich der Erkenntnis zu stellen, daß er Storils ruhige Stimme nachahmte.

Nicht denken ...

Nur handeln.

Hranok nickte und folgte ihm.

Das Schott des Turbolifts glitt beiseite und gab den Blick frei auf eine surrealistische Version der Hölle. Dichte Qualmwolken zogen langsam dahin, und eine Kakophonie der Verzweiflung erklang: weinende Kinder, die Schreie von Verletzten, dumpfes Stöhnen und Schluchzen.

Nicht denken. Nicht fühlen ...

Im trüben Glühen der Notbeleuchtung taumelten schemenhafte Gestalten aus dem Halbdunkel, zeichneten sich als dunkle Silhouetten vor dem roten Widerschein von Flammen ab. Sisko roch verbranntes Fleisch und spürte, wie ihm Hitze entgegenwogte. Zusammen mit Hranok trat er aus der Transportkapsel — und wankte nach links. Die Stabilisatoren funktionierten nicht mehr richtig, und dadurch war das Deck zur Seite geneigt.

Es grenzte an ein Wunder, daß die Lebenserhaltungssysteme noch immer ihre Aufgabe erfüllten. Sisko zählte die Sekunden und versuchte sich einzureden, daß ihm genug Zeit blieb, um das Quartier zu erreichen und dort feststellen, ob Jennifer ...

Nicht denken. Nicht fühlen ...

Heiße Glut sprang aus einem Seitenkorridor, brannte über Siskos Schulter und versengte die Uniform. Er griff nach Hranoks Arm, und gemeinsam schoben sie sich am Feuer vorbei. Kurz darauf erreichten sie eine Gruppe von Zivilisten, die verschiedene Dinge mit sich schleppten. Eine Frau — das Haar war halb verbrannt, und große Blasen zeigten sich im Gesicht — blieb stehen, um ein zu Boden gefallenes Holo-Bild aufzuheben. Tränen der Panik quollen ihr in die Augen, als weitere

Gegenstände unter ihren zitternden Armen hervorrutschten.

»Lassen Sie alles stehen und liegen!« rief Sisko, um das Prasseln und Donnern der hungrigen Flammen zu übertönen. In seiner Stimme erklang eine solche Autorität, daß die Frau sofort aufstand, dem Holo-Bild und allen anderen Gegenständen keine Beachtung mehr schenkte. »Suchen Sie *sofort* den Ihnen zugewiesenen Evakuierungsbereich auf.«

Die Frau ignorierte ihre Sachen und eilte weiter. Die anderen Zivilisten folgten ihrem Beispiel.

Sisko und Hranok setzten den Weg fort. Dutzende von Passagieren kamen ihnen entgegen, und der Erste Offizier hielt nach zwei ganz bestimmten Gesichtern Ausschau. Verzweiflung keimte in ihm, als er sie nirgends sah, und er kämpfte gegen dieses Gefühl an.

Die nicht von Emotionen belastete Computerstimme wies erneut auf die Gefahr hin. »Achtung: Beschädigung des Materie-Antimaterie-Wandlers. Strahlungsabschirmung versagt in drei Minuten.«

Drei Minuten. Genug Zeit. Sie *mußte* genügen. Nicht mehr weit bis zum Quartier ...

Weiter vorn stolperte jemand durch den Rauch. Jähe Hoffnung entstand in Sisko — und wich gleich darauf Enttäuschung. Jenes Gesicht war zwar vertraut, aber er hatte sich ein anderes erhofft. »Doran!«

Jennifers beste Freundin. Dorans Familie wohnte direkt nebenan.

Sisko stützte die Taumelnde, und sie sank erschöpft in seine Arme.

Unterdessen schien Hranok seine Wunden vergessen zu haben. Mühelos hob er Doran hoch. »Ich kümmere mich um sie. Gehen Sie nur.«

Sisko warf ihm einen dankbaren Blick zu und zögerte gerade lange genug, um Doran zu fragen: »Hast du Jennifer gesehen?«

Die Frau wandte ihm ein rußiges Gesicht zu, sah ihn

aus kummervollen Augen an und öffnete den Mund, um zu antworten. Doch sie brachte keine verständlichen Worte hervor, nur ein leises, wimmerndes Schluchzen.

Sisko fühlte stechenden Schmerz mitten in der Brust. Ruckartig drehte er sich um und lief los, achtete nicht mehr auf die Personen, die ihm unterwegs begegneten. Er sah weder Flammen noch irgend etwas anderes, bis er sein Quartier erreichte.

Die Tür stand halb offen, und dichter schwarzer Rauch quoll in den Korridor. Sisko trat sofort ein und spürte gar nicht, wie der Rauch auf Lungen, Hals und Augen wirkte.

Eine Explosion hatte den Boden aufgerissen und es den Flammen erlaubt, sich vom unteren Deck bis hierher durchzufressen. Die Zerstörung betraf nicht nur das Zimmer, sondern auch viele persönliche Dinge mit hohem Erinnerungswert.

Doch das spielte keine Rolle. Sisko kletterte über halb verbrannte Trümmer hinweg und rief: »Jennifer!«

Stille.

»Computer«, sagte der Erste Offizier. »Lokalisiere Jennifer Sisko.«

Nichts. Er schob schwelende Möbelstücke und geborstene Metallteile beiseite, sah nach rechts und links.

Ein Teil der Wand hatte sich nach innen gewölbt und war dann geplatzt. Daneben, am Rand eines qualmenden Schutthaufens, entdeckte Sisko eine Hand.

Er machte sich sofort an die Arbeit, mit einer an Wahnsinn grenzenden Mischung aus Kraft und Entschlossenheit. Die Metallkanten waren nicht nur scharf, sondern auch heiß. Tiefe Schnittwunden bildeten sich in seinen Händen, doch er merkte kaum etwas davon.

Nicht denken. Nicht fühlen. Nur handeln ...

Innerhalb weniger Sekunden legte er Jennifers zur Seite geneigten Oberkörper frei, und daneben fand er den kleinen Jake — sie hatte das Kind mit ihrem eigenen Körper von der Explosion und den Flammen abgeschirmt. Sisko sah kein Blut, doch angesichts der Dunkelheit und des Rauchs ließen sich keine Einzelheiten erkennen. Den Umstand, daß Jennifer völlig still lag und nicht atmete, eliminierte er aus seiner bewußten Wahrnehmung.

Kein Blut. Das bedeutet, es ist alles in Ordnung mit ihr. Sie hat nur das Bewußtsein verloren. Gleich erwacht sie wieder ...

»Keine Sorge, jetzt habt ihr's überstanden«, teilte Sisko seiner Familie mit. Er sprach selbstsicher und zuversichtlich — Captain Storils Stimme —, in dem gleichen Tonfall, mit dem er zuvor die Zivilisten im Korridor beruhigt hatte. Nicht einmal einen Sekundenbruchteil lang erwog er die Möglichkeit, daß ihn Mutter und Sohn gar nicht hörten. »Ich bringe euch fort von hier, in Sicherheit.«

Er zog und zerrte. Heißes, scharfes Metall schnitt ihm in die Hände, doch so sehr er sich auch bemühte: Er konnte Jennifer nicht aus dem Trümmerhaufen befreien. Die untere Hälfte ihres reglosen Körpers ruhte auch weiterhin unter einer schweren Last. Er versuchte es wieder, und noch einmal.

Gerate nicht in Panik. Halte alle Gefühle von dir fern.

Verzweifelt probierte er es von der anderen Seite her und fand eine Möglichkeit, Jake zwischen den Trümmern hervorzuziehen. Der Junge war ohne Bewußtsein, hatte viele Schnitt- und Brandwunden erlitten, aber er atmete. Ohne einen Medo-Scanner konnte Sisko in bezug auf die inneren Verletzungen seines Sohns nur spekulieren. Als er sich in seinen Armen bewegte, durchströmte den Vater eine so tiefe Erleichterung, daß ihm fast Tränen über die Wangen rollten.

Nicht fühlen ...

»Alles klar, Jake«, sagte er mit der gleichen munteren Fröhlichkeit, die er mehrmals als Werkzeug verwendet hatte, um den Knaben nach einem Alptraum zu beruhigen. »Jetzt holen wir nur noch deine Mutter, und dann verlassen wir diesen Ort.«

Aber Jennifer blieb unter den Trümmern eingezwängt. Sisko versuchte einmal mehr, schwere Brocken aus Metall und Kunststoff beiseite zu räumen, als Hranoks Silhouette in der Tür erschien.

»Commander …« Dieses eine Wort kam einer flehentlichen Bitte gleich.

Sisko sah ihn kurz an. »Helfen Sie mir.«

Hranok betrat die Kabine, in der noch immer dichte Rauchschwaden wogten, holte seinen Tricorder hervor und sondierte Jennifer. Sisko beachtete ihn nicht mehr, zog mit noch größerer Entschlossenheit an den Trümmern. Der Bolianer steckte den Tricorder wieder ein.

»Sir …« Hranok sprach nun ungewöhnlich sanft. »Wir müssen zu den Rettungs …«

Der taktische Offizier unterbrach sich abrupt, und daraufhin drehte Sisko den Kopf, folgte Hranoks Blick zu den eigenen Händen: Sie waren blutig und verbrannt.

Sisko starrte auf sie hinab, ohne zu verstehen. Seine Hände spielten keine Rolle — nur noch Jennifer war wichtig. Hranoks Zögern ließ jähen Zorn in ihm entstehen.

»Meine Frau ist eingeklemmt. Helfen Sie mir.«

Hranok bückte sich, griff mit starken Armen nach Jake und verharrte unsicher neben dem Commander. »Sir …«

Wut brodelte in Sisko, und er griff erneut nach einem scharfkantigen Metallteil, zuckte nicht einmal zusammen, als es sich ihm heiß in die Hand bohrte. »Das ist ein Befehl!« rief er und sah kurz zurück: Hranok hielt Jake in den Armen und musterte ihn wortlos.

Einige Sekunden lang sahen sie sich stumm an, und dann sagte der Bolianer schlicht: »Sie ist tot. Wir können ihr nicht mehr helfen.«

Sisko blinzelte und verstand nicht. Er wollte nicht

verstehen, klammerte sich auch weiterhin an Hoffnung fest. »Was ist mit den Transportern?«

»Ausgefallen, Sir.« Hranok stapfte mit Jake zur Tür. »Wir müssen uns beeilen.«

»Achtung«, erklang wieder die künstliche Stimme des Computers. »Beschädigung des Materie-Antimaterie-Wandlers. Strahlungsabschirmung versagt in zwei Minuten.«

Sisko schüttelte den Kopf, kniete neben Jennifer und tastete mit blutigen Fingern nach ihrer schlaffen, leblosen Hand. Er konnte sie nicht allein lassen, sah keine andere Möglichkeit, als seine Frau in den Tod zu begleiten — das war weitaus besser als ein Leben ohne sie. »Gehen Sie nur, Lieutenant. Und nehmen Sie den Jungen mit.«

Geheuchelte Vernunft erklang in seiner Stimme, und jemand anders hätte sich vielleicht davon täuschen lassen. Aber als ein Sicherheitswächter vor dem Zugang des Quartiers erschien, reichte ihm Hranok den Knaben und zog Sisko auf die Beine.

»*Wir* gehen, Sir, und zwar *jetzt sofort.*«

Mit einer Ruhe, die an Wahnsinn grenzte ...

(*Nicht fühlen, nicht fühlen ...*)

... erwiderte Sisko: »Nein. Ich kann nicht ohne sie fort.«

Hranok spannte die Muskeln, und es blieb Sisko gar nichts anderes übrig, als sich der bolianischen Kraft zu beugen. Er wurde zur Tür gezerrt und sah dabei zurück. Sein Blick klebte an der reglosen Jennifer fest, und nach wie vor trennten ihn innere Barrieren von einem Chaos aus Empfindungen. Er begriff überhaupt nicht, was um ihn herum geschah.

»Verdammt«, sagte er monoton und wie benommen. »Wir müssen ihr helfen ...«

Hranok schob Sisko durch die Tür. Der Erste Offizier hob seine verletzten Hände — Hände, die ihn und Jennifer im Stich gelassen hatten — und betrachtete sie.

Später erinnerte er sich nicht daran, durch brennende Korridore gelaufen zu sein. Er erinnerte sich nicht daran, daß er zusammen mit zwölf anderen Personen in einer kleinen Rettungskapsel Platz genommen hatte. Nur zwei Dinge blieben ihm im Gedächtnis: der Anblick des bewußtlosen Jake in den Armen des Sicherheitsoffiziers, und das Panorama der sterbenden *Saratoga*, als die Überlebenskapseln durchs All glitten.

Sisko trat ans Backbordfenster heran und beobachtete, wie das Wrack allmählich hinter dem Schwarm aus Rettungseinheiten schrumpfte. Der an vielen Stellen geplatzte und aufgerissene Rumpf glühte im Widerschein der noch immer stattfindenden Schlacht. Hier und dort flackerte es im Weltraum — wie das Wetterleuchten am sommerlichen Nachthimmel. Die *Kyushu* existierte nicht mehr, und nun stand der *Gage* die Vernichtung bevor. Auf diese Weise würde es weitergehen, bis kein einziges Starfleet-Schiff übrigblieb.

Für Sisko war das alles bedeutungslos — ›irrelevant‹, um einen Ausdruck Picards zu benutzen. Die Borg hatten recht: Widerstand war *tatsächlich* zwecklos, wurde mit Zerstörung und Tod bestraft.

Die Irrelevanz bezog sich auch und gerade auf Gefühle. Sisko streifte alles Emotionale ab. In seiner Vorstellung lag er tot neben Jennifer. Die Imagination zeigte ihm zwei verbrennende Leichen …

Er beobachtete, wie die Reste der *Saratoga* explodierten, sich in eine kleine Sonne verwandelten, deren jähes Licht ihn blendete.

KAPITEL 2

Drei Jahre nach dem Zwischenfall von Wolf 359 stand Commander Benjamin Sisko in weichem Gras und beobachtete seinen zwölfjährigen Sohn. Jake saß im Schatten einer großen alten Eiche und angelte: Er hatte sich die Hose bis zu den Knien hochgekrempelt und ließ die Füße ins Wasser baumeln — eine bukolisch anmutende Szene, die Sisko zu einem Schmunzeln veranlaßte. Seit einer Weile fand Jake großen Gefallen an Twain und jenen Geschichten, die das einfache Leben eines Jungen am Mississippi betrafen. »Hallo, Huckleberry.«

Jake drehte den Kopf, als er die Stimme seines Vaters hörte, und seine Lippen verzogen sich zu einem widerstrebenden Lächeln. Sonnenschein filterte durch die Zweige über ihm und strich über dunkles, lockiges Haar. Durch das Lächeln wirkte der Junge so sehr wie Jennifer, daß Sisko leise und schmerzerfüllt nach Luft schnappte, bevor er sich seinem Sohn näherte und neben ihm Platz nahm. Mit jedem Tag wurde der Junge seiner Mutter ähnlicher — diesen Anschein hatte es zumindest für Sisko. Die Erinnerungen an seine Frau hatten trotz der verstrichenen Zeit nicht an Deutlichkeit verloren. In jeder Nacht brachten ihn Träume zum Grauen der *Saratoga* zurück, und tagsüber erinnerte ihn Jake an jene kleinen Dinge, die er unter anderen Umständen vielleicht vergessen hätte: Jennifers zurückhaltendes, schiefes Lächeln; Jennifers Gesten; Jennifers sanftes Wesen, ihre Unfähigkeit, sich länger als eine Minute über irgend etwas zu ärgern.

Sisko entdeckte nun Ärger in den Zügen des Jungen. Und wie damals seiner Mutter fiel es auch ihm schwer, darüber hinwegzutäuschen.

»Was gefangen?« fragte der Vater.

Jake zuckte mit den Schulter und wandte seine Aufmerksamkeit wieder dem fast unbewegten blauen Wasser zu. Der rot und weiß markierte Schwimmer regte sich kaum. »Nur ein paar kleine. Hab sie wieder hineingeworfen. Was hältst du davon, wenn wir baden?«

»Dafür fehlt uns leider die Zeit. Wir müssen die letzten Vorbereitungen treffen.«

Ein Schatten fiel auf die Miene des Jungen, und Sisko fühlte sich plötzlich schuldig.

»Es wird bestimmt nicht schlimm, Jake. Bajor soll eine wundervolle Welt sein.« *Besser gesagt: Bajor soll eine wundervolle Welt* gewesen *sein,* verbesserte sich Sisko in Gedanken. *Bevor sich die Cardassianer zurückzogen und Verheerungen hinterließen.*

Jake starrte ins Wasser und betrachtete dort das Spiegelbild eines barfüßigen Jungen, der verdrießlich die Stirn runzelte. »Warum können wir dann nicht auf dem Planeten wohnen? Warum müssen wir uns mit einer alten Raumstation begnügen?«

In gewisser Weise verstand Sisko die Einstellung seines Sohns. Seit Jennifers Tod brachte Jake das All mit Gefahren in Verbindung und träumte von einem ruhigen, sicheren Leben auf der Erde, der Heimatwelt seiner Mutter. Während der vergangenen drei Jahre hatte Sisko immer wieder vergeblich versucht, zur Erde versetzt zu werden, und er war dabei bis zum Mars gekommen: In den Werften von Utopia Planitia half er beim Bau von neuen Starfleet-Schiffen, die einen Ausgleich für die bei Wolf 359 erlittenen schweren Verluste schaffen sollten. Schon nach kurzer Zeit gewöhnte sich Jake an das Leben auf dem Mars. Doch nur wenige Familien blieben längere Zeit in Planitia. Der dortige Dienst galt als langweilig, als eine kurze Etappe auf dem Weg zu lohnenderen Karrierezielen. Für Jake ergaben sich folgende Konsequenzen daraus: Er schloß Freundschaft mit Altersgenossen — und erfuhr mehrfachen Trennungsschmerz, wenn die Eltern der anderen Kinder nach einigen Monaten versetzt wurden. Als so etwas zum dritten Mal geschah, versuchte Jake nicht mehr, sich mit Gleichaltrigen anzufreunden — zu sehr fürchtete er weitere Enttäuschungen. Die Einsamkeit des Jungen erfüllte den Vater mit Kummer.

Als Sisko vom Transfer zur Raumstation erfuhr, protestierte er — ohne Erfolg. Starfleet vertrat offenbar die Ansicht, daß seine Laufbahn bei Utopia Planitia in eine Sackgasse führte, und deshalb bot man ihm eine Herausforderung namens Deep Space Nine.

Sisko legte keinen Wert auf derartige Herausforderungen. Er scherte sich nicht mehr um seine berufliche Zukunft. Selbst der Beförderung zum Commander begegnete er mit Gleichgültigkeit. Vor Jennifers Tod war er ausgesprochen ehrgeizig gewesen — allein die Familie hatte noch mehr Bedeutung für ihn. Jetzt kam Jake an erster Stelle. Sisko erwog ernsthaft die Möglichkeit, Starfleet zu verlassen, um sich ganz dem Jungen widmen zu können. Er hatte sich bereits danach erkundigt, welche Arbeit es für den *Zivilisten* Benjamin Sisko auf der Erde gab, doch bisher lagen keine konkreten Angebote vor. Ein Umstand, auf den ein Teil von ihm mit Erleichterung reagierte.

»Starfleet hat es so beschlossen«, beantwortete er die Frage des Jungen.

»Du hast versprochen, daß wir auf einem Planeten bleiben.« Jakes Stimme klang jetzt fast quengelig und anklagend.

Sisko atmete tief durch und versuchte, sich nicht in die Defensive drängen zu lassen. »Die Raumstation befindet sich in der Umlaufbahn von Bajor. In ihr ist es fast so wie auf der Oberfläche eines Planeten.«

»Gibt es dort Kinder?«

»Und ob«, entgegnete Sisko sofort und hoffte, daß es der Wahrheit entsprach. »Jede Menge.«

Die Stimme einer Frau drang aus dem Lautsprecher des kleinen Insignienkommunikators am Uniformpulli des Commanders. »Brücke an Sisko.«

Jakes Vater straffte die Gestalt und aktivierte das Kom-Gerät. »Ja, Captain?«

»Wir nähern uns Deep Space Nine, Commander. In sieben Minuten legen wir an.«

»Bestätigung.« Sisko unterbrach die Verbindung und legte den Arm um die steifen Schultern seines Sohns. »Komm, Huckleberry. Den Teich nehmen wir einfach mit.«

Jake lächelte nicht, stand einfach nur auf und holte die Angelschnur ein.

»Computer, Ende des Programms«, sagte Sisko und erhob sich ebenfalls. Gras, Wasser und Bäume wichen dem gelben Gittermuster des Holo-Decks. Jake trug die Angel auf seiner Schulter, als sie den großen Raum verließen, und er blieb verdrießlich, mied den Blick seines Vaters. Doch im Korridor ... Er verharrte an einem breiten Fenster, starrte neugierig ins All und vergaß den Ärger. »Ist sie das?«

Sisko sah ebenfalls hinaus. Die Raumstation hing vor dem Hintergrund sternenbesetzter Schwärze, über dem Planeten Bajor. Einige Raumschiffe hatten die Dockmodule angesteuert und dort mit Grav-Ankern festgemacht, unter ihnen auch die *Enterprise*. Er nickte langsam, als er das sonderbare Konstruktionsmuster von Deep Space Nine betrachtete: Die Cardassianer mochten meisterhafte Architekten sein, aber in diesem Fall wirkte ihr von Kurven und stumpfen Winkeln geprägter Stil düster und unheilvoll.

Hinzu kam ein anderer seltsamer Aspekt der Raumstation: Die Metallstruktur hatte etwas Organisches. Zum Beispiel der externe, fürs Andocken bestimmte Ring ... Lange, gewölbte ›Dorne‹ gingen davon aus, wie die Rippen eines runden Rückgrats. Aus irgendeinem Grund weckte dieser Anblick unangenehme Assoziationen in Sisko: Er dachte plötzlich an die Borg und Locutus, sah vor dem inneren Auge sein Quartier an Bord der *Saratoga,* beobachtete sich dabei, wie er versuchte, Jennifer unter den Trümmern hervorzuziehen ...

Von einem Sekundenbruchteil zum anderen wich die Erinnerungsszene einem anderen Bild: Eine unbekannte Frau in mittleren Jahren streckte ihm ihre langen Finger entgegen, um sein Gesicht zu berühren ...

Und Licht. Nicht das blendende Gleißen bei der Explosion des Schiffes, sondern ein strahlender, herrlicher Glanz, der auch dann erkennbar blieb, wenn man die Augen schloß.

Willkommen ...

Und die Augen der Frau ... Dunkel und unergründlich tief, voller Weisheit und Frieden, Wissen und ... Schmerz. Ja, Pein schimmerte dort, ein Leid, das Sisko nur zu gut kannte. Das Gesicht metamorphierte, wurde jünger, zeigte ihm Jennifers Züge.

Atme, sagte Jennifer.

Ein vergessener Traum aus der vergangenen Nacht. Sisko versuchte, sich noch mehr Einzelheiten ins Gedächtnis zurückzurufen, aber die Erinnerungen blieben auf das Gesicht der Frau beschränkt, auf den Glanz und ein seltsames, intensives Gefühl: Es verkündete ihm etwas Geheimnisvolles und stellte ihm gleichzeitig Heimkehr in Aussicht.

Willkommen ...

Das Traumbild verblaßte allmählich, löste sich im Grau des Vergessens auf. Das Entsetzen der *Saratoga* verflüchtigte sich, und das Empfinden väterlicher Schuld ließ nach, wurde für den Hauch eines Augenblicks von unerklärlicher Hoffnung ersetzt.

Jake sah seinen Vater fragend an, und auf Jennifer-Art runzelte er andeutungsweise die Stirn.

Sisko verdrängte die visionären Eindrücke und klopfte dem Jungen auf die Schulter. »Komm, Jake. Gehen wir.«

Die Tür glitt langsam und mit einem deutlich vernehmbaren Knirschen auf. Sisko und sein Sohn betraten die Schleuse und atmeten schale, zu warme Luft. In der Nähe lag ein uniformierter Starfleet-Fähnrich auf dem Rücken, unmittelbar neben einer geöffneten Konsole. Er wandte den beiden Neuankömmlingen ein rötliches, schweißfeuchtes Gesicht zu, vergewisserte sich, daß Sisko und Jake nicht mehr im Zugang standen.

»Tut mir leid, Commander«, entschuldigte er sich mit der Andeutung eines irischen Akzents. Er hatte ein breites, offenes und freundliches Gesicht. Blonde Lokken reichten ihm weit in die Stirn. Sisko mochte ihn auf Anhieb, was er von der Umgebung nicht behaupten konnte. Ein Blick auf die primitiven Hebel und andere mechanische Komponenten im Innern der Konsole teilte ihm mit, daß hier keine moderne Starfleet-Technik zur Verfügung stand.

»Wir hätten uns hierhergebeamt, wenn uns bekannt gewesen wäre, daß es Probleme gibt«, erwiderte Sisko.

Der Fähnrich verzog das Gesicht und zerrte an dem Hebel. Die Tür glitt langsam zu. »Leichter gesagt als getan, Sir. Wir haben hier einige Schwierigkeiten mit nukleonischen Emissionen: Sie müssen genau angepeilt und eliminiert werden, bevor die Transporter wieder in Betrieb genommen werden können. Wenn Sie meine Meinung hören wollen, Sir: Die Cardis haben uns einen verdammten Schrotthaufen hinterlassen.«

Sisko brummte zustimmend und sah sich um. Zwischen der Föderation und den Cardassianern gab es nun keine direkten Feindseligkeiten mehr, und Jakes Vater neigte nicht zu Vorurteilen irgendeiner Art. Aber er stand einem Volk skeptisch gegenüber, das Verrat, Rachsucht und Rassismus zu Idealen erhob, es für sein Recht hielt, die spirituell orientierten Bajora zu versklaven. Sisko spürte, daß er Rassisten gegenüber rassistisch zu werden begann, aber wenigstens diese eine Intoleranz erlaubte er sich.

Die Tür schloß sich mit einem letzten Knirschen. Der Fähnrich zog die Arme aus der Konsole und stand auf. »Miles O'Brien, Leiter Ihrer technischen Abteilung.«

Er lächelte und streckte die Hand aus — um sie wieder zurückzuziehen, als er die Schmutzflecken an ihr bemerkte.

Sisko schmunzelte. »Ben Sisko.« Aus den Augenwinkeln sah er Jakes Lächeln — es war praktisch unmöglich, diesen Mann unsympathisch zu finden. »Mein Sohn Jake.«

»Hallo«, sagte der Junge.

O'Brien sah ihn an und grinste kurz, wandte sich dann wieder an Sisko. »Darf ich Ihnen Ihr Quartier zeigen, Sir?«

Der Commander nickte und hoffte, daß sich die Unterkunft in einem besseren Zustand befand als die Luftschleuse. Jake und er folgten O'Brien durch einen heißen Korridor, und schon nach kurzer Zeit begann Sisko zu schwitzen. »Bilde ich es mir nur ein, oder ist es hier wirklich ziemlich warm?«

O'Brien warf einen bedauernden Blick über die Schulter. »Die Ambientenkontrollen sind auf zweiunddreißig Grad Celsius eingestellt und können derzeit nicht rejustiert werden. Wir arbeiten daran.«

Diese Auskunft beruhigte Sisko nicht sonderlich, und offenbar erging es seinem Sohn ähnlich. Jake starrte mißmutig durch den nur matt erhellten Korridor. »Gibt es hier Kinder?«

»Kinder?« wiederholte O'Brien überrascht. Er musterte Sisko und schien die Gewissensbisse des Vaters zu erahnen. »Nun ... einige. Zum Beispiel meine zweijährige Tochter ...« Er bemerkte Jakes Enttäuschung und fügte hastig hinzu: »Ein wenig zu jung für dich, wie mir scheint. Nun, ich habe einen Ferengi-Jungen gesehen, der in deinem Alter sein dürfte. Vielleicht hat er die Station nicht zusammen mit den anderen verlassen.«

»Ein Ferengi ...« Interesse erwachte in Jake.

Eine Tür öffnete sich, und O'Brien führte seine beiden Begleiter über die Schwelle. Sisko trat ein — und verharrte.

»Die Promenade«, sagte O'Brien. »Beziehungsweise das, was von ihr übrig ist. Während ihrer Herrschaft verkauften die Cardis kommerzielle Konzessionen an Meistbietende. Es ging ihnen um Unterhaltung für die Bergbaugruppen.«

Sisko drehte den Kopf von einer Seite zur anderen, um weitere Details des beeindruckenden Panoramas zu erkennen. Allem Anschein nach war dieser Ort eine Mischung aus Freihafen und Flohmarkt gewesen. Überall gab es Kioske, Restaurants, Bars mit abgetrennten Bereichen — vermutlich bestanden sie aus Holo-Kammern, die sexuellen Zwecken dienten —, Geschäfte und Spielkasinos. Sisko bemerkte sogar einen bajoranischen Tempel. Die Kombination aus dem einfachen, mystischen Design der Bajora und dem ätherischen, verzierten cardassianischen Stil erzeugte eine besondere Exotik. Als die Cardassianer Herren von Deep Space Nine gewesen waren, hatte sich dieser Ort zweifellos durch rege Aktivität ausgezeichnet. Doch jetzt wirkte er verlassen und wie von Vandalen verwüstet. Manche Gebäudefronten schienen Explosionen zum Opfer gefallen zu sein; hier und dort zeigten sich von Phaser-Entladungen stammende Brandspuren. Sisko ging an den Trümmern vorbei und spürte, wie sich etwas in ihm verhärtete. Jake hielt sich an seiner Seite und gab keinen Ton von sich.

Der Commander hatte von den Verheerungen auf dem Planeten gehört. Nach hundert Jahren extensiven Bergbaus erschöpften sich Bajors natürliche Ressourcen, und die cardassianischen Eroberer wurden es satt, ständig gegen bajoranische Rebellen zu kämpfen. Sie gaben den Planeten auf, doch vorher vergifteten sie die Brunnen, verbrannten alles und hinterließen eine Wüste, deren Bewohnern keine andere Wahl blieb, als die Föderation um Hilfe zu bitten.

Doch damit nicht genug. Offenbar hatten die Cardassianer auch ihre eigene Raumstation vernichten wollen, aus reiner Gehässigkeit — um zu verhindern, daß sie den Bajoranern in die Hände fiel.

O'Brien schnitt eine grimmige Miene. *Wahrscheinlich mag er die Aggressoren ebensowenig wie ich,* dachte Sisko. »Die Cardassianer beschlossen ganz offensichtlich, noch ein wenig Spaß zu haben, bevor sie von hier verschwanden«, sagte der Fähnrich, als sie den Weg fortsetzten und an weiteren Trümmern vorbeikamen. Eine Bajoranerin, die in den Resten eines Ladens hockte, sah kurz auf. »Vier Bajoraner kamen ums Leben, als sie versuchten, ihre Geschäfte vor der Zerstörung zu bewahren.«

Sie erreichten ein Bar-Kasino, und dort packten drei Ferengi diverse Gegenstände ein.

»Warum hat man hier noch keine Ordnung geschaffen?« fragte Sisko. Er dachte daran, daß Jake allein in einem großen Schutthaufen spielen mußte, und bei dieser Vorstellung entstand jäher Ärger auf Starfleet in ihm. Wenn man ihn zuvor auf den Zustand von Deep Space Nine hingewiesen hätte, wäre er nicht bereit gewesen, die Versetzung zu akzeptieren und seinen Sohn hierher mitzubringen ...

»Derzeit wird das ganze zur Verfügung stehende Personal eingesetzt, um die primären Systeme zu reparieren, Sir.« O'Brien trat über die gesplitterten Reste einer bajoranischen Statue hinweg. »Die Cardassianer haben alle wichtigen Komponenten zumindest beschädigt. So steht uns zum Beispiel keine defensive Kapazität zur Verfügung. Der bajoranische Attaché Major Kira und ich kamen überein ...«

Sisko unterbrach ihn. »Verstehe. Aber was ist mit den Zivilisten, denen diese Läden gehörten?«

»Viele von ihnen verloren alles. Einige wenige versuchen, noch einmal von vorn zu beginnen, doch die meisten packen ihre Sachen, um die Station zu verlassen.«

Eine Zeitlang wanderten sie schweigend, und mit jedem Schritt bedauerte Sisko mehr, Jake ausgerechnet zu einem solchen Ort gebracht zu haben. Der Junge sah sich immer wieder aus großen Augen um, und seine Lippen bildeten einen dünnen Strich.

Weiter vorn erhob sich ein bajoranischer Tempel. Das Gebäude hatte eine schlichte Eleganz, wenn man es mit den cardassianischen Bauwerken in der Nähe verglich. Als sie sich ihm näherten, fiel dem Commander eine Bewegung im dunklen Zugang auf: Ein älterer bajoranischer Mönch stand dort, gekleidet in den traditionellen Umhang. Unter den weißen Brauen glänzten durchdringend blickende Augen.

»Willkommen, Commander.«

Sisko zögerte ...

(*Willkommen*)

... und erinnerte sich an den Traum während der letzten Nacht, an die Frau mit den wissenden Augen. Erst jetzt wurde ihm klar, daß er eine Bajoranerin gesehen hatte.

(*Atme,* sagte Jennifer.)

Sisko fühlte sich von Unbehagen erfaßt. Er wollte O'Brien fragen, woher die Einheimischen von ihm wußten, ob sie vielleicht eine Holo-Aufnahme von ihm gesehen hatten. Aber er schaffte es einfach nicht, den Blick von den allwissenden bajoranischen Augen abzuwenden. Außerdem: Seine Zunge schien gelähmt zu sein.

Ein glückseliges Lächeln umspielte die Lippen des Mönchs. »Bitte treten Sie ein. Die Propheten warten auf Sie.«

(*Atme,* sagte Jennifer noch einmal.)

Ein jähes Erinnerungsbild formte sich vor Siskos innerem Auge: die dunkle Brücke der *Saratoga,* Rauch, die noch immer erstaunlich warme Hand des toten vulkanischen Captains ... Er entsann sich an seine vergeblichen Versuche, die eingezwängte Jennifer unter dem Trümmerhaufen hervorzuziehen. Einmal mehr vibrierte schreckliche Verzweiflung in ihm ...

Er schüttelte die Reminiszenzen ab, blinzelte und zwang seine Zunge wieder unter die Kontrolle des Gehirns. »Vielleicht ein anderes Mal.«

Der Bajoraner antwortete nicht und beobachtete stumm, wie die drei Personen weitergingen. Die Entfernung betrug knapp zwei Meter, als Sisko ein wissendes Flüstern hörte: »Ein anderes Mal.«

Nicht nur Sisko war bestürzt gewesen, als er die verheerte Promenade zum erstenmal sah. Während der vergangenen Tage hatte Miles O'Brien sie mehrmals beobachtet und versucht, sich an diesen Anblick zu gewöhnen. Vielleicht gelang es ihm nie. Wenn er geglaubt hatte, den Zorn auf die Cardassianer überwunden zu haben, so sah er sich nun eines Besseren belehrt: Die Promenade weckte ganz deutliche Erinnerungen an Setlik.

Als er den Commander und seinen Sohn zu ihrem Quartier führte, wußte O'Brien genau, was Sisko dachte. Bestimmt hielt er es jetzt für einen Fehler, die Versetzung akzeptiert und seinen Sohn hierhergebracht zu haben. Er wußte es deshalb so genau, weil ihm die gleichen Gedanken durch den Kopf gegangen waren. Er hatte seine Entscheidung bedauert, die *Enterprise* zu verlassen, doch Optimismus bildete einen integralen Bestandteil seines Wesens, und damit gelang es ihm, die Reue abzustreifen und zur gewohnten Zuversicht zurückzufinden. Außerdem: Die Beförderung zum Fähnrich bot ihm ganz neue Möglichkeiten. Auch aus diesem Grund war O'Brien entschlossen, seine Pflicht möglichst gut zu erfüllen. *Und zwar ohne Griesgrämigkeit,* dachte O'Brien. *Das bin ich Keiko und Molly schuldig.* Falls notwendig wollte er die ganze verdammte Raumstation mit seinen eigenen Händen umbauen und in etwas verwandeln, auf das man stolz sein konnte.

Er brachte dem Commander und seinem Sohn Mitgefühl entgegen: Es war schon schwer genug, sich in einer völlig neuen Umgebung — noch dazu von *dieser* Art — zurechtzufinden, aber als Witwer hierherzukommen ... O'Brien stellte sich vor, wie es sein mochte, hier mit Molly allein zu sein, nach Keikos Tod. Rasch verdrängte er diese Gedanken — sie erwiesen sich als zu schmerzhaft. Er beobachtete, wie Vater und Sohn ihr neues Quartier betraten. Es handelte sich um eine typisch cardassianische Unterkunft: Das Bett in der Mitte des Zimmers war nicht nur riesig, sondern auch mit Verzierungen geradezu überladen; die ›Farben‹ beschränkten sich auf Grau und Schwarz, schufen eine düstere Atmosphäre, wie fast überall in der Raumstation.

Die Verdrießlichkeit in den Zügen des Jungen war unübersehbar, und auch Sisko schien die Hoffnung zu verlieren. O'Brien begann zu ahnen, daß der Commander schon vor der Tour durch die Promenade nicht gerade mit Begeisterung auf seinen neuen Einsatzort reagiert hatte.

Der Fähnrich rang sich ein Lächeln ab und sagte betont fröhlich: »Als meine Frau Keiko zum erstenmal unser Quartier sah, kündigte sie an, ihre Mutter in Kumomoto zu besuchen ... Die Cardassianer halten nicht viel von hellen Farben. Vielleicht bekommen wir von Starfleet die Genehmigung, die Unterkünfte neu zu gestalten.«

Sisko schwieg auch weiterhin, ging zum Bett und starrte darauf hinab. Jake begab sich ins Nebenzimmer

O'Brien nutzte die Abwesenheit des Knaben, um rasch an die Seite des Commanders zu treten. »Sir ...«, hauchte er. »An Ihrer Stelle würde ich dem Jungen verbieten, die Raumstation zu durchstreifen. Wir haben hier noch immer einige Sicherheitsprobleme ...«

»Dad!« klang eine empörte Stimme aus dem Nebenzimmer. O'Brien und Sisko sahen auf.

Jake erschien in der Tür, und tiefe Unmutsfalten durchzogen seine Stirn. »Da drin gibt es gar kein Bett. Es liegen nur einige *Kissen* auf dem Boden!«

»Wir besorgen dir eine Koje aus der *Enterprise*«, warf O'Brien hastig ein und wandte sich an den Commander. »Das hätte ich fast vergessen: Captain Picard erwartet Sie so bald wie möglich.«

Sisko blickte einige Sekunden lang ins Leere, und für einen Sekundenbruchteil schien sich sein Gesichtsausdruck zu verdüstern. Nur ein Zufall, glaubte O'Brien. Bestimmt lag es am allgemeinen Zustand der Raumstation.

Der Commander ging mit keinem Wort auf den Hinweis des Fähnrichs ein. »Was ist mit den Leitern der Sektionen Wissenschaft und Medizin?«

»Sie treffen morgen ein«, antwortete O'Brien.

Sisko sah den enttäuschten Jungen an. »Ich möchte, daß du hierbleibst, bis ich zurückkehre.«

»Wo befindet sich der Lebensmittelsynthetisierer?« fragte Jake.

O'Brien unterdrückte ein Grinsen. Jake schien zwölf oder dreizehn zu sein; Keiko hatte einmal gesagt, daß Kinder in jenem Alter damit begannen, einem die Haare vom Kopf zu fressen. »Sie sind noch nicht angeschlossen«, entgegnete er. Jakes Gesicht zeigte neuerlichen Kummer, und der Fähnrich fügte rasch hinzu: »Aber es mangelt nicht an Notrationen. Ich könnte welche bringen lassen.«

»Dad«, jammerte Jake, und sein Tonfall vermittelte eine unmißverständliche Botschaft. Sie lautete: *Ich hasse diesen Ort.*

Siskos Züge zeigten den gleichen erzwungenen Optimismus wie O'Briens Miene. Der Commander sprach sanft, doch gleichzeitig wies sein Tonfall darauf hin, daß er keinen Widerspruch duldete. »Wir müssen einige Unannehmlichkeiten hinnehmen, bis hier alles geregelt ist. In Ordnung?«

»Ja, in Ordnung«, erwiderte Jake auf eine Weise, die keinen Zweifel daran ließ, daß er einen anderen Standpunkt vertrat.

»Gut«, sagte Sisko und lächelte.

O'Brien und der Commander verließen den Turbolift und betraten die technische Zentrale von Deep Space Nine. »Das Herz der Station«, sagte der Fähnrich, und zum erstenmal erklang so etwas wie Stolz in seiner Stimme. Sisko neigte den Kopf nach hinten und sah durch die mehrere Etagen hohe Kammer. Bajoraner und Starfleet-Angehörige arbeiteten hier.

Weit oben gab es mehrere mandelförmige Panoramafenster. Durch einige von ihnen konnte man den Planeten Bajor beobachten, durch andere die Andockmodule oder ferne Sterne — O'Brien verglich sie mit cardassianischen Augen, die ins All starrten. Der große Raum präsentierte die gleichen düsteren Farben wie die übrigen Bereiche der Station. Zwar herrschte hier eine ziemliche Unordnung — halb demontierte Konsolen, zwischen ihnen Verbindungskabel; Lücken dort, wo die Cardassianer vor ihrer Flucht Geräteblöcke entfernt hatten —, aber O'Brien sah ein gewisses Potential.

»In der technischen Zentrale von Deep Space Nine sind nicht nur Computer und Lebenserhaltungssysteme untergebracht, sondern auch taktische Kontrollen, Kommunikation und der Transporter«, erklärte er und wischte sich geistesabwesend Schweiß von der Stirn. »Wie Sie sehen, haben wir hier noch viel zu tun, aber sobald alles repariert und richtig installiert ist ...«

Commander Sisko nickte und ließ einen anerkennenden Blick über die verschiedenen Ebenen schweifen. »Eindrucksvolle Struktur.« Er sprach in einem wohlwollenden Tonfall, aber seine Stimme wies auch auf kühle Distanz hin. O'Brien stellte sich einen Mann vor, der sich nicht an diesem Ort aufhalten wollte und bereits entschieden hatte, die Raumstation so bald wie möglich zu verlassen. Schade — er mochte Benjamin Sisko bereits. Sein Kommando-Stil schien zwangloser zu sein als der Captain Picards, aber O'Brien erkannte einen fähigen Offizier, der mit Treue und Loyalität seiner Untergebenen rechnen durfte.

Der Fähnrich verschränkte die Arme und sah sich ebenfalls um. »Ich würde die Entwicklungsingenieure gern fragen, was sie sich bei der Planung der technischen Zentrale dachten. Bisher habe ich vergeblich nach einem ODN-Zugang Ausschau gehalten.« Er deutete zum Gitter eines Zwischenstocks: Stufen führten zu einem kleinen Balkon vor dem Kommandantenbüro empor. »Das Arbeitszimmer des Präfekten.«

Sisko schüttelte den Kopf. »Damit alle anderen respektvoll aufsehen müssen«, sagte er mit unüberhörbarer Ironie. »Cardassianische Architektur.«

»Ja, Sir.« O'Brien zögerte und suchte nach den richtigen Worten. »Major Kira hat den Raum benutzt.«

Sisko blickte sich noch einmal um. »Das einzige Büro weit und breit?« Der Fähnrich nickte.

Sisko schmunzelte. »Nun, ich schätze, es wird jetzt Zeit, Major Kira kennenzulernen.«

O'Brien zögerte. Er hielt es für wichtig, sich an die Vorschriften zu halten, und bestimmt fand er eine Möglichkeit, mit dem Major zurechtzukommen, aber... Nun, Kiras Einstellungen jeder Autorität gegenüber erfüllten ihn mit Sorge. »Sir ... Haben Sie jemals mit einer Bajoranerin zusammengearbeitet?«

»Nein«, antwortete Sisko unschuldig. »Warum?«

Es zuckte in O'Briens Mundwinkeln, doch er widerstand der Versuchung, die Hintergründe zu erklären. Der Commander würde bald selbst herausfinden, was es mit Kira auf sich hatte. »Oh, ich habe nur so gefragt, Sir ...«

Sisko brachte die knarrende Treppe mit zwei langen Schritten hinter sich. Die Promenade und das alles andere als einladend wirkende Quartier hatten in ihm den Entschluß reifen lassen, sofort eine neuerliche Versetzung zu beantragen — er schauderte bei der Vorstellung, daß Jake allein in jener düsteren Unterkunft hockte und Trübsal blies. Aber die technische Zentrale erschien vielversprechend, und an O'Briens Kompetenz konnte kein Zweifel bestehen.

Und dann der seltsame Traum von einer weisen Bajoranerin sowie die sonderbare Begegnung mit dem Mönch ...

Willkommen, Commander.

Die religiösen Bajoraner faszinierten Sisko, und er hoffte, bald mehr über sie herauszufinden. In diesem Zusammenhang wunderte er sich über den eigentümlichen Gesichtsausdruck, der O'Briens Hinweise auf Major Kira begleitet hatte — er wußte nicht, was er davon halten sollte.

Oh, ich habe nur so gefragt. Sisko wußte, was diese Worte im Klartext bedeuteten: *Ich habe Sie gewarnt ...*

Er erahnte den Grund für die Warnung, als er das Ende der Treppe erreichte und sich dem Zimmer näherte. Die Stimme einer Frau filterte durch die Wand, laut genug, um selbst im fernsten Winkel der Zentrale gehört zu werden.

»Sie *werfen es weg!*« ereiferte sich die Frau. »Sie *alle!*«

Eine zweite Stimme — die eines Mannes — drang aus einem Kom-Lautsprecher. Sisko spitzte die Ohren und vernahm folgende Mitteilung: »Sie sind eine Närrin.«

»Dann fragen Sie mich beim *nächsten* Mal nicht nach meiner *Meinung!*«

Sisko verzog das Gesicht, als er hörte, wie eine Hand auf einen Kommunikator klatschte. Dann verbannte er alle Anzeichen von Erheiterung aus seinen Zügen und betätigte den Türmelder.

Fast sofort glitt das Schott beiseite. Eine Bajoranerin mit halblangem kastanienbraunen Haar stand im Zugang und beugte sich aggressiv vor.

Zorn funkelte in ihren Augen.

»Ja?« fauchte sie und musterte den Besucher. Als sie die Gestalt straffte, schwang das Haar zurück und offenbarte mehrere silbern glänzende Schmuckstücke am einen Ohr. Was gewiß nicht dem normalen Reglement entsprach. Die Frau bemerkte Siskos mißbilligenden Blick, und daraufhin kam in ihrer Mimik eine stumme Herausforderung zum Ausdruck.

Der Commander beschloß, zunächst auf eine Erwähnung der Ohrringe zu verzichten.

»Ich bin Benjamin Sisko«, sagte er fest.

»Vermutlich wollen Sie das Büro.« Die Bajoranerin trat beiseite, um ihm Platz zu machen. Wie trotzig verschränkte sie die Arme und musterte den Neuankömmling kühl.

Es fiel Sisko nicht leicht, ernst zu bleiben, als er den Raum betrat. »Nun, eigentlich wollte ich Sie zuerst begrüßen und *dann* das Büro übernehmen ... Aber wir können die Sache auch in der umgekehrten Reihenfolge hinter uns bringen, wenn Sie wollen.«

Die Frau vollführte eine einladende Geste und sagte übertrieben freundlich: »Hiermit begrüße ich Sie recht herzlich.«

Erster Ärger rührte sich in Sisko. Er hatte genug Vertrauen in seine Fähigkeiten als Kommandant, um es zu tolerieren, wenn sich Untergebene gewisse Freiheiten nahmen und ausprobierten, wie weit sie gehen konnten. Aber so offene Feindseligkeit ...

Immer mit der Ruhe, dachte er. *Du bleibst nicht hier. Hast du das schon vergessen?*

Er verschränkte ebenfalls die Arme und erwiderte den eisigen Blick, ohne dabei zu blinzeln. »Stört Sie irgend etwas, Major?«

Die Bajoranerin schnitt eine finstere Miene. »Das sollten Sie mich besser nicht fragen, Commander.«

»Und warum nicht?« kam es ruhig von Siskos Lippen.

»Weil ich die schlechte Angewohnheit habe, immer die Wahrheit zu sagen — ob man sie hören will oder nicht.«

Sisko sprach auch weiterhin in einem gelassenen Tonfall. »Vielleicht möchte ich die Wahrheit hören.«

Kira dachte darüber nach. Das zornige Funkeln verschwand kurz aus ihren Augen, kehrte dann zurück. »Ich glaube, die Föderation hat kein Recht, hier präsent zu sein.«

Sisko nickte langsam und erinnerte sich erneut daran, daß sein Aufenthalt in Deep Space Nine nur vorübergehender Natur war. Deshalb spielte dies alles überhaupt keine Rolle. »Die provisorische Regierung ist anderer Ansicht.«

Kira wandte sich ab, ging zum Schreibtisch, lehnte sich an die Kante und warf Sisko einen mißtrauischen Blick zu. »Die provisorische Regierung denkt über viele Dinge anders als ich. Das dürfte der Grund dafür sein, warum man mich zu diesem gottverlassenen Ort geschickt hat.« Sie seufzte und fuhr etwas ruhiger fort: »Commander, ich kämpfe für die Unabhängigkeit von Bajor, seit ich alt genug bin, um mit einem Phaser umzugehen. Endlich ist es uns gelungen, die Cardassianer zu vertreiben. Und was machen unsere Regierungsoberhäupter? Sie holen die Föderation hierher. Was für eine Art von Unabhängigkeit soll das sein?«

Sisko schob das Kinn vor. »Wie können Sie uns mit den Cardassianern vergleichen? Wir sind keine Invasoren, die fremde Welten verheeren und ihre Bewohner unterdrücken. Die Föderation ist hier, um ...«

»Um uns zu helfen«, beendete Kira den Satz. »Oh, natürlich. Ich weiß. Vor sechzig Jahren haben das auch die Cardassianer behauptet.«

»Major ...« Sisko mußte sich zwingen, höflich zu bleiben. »Als man mich hierherversetzte, bat ich darum, daß man mir einen Bajoraner als Ersten Offizier zuweist. Im Gegensatz zu den Cardassianern glaube ich nämlich daran, daß die Bajoraner ein Recht darauf haben, die Geschicke ihres Planeten selbst zu bestimmen. Ich bin nach wie vor davon überzeugt, daß es richtig war, einen solchen Antrag zu stellen. Wie dem auch sei: Sie und ich ...«

Er unterbrach sich, als ein Alarm erklang.

Kira eilte zum nächsten Kommunikator, betätigte dort eine Taste und wandte sich dem Monitor zu, der eine graphische Darstellung der Raumstation zeigte. Rotes Blinken kennzeichnete eine bestimmte Sektion. Die Bajoranerin berührte eine andere Schaltfläche, und die schematische Übersicht wich dem Abbild eines Humanoiden, der ganz offensichtlich nicht von Bajor stammte.

Sisko hielt ihn zunächst für einen Mann in mittleren Jahren, doch mit dem Monitor schien etwas nicht zu stimmen: Die Züge des Humanoiden blieben verschwommen und irgendwie unfertig, wirkten fast zweidimensional.

Kira legte die Hände flach auf den Tisch und beugte sich vor. »Haben Sie etwas in A-Vierzehn registriert, Odo?«

Der Mann schüttelte den Kopf, und Sisko stellte verblüfft fest: Der Monitor funktionierte einwandfrei — Odos Züge waren tatsächlich verschwommen und unscharf.

»Seit zwei Stunden liefern die Sicherheitssensoren keine Daten mehr«, erwiderte der Mann. »Ich mache mich sofort auf den Weg.«

Das Bild im kleinen Projektionsfeld wechselte, zeigte wieder ein graphisches Muster. Kira wandte sich der Tür zu und vergaß ihren Groll; sie dachte jetzt nur noch an die Pflicht. »In letzter Zeit gibt es bei uns viele Einbrüche. Eine Routine-Angelegenheit, Commander. Sie brauchen nicht mitzukommen.«

Sisko ignorierte diesen Hinweis und folgte der Bajoranerin.

KAPITEL 3

In A-Vierzehn spähte Nog um die Ecke und versuchte, die Dunkelheit mit seinen Blicken zu durchdringen. Er sah nichts, was ihn jedoch kaum beruhigte. Nach menschlichen Maßstäben war er ausgesprochen kurzsichtig, doch seine großen Ohren versetzten ihn in die Lage, selbst sehr leise Geräusche zu hören. Bisher blieb es still im Korridor.

Nog war ein junger und derzeit recht nervöser Ferengi. Er schämte sich seiner Nervosität, und auch der Furcht — obgleich bei den Ferengi Mut und Tapferkeit nicht unbedingt als Tugenden galten. Onkel Quark meinte immer, Mut, Ehre und Altruismus seien die schlimmste Art von Dummheit — und die Ferengi hielten Dummheit für verwerflicher als alles andere. Es war durchaus in Ordnung, Angst zu haben. Die Furcht wurde erst dann zu etwas Negativem, wenn man durch sie riskierte, geschnappt zu werden oder gar Profit zu verlieren.

Der junge Nog fürchtete nichts mehr, als erneut auf frischer Tat ertappt zu werden und Onkel Quark durch Dummheit zu enttäuschen. Er fürchtete sich davor, kein richtiger Ferengi zu sein.

Hinter ihm beugte sich Jas-qal zum Safe vor und benutzte einen speziellen Modulator, um den energetischen Sicherheitsschild aufzubrechen. Das Kraftfeld gab mit einem verhaltenen Knistern auf.

Als Nog dieses Geräusch hörte, drehte er sich um und sah, wie Jas-qal seine Pranken in den Safe schob und nach den wertvollen Erzproben griff. Als B'kaazi war Jas-qal doppelt so groß wie Nog, und damit einher ging Schwerfälligkeit. Es spielte keine Rolle, ob man ihn mit menschlichen Augen sah oder aus der Perspektive eines Ferengi: Er blieb häßlich. Nog verabscheute die B'kaazi, aber in diesem Fall durfte er sich davon nichts anmerken lassen. Jas-qal wäre imstande gewesen, den Ferengi-Jungen mühelos zu zerquetschen, und er hatte Nog ein solches Schicksal angekündigt, falls er sich zu irgendwelchen abfälligen Bemerkungen hinreißen ließ.

»Beeil dich«, drängte Nog. Diesen beiden Worten fehlten Zischlaute, aber Nog konnte keine einzige Silbe formulieren, *ohne* daß dabei ein leises Zischen erklang — schuld daran waren die spitz zulaufenden Zähne. Er trat nun unruhig von einem Bein aufs andere und wischte sich die schweißfeuchten Hände ab. Diesmal *mußte* er einen Erfolg erzielen. Er wollte Vater und Onkel beweisen, daß er ein Verbrechen verüben konnte, ohne dabei gefaßt zu werden. Zuerst hatte er darauf bestanden, alles selbst zu erledigen, und ganz deutlich erinnerte er sich an seine Empörung, als man ihn zwang, Jas-qal als Komplizen zu akzeptieren.

Mit quälender Langsamkeit verstaute der B'kaazi die Erzproben im Beutel, wandte sich dann vom Safe ab und trat zur Tür. Als sie zur Promenade eilten, zitterte Triumph in Nog. *Diesmal schaffe ich's!* fuhr es ihm durch den Sinn. *Onkel Quark wird mit mir zufrieden sein, und vielleicht gibt er mir die Möglichkeit, weitere Aufträge dieser Art allein durchzuführen ...*

Jas-qal blieb abrupt stehen, und Nog verharrte neben ihm, blinzelte verwirrt und folgte dem Blick des B'kaazi. Ein Humanoide sprintete über die Promenade und näherte sich ihnen — jener seltsame Odo, der gar kein Humanoide in dem Sinne war, für den ganz neue Bezeichnungen erfunden werden mußten.

»Rührt euch nicht von der Stelle!« erklang eine gebieterische Stimme.

Nog begann zu zittern, als er und Jas-qal sich umdrehten und losliefen. Von den Starfleet-Leuten fürchtete Nog vor allem Odo. Aber wenn er schnell genug lief, gelang es ihm vielleicht ...

Zwei andere Starfleet-Offiziere — eine Bajoranerin und ein Mensch, den Nog jetzt zum erstenmal sah — erschienen vor den beiden fliehenden Verbrechern.

Nog erstarrte, doch Jas-qal schien nicht bereit zu sein, einfach so aufzugeben. Er zog ein Messer hinter dem Gürtel hervor und drehte sich damit zu Odo um. Nog seufzte — er wußte, daß es keine Hoffnung mehr gab. Man konnte versuchen, dem seltsamen Sicherheitsoffizier zu entkommen, aber es hatte keinen Sinn, gegen ihn zu kämpfen.

Der B'kaazi holte aus und warf das Messer.

Es brauchte nur eine Millisekunde, um das Ziel zu erreichen — Zeit genug für Odo, den Oberkörper in Flüssigkeit zu verwandeln, sich weit genug zur Seite zu neigen und anschließend wieder die ursprüngliche Position einzunehmen. Mit einem lauten *Plock* bohrte sich hinter ihm das Messer in die Wand.

Jas-qal erholte sich von der Überraschung und trachtete danach, an Odo vorbeizuspringen, bevor der Gestaltwandler seinem Körper wieder feste Substanz geben konnte, doch er war zu langsam. Odo packte einen Arm und bemühte sich, den B'kaazi festzuhalten. Jas-qal überragte ihn, verfügte über weitaus mehr Masse. Sicher stand eine längere Auseinandersetzung bevor, und Nog beschloß, sie zur Flucht zu nutzen ...

Ein Phaserstrahl zuckte über die Köpfe der beiden Kontrahenten hinweg.

»Das genügt«, sagte der Mensch. Die Mündung des Phasers zeigte auf Jas-qals Brust.

Odo ließ den B'kaazi los und wandte seine flachen, unscharfen Züge dem Menschen zu. »Wer sind Sie?« fragte er scharf.

»Er ist der neue Kommandant dieser Raumstation«, antwortete die Bajoranerin.

Odo schien keineswegs beeindruckt zu sein und musterte den Terraner. »Ich erlaube keine Waffen in der Promenade. Das gilt auch für Phaser.«

Dünne Falten fraßen sich in die Stirn des Menschen, und er setzte zu einer Antwort an, als eine viel zu vertraute Stimme ertönte: »Was ist passiert, Nog?«

Der junge Ferengi fühlte sich versucht, aus reiner Verzweiflung zu blöken.

Quark hatte keine besonders gute Laune, als er sich den Starfleet-Offizieren näherte, die seinen Neffen umringten. Ganz im Gegenteil: Das Feuer des Zorns brannte in ihm. Nach all den erlittenen Verlusten — zuerst durch plündernde Cardassianer, anschließend durch das Fehlen von Kunden — mußte er auch noch erfahren, daß die Föderation beabsichtigte, Bajor zu besetzen. Diese schlechte Nachricht gab den Ausschlag und veranlaßte den Ferengi zu der Entscheidung, die Raumstation zu verlassen.

Quark hatte nichts gegen die Bajoraner. Er hielt sie für seltsame Leute, die ihre Zeit mit mystischem Mumpitz vergeudeten, aber wenigstens gaben sie ihm die Möglichkeit, seinen Geschäften nachzugehen. Was die Cardassianer betraf ... Sie gefielen ihm. Oh, sicher, sie neigten zu Gewalt, aber mit Gewalttätigkeiten kannte sich Quark aus. Außerdem waren sie hinterhältig und verschlagen — Eigenschaften, die der Ferengi bewunderte. Er wußte, worauf es ankam, um mit den Cardassianern und ihrer Grausamkeit fertig zu werden, aber die Föderation und insbesondere die Menschen blieben ihm ein Rätsel. Ihre törichten Vorstellungen von Ethik und Ehrlichkeit deuteten auf einen eklatanten Mangel an Vernunft hin und ließen chronische Dummheit vermuten.

Der übereifrige Nog ... Einmal mehr hatte er versagt. Quarks Vorrat an Geduld seinem Neffen gegenüber ging allmählich zur Neige. Er hatte dem Jungen Jas-qal mitgegeben, da ihm ganz offensichtlich die für bestimmte Aufgaben notwendige hinterlistige Schlauheit fehlte. Er war sicher gewesen, daß Nog mit dem B'kaazi als Komplizen Erfolg haben würde. Die wertvollen Erzproben aus dem Safe ... Quark hatte mit ihnen verschwinden wollen, bevor man den Diebstahl bemerkte — sie wären imstande gewesen, seine jüngsten Verluste auszugleichen. Jetzt hatte ihn auch Jas-qal enttäuscht, und dieser Umstand erfüllte ihn mit Wut.

Er ließ sich nichts von seinen Empfindungen anmerken und begegnete den Starfleet-Offizieren mit einer Kombination aus unschuldiger Naivität und Unterwürfigkeit. Die Situation gab ihm wenigstens Gelegenheit, seinem Neffen zu zeigen, wie man Menschen täuschte und sie zu dem gewünschten Verhalten veranlaßte. Vielleicht gab es doch noch eine Chance, die Erzproben zu bekommen ...

Die drei Offiziere sahen ihm entgegen.

»Der Junge ist in großen Schwierigkeiten«, sagte Odo. Der Gestaltwandler weckte in Quark den Wunsch, die Zähne zu fletschen, aber er achtete darauf, daß sein Gesichtsausdruck freundlich blieb. Odo vertrat besonders abscheuliche Ansichten in Hinsicht auf Gerechtigkeit, und er hatte geradezu perverse Vorstellungen von Richtig und Falsch.

Quark konzentrierte sich auf den Commander, einen dunkelhäutigen Menschen, der ihn — wie die meisten Humanoiden — um ein ganzes Stück überragte. »Mein Name lautet Quark, Commander. Ich habe das hiesige Spielkasino geleitet.« Er warf Nog einen mißbilligenden Blick zu, und der Junge senkte angemessen beschämt den Kopf. Möglicherweise gab es noch Hoffnung für ihn. »Das ist der Sohn meines Bruders. Sicher haben Sie sofort erkannt, daß er bei dieser Sache nur eine untergeordnete Rolle spielt.« Er sah noch einmal zu Nog, und der terranische Commander sollte den Eindruck von Strenge gewinnen. In Wirklichkeit teilte er dem Jungen folgendes mit: *Na, siehst du? Mit flinker Zunge kann man einen Menschen leicht täuschen.* »Bitte gestatten Sie mir, ihn mitzunehmen. Ich sorge dafür, daß er auf angemessene Weise bestraft wird ...«

»Nein, ausgeschlossen«, sagte der Mensch, und Quark sah sich außerstande, seine dunklen Züge zu deuten. Der Mann winkte Odo zu, deutete auf den jungen Ferengi und Jas-qal. »Bringen Sie die beiden Einbrecher und Diebe in Arrestzellen unter.«

Odo bestätigte den Befehl mit offensichtlicher Genugtuung, bevor er Nog und den großen B'kaazi abführte. Quark musterte den Commander verblüfft.

Offenbar war alles weitaus problematischer, als er bisher angenommen hatte. Dieser Terraner hielt sich einerseits an die Regeln der Menschen und erwies sich andererseits als ebenso clever wie ein Ferengi.

Quark seufzte enttäuscht, watschelte eilig fort und folgte den beiden Verhafteten.

Kira sah dem Ferengi nach und schüttelte den Kopf. »Vermutlich hat Quark seinen Neffen und den B'kaazi beauftragt, die Erzproben für ihn zu stehlen.«

Sie drehte sich um und musterte den nachdenklich wirkenden neuen Kommandanten von Deep Space Nine. Die Bajoranerin hielt an ihrem Mißtrauen Starfleet und Sisko gegenüber fest, aber sie war auch beeindruckt. Die Bereitschaft des Commanders, ihr zuzuhören, seine Weigerung, sich von ihrem Ärger aus der Ruhe bringen zu lassen, schließlich sein Verhalten gegenüber Nog und Quark ... Dies alles deutete auf Kompetenz, Einfallsreichtum und Kreativität hin. Vielleicht plante er etwas ...

Die Erinnerungen an den Traum verlangten nach Aufmerksamkeit, aber Kira schob die entsprechenden Bilder ins Unterbewußtsein zurück. Letzte Nacht waren sie ihr wichtig erschienen, doch dabei handelte es sich vermutlich nur um Wunschdenken. Sie durfte nicht zulassen, aufgrund von Hoffnungen die Realität aus den Augen zu verlieren. Und die Realität sah folgendermaßen aus: Sisko war besser, als sie erwartet hatte — aber er blieb ein Starfleet-Offizier.

»Bei den Ferengi gibt es spezielle juristische Traditionen, Major«, sagte der Commander langsam. »Eine davon erlaubt außergerichtliche Vereinbarungen. Vielleicht lasse ich den Jungen laufen. *Wenn* ich eine solche Entscheidung treffe, kann ich etwas von Mr. Quark verlangen. In diesem Zusammenhang habe ich bereits eine Idee ...«

Kira bekam keine Gelegenheit, Sisko zu bitten, ihr Einzelheiten zu nennen. Sein Insignienkommunikator piepte, und eine Stimme drang aus dem kleinen Lautsprecher.

»O'Brien an Commander Sisko.«

Der dunkelhäutige Mann klopfte kurz auf das Kom-Gerät, und so etwas wie Resignation zeichnete sich in seinem Gesicht ab — er schien zu wissen, was ihm O'Brien mitzuteilen gedachte. »Ich höre.«

»Sir, die *Enterprise* hat sich noch einmal mit uns in Verbindung gesetzt. Captain Picard wartet nach wie vor auf Sie.«

»Bestätigung.« Sisko desaktivierte den Insignienkommunikator, runzelte andeutungsweise die Stirn und wandte sich an Kira. »Es dauert nicht lange.«

Die Bajoranerin neigte den Kopf und beobachtete, wie Sisko zur Tür ging. Der Starfleet-Commander war eine noch komplexere Person, als sie bisher vermutet hatte. In seinen Zügen kam es zu einer subtilen Veränderung, als O'Brien den Namen ›Picard‹ erwähnte, und in dem fast unmerklichen Wandel manifestierte sich ein Gefühl, das Kira als Kind von den Cardassianern gelernt hatte: Haß.

Ihr nachdenklicher Blick verweilte noch einige Sekunden lang an der Tür, nachdem diese sich hinter dem Commander geschlossen hatte.

Eine Zeitlang blieb Ben Sisko am Fenster in der Luftschleuse stehen und sah zur *Enterprise.* Er bewunderte ihre Schönheit, die glatten Linien, und gleichzeitig fühlte er sich durch sie an die *Saratoga* erinnert.

Später, als er durch ihre Korridore schritt, glaubte er Hranok an seiner Seite und sah noch einmal, wie sie den Turbolift auf dem Passagierdeck verließen. Er roch Qualm, hörte dumpfes Stöhnen und Wimmern. Vor ihm taumelten die schemenhaften Gestalten von Verletzten durch den umherwallenden Rauch ...

Auf dem Weg zum zentralen Beobachtungszimmer der *Enterprise* dachte Sisko, daß er kein Recht hatte, Picard zu hassen. Jener Mann war nicht für die Verbrechen der Borg verantwortlich. Ihn traf keine Schuld ...

Doch als er sein Ziel erreichte und den Türmelder betätigte, als er hörte, wie ihn Picards Stimme zum Eintreten aufforderte ... Ein Teil der Rationalität wich fort von ihm, und Zorn nahm ihren Platz ein.

Nein, er hatte kein Recht, den Captain der *Enterprise* zu hassen. Und doch konnte er den Haß nicht aus sich verbannen. Er war ihm ebenso hilflos ausgeliefert wie Picard dem Kollektivbewußtsein der Borg.

Das Schott glitt beiseite, und Sisko trat vor.

Captain Picard saß am Ende des Tisches und arbeitete mit einem elektronischen Datenblock. Als er den Besucher sah, legte er das Gerät beiseite, erhob sich, lächelte und streckte die Hand aus. Sein äußeres Erscheinungsbild wies keine imposanten Merkmale auf: Er war mittelgroß und schlank; nur am Hinterkopf hatte er sich einen dünnen Streifen aus weißem Haar bewahrt. Trotzdem gelang es ihm, Kraft und Würde auszustrahlen. Eine eindrucksvolle Aura umgab diesen Mann.

»Commander ...«, sagte er mit ehrlicher Freundlichkeit. »Herzlich willkommen.«

(*Ihr werdet integriert*)

Sisko nahm die dargebotene Hand, doch irgend etwas hinderte ihn daran, fest zuzudrücken. Er hatte sich nicht überlegt, welche Worte er an den Captain richten sollte, und die folgende Bemerkung kam ihm von ganz allein über die Lippen.

»Es ist lange her, Captain.«

Picard neigte den Kopf ein wenig zur Seite, und in seinem markanten Gesicht zeigte sich ein Hauch Verwirrung, als er Sisko musterte. Neugier glänzte in nußbraunen Augen — in durch und durch *menschlichen* Augen. Sisko sah rotes Blinken, hörte das Surren eines kleines Servomotors, als sich der visuelle Sensor ausrichtete.

Picard setzte sich, und Sisko nahm ebenfalls Platz. Kurz darauf fragte der Captain: »Sind wir uns schon einmal begegnet?«

Sisko erinnerte sich erneut daran, daß es keinen Grund für ihn gab, Jean-Luc Picard zu hassen. Trotzdem wurde der in ihm brennende Haß immer intensiver. Er antwortete nicht dem Captain, sondern einem Wesen namens Locutus.

»Ja, Sir. Im Kampf. Ich gehörte zur Besatzung der *Saratoga,* die bei Wolf 359 vernichtet wurde.«

(*Widerstand ist zwecklos*)

Picards Züge erstarrten. Die Wärme verschwand aus seinen Augen, und sie wurden zu Spiegeln, die dem Commander Wracks zeigten. Ihre Namen lauteten *Saratoga, Kyushu* und *Gage.*

(*Jennifers leblose Hand*)

Picard verscheuchte die Phantome, indem er blinzelte und sich wieder faßte. Seine kühle Stimme schien aus weiter Ferne zu kommen, als er sagte: »Ich nehme an, Sie kennen die politische Situation auf Bajor.«

Sisko versuchte, den Zorn aus seinen Augen fernzuhalten, doch er wußte, daß es ihm nicht ganz gelang. »Ich weiß, daß die Cardassianer den Planeten verwüsteten, bevor sie ihn verließen.«

(*Hranok brachte ihn zur Rettungskapsel. Sie flogen an den glühenden Resten mehrerer Raumschiffe vorbei und beobach-*

teten, wie sich die Saratoga *— und mit ihr Jennifer — in nuklearem Feuer auflöste ...)*

Ben Sisko blinzelte, um die schrecklichen Bilder zu vertreiben. Er zwang sich, dem Captain zuzuhören.

»... Vergeltung für die vielen Anschläge der bajoranischen Rebellen«, sagte Picard gerade. »Unsere Hilfsmaßnahmen sind kaum mehr als der sprichwörtliche Tropfen auf den heißen Stein.« Der Captain stand auf und trat zum Aussichtsfenster, vergrößerte damit ganz bewußt die Distanz, die ihn von Sisko trennte. Er legte die Hände auf den Rücken und blickte zum Planeten. »Inzwischen kenne ich die Bajoraner recht gut. Und ich gehöre zu den Leuten, die eine Aufnahme jenes Volkes in die Gemeinschaft der Föderation befürworten.«

»Wird es dazu kommen?« fragte Sisko.

Picard drehte sich um und präsentierte dem Commander ein fein geschnittenes Profil. »Dabei ergeben sich gewisse Probleme. In der Regierung kommt es immer häufiger zu Auseinandersetzungen. Im Kampf gegen die cardassianische Besatzungsmacht vereinte Fraktionen werden nun zu Rivalen.«

»Das klingt ganz so, als seien die Bajoraner noch nicht bereit, in die Föderation aufgenommen zu werden.« Sisko hörte Kiras Ärger in seiner eigenen Stimme.

Picard bedachte ihn mit einem durchdringenden Blick. »Ihre Aufgabe besteht darin, das zu ändern. Sorgen Sie dafür, daß die Bajoraner bereit sind. Nur die Erste Direktive darf diesen Bemühungen eine Grenze setzen.«

Sisko nickte kurz. Der Hinweis des Captains wurmte ihn; er hielt es nicht für erforderlich, daß ihm jemand seine Aufgaben erklärte. Zwar spielte er nach wie vor mit dem Gedanken, eine neuerliche Versetzung zu beantragen, aber er war auch und vor allem Starfleet-Offizier. Er würde nie zögern, seine Pflichten zu erfüllen, ganz gleich, welche persönlichen Opfer sie von ihm verlangten.

(*Sie ist tot, sagte Hranok*)

Captain Picard trat einen Schritt auf ihn zu, und er sprach nun in einem Tonfall, der dazu einlud, ganz offen zu sein. »Starfleet hat mich auf Ihre Einwände diesem Einsatzort gegenüber hingewiesen, Commander. Ich dachte eigentlich, daß Sie sich nach drei Jahren in Utopia Planitia neue Herausforderungen wünschen.«

Sisko versteifte sich unwillkürlich und dachte an Jake, der sich allein im dunklen, abscheulichen cardassianischen Quartier befand. »Ich habe einen Sohn, den ich allein großziehen muß, Captain. Hier bietet sich wohl kaum eine ideale Umgebung für ihn. Wie ich schon sagte: Ich habe von den Verheerungen auf Bajor gehört, aber niemand erwähnte den Zustand der Raumstation ...«

Picard unterbrach ihn. »Unglücklicherweise findet der Dienst von Starfleet-Offizieren nur selten in einer idealen Umgebung statt.«

Sisko ließ sich von diesem tadelnden Hinweis nicht beeindrucken. »Das ist mir klar, Sir. Auch aus diesem Grund erwäge ich die Möglichkeit, den Abschied zu nehmen, zur Erde zurückzukehren und dort als Zivilist zu arbeiten.« Es entsprach fast der Wahrheit. Er *hatte* diese Möglichkeit in Erwägung gezogen, ohne daß sich dabei etwas Konkretes ergab. Jetzt beschloß er, in dieser Hinsicht weitere Nachforschungen anzustellen.

Der Rest von Freundlichkeit wich aus Picards Miene. »Vielleicht sollte Starfleet Command nach Ersatz für Sie Ausschau halten.«

»Das dürfte eine gute Idee sein«, erwiderte Sisko schlicht.

Einige Sekunden verstrichen, während sich die beiden Männer mit kaum verhüllter Feindseligkeit musterten. Schließlich sagte Picard langsam: »Ich kümmere mich darum. In der Zwischenzeit ...« Die Kühle in Augen und Stimme verflüchtigte sich, wich wortlosem Schmerz. Sisko wußte, daß der Captain jetzt nach einem Weg suchte, um das Thema zu wechseln und über die Schlacht von Wolf 359 zu sprechen.

Der Commander erhob sich abrupt. Als er das Zimmer betreten hatte, wäre ihm nichts lieber gewesen, als über sein von Locutus verursachtes Leid zu reden. Jetzt bestand sein größter Wunsch darin, den Raum zu verlassen, auf daß sie beide allein versuchen konnten, mit den Geistern der Vergangenheit fertig zu werden. »In der Zwischenzeit nehme ich meine aktuellen Pflichten so gut wie möglich wahr, Sir. Danke dafür, daß Sie mich empfangen haben.«

Er sah Picard an und wartete darauf, fortgeschickt zu werden.

Der Captain erwiderte seinen Blick schweigend, und es widerstrebte ihm ganz offensichtlich, das Gespräch schon jetzt zu beenden. Er wirkte gefaßt und beherrscht, doch Ben Sisko glaubte, in den braunen Pupillen stummes Leid zu erkennen — einen Schmerz, den auch seine eigenen Augen verrieten.

Picard seufzte fast lautlos. »Wegtreten«, sagte er leise.

Als sich die Tür hinter Ben Sisko schloß, nahm Jean-Luc Picard wieder Platz und sah geistesabwesend auf den Datenblock. Nach einer Weile hob er den Kopf, und sein Blick glitt zum Aussichtsfenster, das den Planeten Bajor zeigte.

Fast zwei Jahre waren seit seinem letzten Alptraum in Hinsicht auf die Borg vergangen, und er hatte keine neuen Schreckensbilder geschaffen, sondern ›nur‹ die alten wiederholt. Derartige Erinnerungen ließ Jean-Luc nicht oft zu. Inzwischen gelang es ihm fast zu gut, sie zu unterdrücken: Als er vor dem Treffen mit Sisko die Personalakte des Commanders eingesehen hatte, regte sich nur in seinem Unterbewußtsein leises Unbehagen bei der Erwähnung eines Raumschiffs namens *Saratoga*.

Wieso war er nicht sofort auf die Verbindung aufmerksam geworden? Er hatte die Ereignisse von Wolf

359 ganz bewußt als Locutus zur Kenntnis genommen. Und gleichzeitig als Picard, der im mentalen Kerker des eigenen Selbst hockte, der alle seine Geheimnisse preisgeben mußte und von den Borg als Werkzeug verwendet wurde, um eine große Starfleet-Streitmacht zu vernichten. Das Grauen jener Realität übertraf jeden noch so schrecklichen Alptraum.

Er schloß die Augen und hörte erneut die Myriaden synchron erklingender Stimmen des Kollektivbewußtseins der Borg:

Captain Jean-Luc Picard, du bist der Kommandant des stärksten Föderationsschiffes. Du sprichst für dein Volk ...

Rückblickend betrachtet bewies seine Antwort falsche Zuversicht und erstaunlich viel Naivität: *Ich habe Ihnen nichts mitzuteilen! Und ich werde Widerstand leisten, solange ich dazu in der Lage bin!*

Dein Widerstand ist ebenso irrelevant wie zwecklos, antworteten die Borg. *Wir möchten uns verbessern. Wir fügen deine biologische und technische Identität unserer Gemeinschaft hinzu. Deine Kultur wird sich anpassen, um uns zu dienen.*

Damals war er sehr stolz gewesen auf seine menschliche Natur, und er hatte sich an einer Empörung festgeklammert, die nicht nur der eigenen Entführung galt, sondern auch der unglaublichen Borg-Arroganz. *Ausgeschlossen!* erwiderte er. *Meine Kultur basiert auf Freiheit und Selbstbestimmung.*

Freiheit ist irrelevant, antworteten die Borg unbeeindruckt. *Selbstbestimmung ist irrelevant. Ihr Menschen werdet euch fügen.*

Eher sterben wir, entgegnete Picard. In seiner Naivität nahm er an, der Tod sei das schlimmste Schicksal, das man durch die Borg erfahren konnte. Diese Vermutung erwies sich später als falsch.

Der Tod ist irrelevant. Archaische Kulturen wie deine brauchen Autorität. Um die Integration zu erleichtern, haben wir beschlossen, bei den Kommunikationskontakten mit deinem

Volk eine menschliche Stimme zu benutzen. Du sollst unser Sprecher sein ...

Und so wurde Picard *modifiziert.* Man benutzte mechanische und chirurgische Methoden, um Gehirn und Körper zu verändern, so daß der Geist des Captains, sein Ich, vom Kollektivbewußtsein aufgenommen werden konnte. Die Borg schienen gar nicht zu wissen, was Rücksichtnahme bedeutete: Sie verzichteten darauf, das menschliche Selbst auszulöschen, ihm endgültiges Vergessen zu schenken. Daher mußte Picard alles miterleben. Er hörte, wie er als Locutus sprach, wenn die Borg es von ihm verlangten. Nicht die geringste Kontrolle hatte er über Körper, Geist und Stimme; es gab keine Möglichkeit für ihn, sein Wissen um die Strategien und Waffen Starfleets vor dem Gegner zu verbergen. Entsetzt beobachtete er, wie erst die *Melbourne* zerstört wurde, dann die *Saratoga, Kyushu, Gage, Tolstoi* und fünfunddreißig andere Schiffe ...

Wie hatte er die *Saratoga* vergessen können?

In Gedanken kehrte Picard zu einer anderen Zeit zurück: einige Wochen später, als er die Erde aufsuchte, um sich dort vom erlittenen Trauma zu erholen. Er schauderte innerlich, als er sich an das Gespräch mit seinem Bruder Robert erinnerte: *Die Borg haben mich benutzt, um zu töten und zu zerstören. Und ich konnte sie nicht daran hindern. Ich habe es immer wieder versucht, aber ich war nicht stark genug, nicht stark genug ...*

Sie saßen am Hang des Weinbergs, und schmutzige Kleidung wies auf einen gerade beendeten Ringkampf hin. Zum erstenmal seit Jahren weinte Picard. Tränen strömten ihm über die Wangen, trugen ihm den Geschmack von Salz auf die Lippen.

Robert schwieg einige Sekunden lang und musterte ihn ernst, bevor er erwiderte: *Mein Bruder fühlt also doch wie ein Mensch. Diese Sache wird dich für lange Zeit begleiten, Jean-Luc, für lange Zeit ...*

Drei Jahre waren seitdem vergangen, und er konnte

von Glück sagen, daß ihm sechsunddreißig Monate lang Begegnungen mit Überlebenden von Wolf 359 erspart blieben. Andererseits: Es gab auch nur wenige ...

Nur wenige ...

Es lief Picard kalt über den Rücken, als ihm etwas einfiel. Sisko hatte einen Sohn erwähnt, den er allein großziehen mußte.

Er öffnete die Augen. »Computer«, sagte er heiser und sah erneut zum Aussichtsfenster, hinter dem der Planet Bajor schwebte. »Zugriff auf Personaldaten von Benjamin Sisko, Commander. Name der verstorbenen Frau und Ursache ihres Todes.«

Wenige Sekunden später hörte Jean-Luc die Antwort: »Jennifer Sisko, Lieutenant. Todesdatum: Sternzeit 44002.3. Sie starb an Bord der *Saratoga* ...«

»Das genügt«, hauchte Picard und strich sich mit der einen Hand über die Stirn.

Jennifer Sisko, Lieutenant. Ehefrau von Benjamin, Mutter von Jacob. Ein Opfer von vielen ...

Der Captain rief sich innerlich zur Ordnung. *Denk daran: Dich trifft keine Schuld. Die Borg sind dafür verantwortlich. Du wolltest sie daran hindern. Du hast es versucht ...*

Ja, ich habe es versucht — vergeblich. Und mein Wissen war es, das es den Borg ermöglichte, all jene Schiffe so mühelos zu vernichten.

Die Hilflosigkeit war schrecklicher gewesen als alles andere. Jean-Luc Picard hatte sich immer durch eine starke Persönlichkeit ausgezeichnet und schon als Kind die Bedeutung von Selbstbeherrschung gelernt. Von Anfang an war es sein Wunsch gewesen, einmal Kommandant eines Raumschiffs zu werden, und mit eiserner Entschlossenheit strebte er dieses Ziel an. Und jemand mit einem solchen Charakter wurde plötzlich in eine Marionette verwandelt, die gezwungen war mitzuerleben, wie die Borg seinen Körper benutzten, seine Stimme, sein Wissen — um zu drohen, um zu töten und zu zerstören. Ja, die Hilflosigkeit hatte er damals als besonders entsetzlich empfunden.

Später wies Counselor Troi darauf hin, er sei nicht länger hilflos. An der geistigen Vergewaltigung durch die Borg konnte er nichts ändern, und ebensowenig war er imstande, Jennifer Sisko und all die anderen ins Leben zurückzuholen.

Aber er hatte die Möglichkeit, Benjamin Sisko und seinem mutterlosen Sohn zu helfen.

Picard stand auf. Seine Erlebnisse in bezug auf die Borg unterschieden sich von Siskos Erfahrungen, doch er glaubte dennoch, den Commander zu verstehen. Er hatte mit den gleichen Dämonen gerungen und wäre fast bereit gewesen, den Dienst zu quittieren, um den Schrecken der Vergangenheit zu entkommen.

Er hoffte, daß es Sisko gelang, den Sieg über jene Dämonen zu erringen. Andernfalls verlor Starfleet einen ausgezeichneten Offizier.

Aber ganz gleich, welche Entscheidung Ben Sisko traf: Von jetzt an hatte er einen anonymen Wohltäter und Gönner, der ihm Hindernisse aus dem Weg räumte. Picard beschloß, nicht nur dem Vater Hilfe zu gewähren, sondern auch dem Sohn Jacob.

Picard nickte sich selbst zu. Fast eine Minute lang sah er aus dem Fenster, beobachtete diesmal nicht den Planeten, sondern das exotische Konstruktionsmuster der Raumstation. Schließlich drehte er sich um und verließ den Raum.

KAPITEL 4

Odo betrat das Sicherheitsbüro von Deep Space Nine, setzte sich an den Schreibtisch und betrachtete die Liste auf dem Datenblock. Dem Ferengi namens Quark, der unruhig auf seinem Stuhl hin und her rutschte, schenkte er keine Beachtung.

Odo mochte Quark nicht. Er mochte überhaupt keine Ferengi. Sie hielten Unehrlichkeit und Diebstahl für anerkennenswert. Quark wurde insbesondere dann unausstehlich, wenn er sich unterwürfig gab — Odo wußte genau, daß der Ferengi nicht gezögert hätte, ihm einen Dolch in den Rücken zu stoßen. Der Sicherheitsoffizier glaubte fest an Dinge wie Gerechtigkeit und Ehrlichkeit. Es gehörte zu seinem Wesen, wie das Atmen und Essen, wie die Fähigkeit des Gestaltwandelns. Die Ferengi hielten es für ein Anzeichen von Schwäche, wenn man solche Prinzipien achtete — noch ein Grund mehr, sie zu verabscheuen.

Odo mochte kaum jemanden.

Major Kira bildete eine Ausnahme. Mit ihr kam er gut zurecht, denn sie glaubte ebenfalls an den Wert von unverblümter Offenheit. Sie lehnte es ab, Zeit mit Höflichkeitsfloskeln und dergleichen zu vergeuden. Bei Kira wußte man immer, woran man war.

Von Sisko hatte er noch keinen klaren Eindruck gewonnen. Als er in der Promenade die Gestalt gewechselt hatte, um nicht von dem geworfenen Messer verletzt zu werden, fühlte er im Anschluß daran den Blick des Commanders auf sich ruhen. Sisko musterte ihn nachdenklich und wunderte sich bestimmt über das *unfertig* wirkende Gesicht, aber er stellte keine Fragen. Schwieg er aus Höflichkeit oder Desinteresse? Eins stand fest: Bestimmt dachte er darüber nach, was für ein Geschöpf sein neuer Sicherheitsoffizier war.

Ähnliche Gedanken gingen auch Odo durch den Kopf. Er erinnerte sich weder an seinen Ursprung noch an das Volk, aus dem er stammte. Vor fünfzig Jahren hatte man ihn allein in einem fremden Raumschiff gefunden, in der Nähe des Asteroidengürtels von Denorios. Die Bajoraner nahmen ihn auf und behandelten ihn wie ihresgleichen.

In jeder Nacht kehrte er zu seiner wahren Gestalt zurück, die einer formlosen gallertartigen Masse entsprach. Doch um einen Platz in der bajoranischen Gesellschaft zu finden, mußte er sich als Humanoide präsentieren, was ihm noch immer sehr schwer fiel. Seine Züge blieben flach und zweidimensional. Es lag vermutlich an den Wangenknochen und der Nase, insbesondere an den bajoranischen Schnörkeln am Nasenansatz zwischen den Brauen ... Aus irgendeinem Grund gelang es ihm nicht, diese Merkmale richtig nachzubilden. Oder spielte ihm das eigene Unterbewußtsein einen Streich? Vielleicht blieb sein Erscheinungsbild unvollkommen, weil es ihm widerstrebte, die ganze Zeit über eine humanoide Gestalt zu haben.

Er wußte nur eines von seinem Volk: Die Gerechtigkeit war ein so wichtiger Wesensaspekt seiner Spezies, daß sie in seinem Urgedächtnis wurzelte. Eine andere berufliche Tätigkeit konnte sich Odo überhaupt nicht vorstellen: Schon unter den Cardassianern war er Sicherheitsoffizier von Deep Space Nine gewesen, und Starfleet erlaubte es ihm, die entsprechenden Aufgaben auch weiterhin wahrzunehmen — weil er die Station gut kannte, insbesondere die Promenade und ihr Publikum. Es freute ihn natürlich, daß er seine Arbeit behielt, aber die Vorstellung, daß ein Starfleet-Offizier kam und von ihm Rechenschaft verlangte, gefiel ihm ganz und gar nicht. Selbst die Cardassianer waren klug genug gewesen, ihm freie Hand zu lassen.

Odo hielt nichts von Vorschriften. Gesetze kamen und gingen, wurden verändert und annulliert, aber der *Sinn* von Gerechtigkeit war ehern und ewig. Major Kira hatte ihn vor den Starfleet-Typen gewarnt, die offenbar nicht ohne feste Regeln leben konnten, und Odo nahm zunächst an, daß auch Commander Sisko in diese Kategorie fiel. Mit anderen Worten: Er war darauf vorbereitet gewesen, ihn absolut unsympathisch zu finden.

Die Realität namens Sisko überraschte ihn. Ganz offensichtlich mangelte es dem Commander nicht an Intelligenz, und hinzu kam ein ausgeprägter Sinn für Gerechtigkeit. Außerdem verstand er es, sowohl vom einen als auch vom anderen Gebrauch zu machen. Odo ahnte, daß er etwas Kreatives für den Ferengi plante, und dieser Umstand erfüllte ihn mit Zufriedenheit.

Er sah auf, als Sisko hereinkam.

»Sie wollten mich sprechen?« fragte der Commander. Stimme und Gebaren wirkten ein wenig schroff, als hätte er gerade etwas Unangenehmes hinter sich, das er so schnell wie möglich vergessen wollte. Dann sah er den Ferengi, und sofort glätteten sich seine Züge. Ein humorvolles Glitzern entstand in den Augen, als er wie beiläufig die Arme verschränkte und sich an die Wand lehnte.

Quark stand auf. »Commander ...«, begann er in einem jammernden Tonfall, »was meinen Neffen betrifft ...«

»Nun, Mr. Quark«, unterbrach Sisko den Ferengi. »Freut mich, daß Sie noch hier sind.« Er vollführte eine übertrieben freundliche Geste.

Odo unterdrückte ein Lächeln, während er den Anschein zu erwecken versuchte, ganz auf den Datenblock konzentriert zu sein. Sisko schickte sich an, den Ferengi mit seinen eigenen Waffen zu schlagen.

»Bitte setzen Sie sich«, sagte der Commander.

Quark drehte den breiten, kantigen Kopf und sah zu dem Stuhl, auf dem er bis eben gesessen hatte. Mit deutlichem Widerwillen ließ er sich wieder darauf hinabsinken. »Natürlich bin ich noch hier, Commander. Morgen verlassen wir die Raumstation. Gerade deshalb liegt mir soviel daran ...«

»Das bezweifle ich«, sagte Sisko. Es klang fröhlich.

Quarks Kinnlade klappte nach unten, und zum Vorschein kamen lange, spitze Zähne. »W-wie bitte?«

»Die Sache ist ganz einfach: Sie bleiben hier.«

Daraufhin gab Odo sein gespieltes Desinteresse auf, schob den Datenblock beiseite und musterte Sisko verwundert.

Der Ferengi zischte leise. »Wir bleiben hier? Aber wir haben schon alles gepackt und ...«

»Packen Sie wieder aus.« Siskos Tonfall ließ keinen Widerspruch zu.

Quark beugte sich verblüfft vor und starrte den Commander ungläubig an. »Warum sollte Ihnen daran gelegen sein, daß ich bleibe?«

Odo konnte sich nicht länger zurückhalten. »Ich bin ebenfalls neugierig«, gestand er. »Dieser Mann ist ein Spieler und Dieb.«

»Ich bin kein Dieb«, behauptete Quark und unternahm den eher komisch wirkenden Versuch, verletzte Würde zur Schau zu stellen.

Odo maß ihn mit einem kühlen Blick. »Und ob Sie das sind.«

»*Wenn* ich ein Dieb bin, so ist es Ihnen in vier Jahren nicht gelungen, mich zu überführen«, sagte Quark. Sein Gesicht verzog sich zu einem Lächeln, durch das die spitzen Zähne noch spitzer erschienen. Der Anblick erinnerte Odo an einen bajoranischen Sanddrachen — und an das Holo-Bild eines terranischen Krokodils.

Sisko erwiderte das Lächeln nicht, und seine Stimme klang nun ernst. »Meine Offiziere, die bajoranischen

Techniker sowie ihre Familien — für sie spielen die Läden und Dienstleistungen der Promenade eine große Rolle. Aber wenn Leute wie Sie die Station verlassen, so ähnelt das Innere von Deep Space Nine bald einer Geisterstadt. Wir brauchen jemanden, der vortritt und sagt: ›Ich bleibe; ich baue wieder auf.‹ Wir brauchen ein Vorbild. Sie sollen den anderen Leuten ein Beispiel geben.«

»Ich?« vergewisserte sich Quark erstaunt. »Ich soll ein Vorbild sein?« Er warf Odo einen hilflosen Blick zu und schien nach einer Bestätigung dafür zu suchen, daß der Commander nicht übergeschnappt war.

Odo lehnte sich zurück und schmunzelte. Ein kluger Schachzug von Benjamin Sisko. Außerdem fürchtete er sich nicht davor, die Vorschriften den Notwendigkeiten einer bestimmten Situation anzupassen. Odo beschloß, die Taktik des Commanders zu unterstützen. »Mir scheint, Sie haben alle Eigenschaften, die ein Politiker braucht«, sagte er zu dem Ferengi.

Quark überhörte den Humor in diesen Worten. Er breitete die Arme aus und schüttelte den Kopf. »Wie soll ich mein Geschäft führen und gleichzeitig die Starfleet-Vorschriften beachten?« erkundigte er sich bei Sisko.

Gute Frage, dachte Odo. Gespannt wartete er auf die Antwort.

Der Commander zuckte kurz mit den Achseln. »Dies ist nach wie vor eine bajoranische Raumstation. Wir sind nicht hierhergekommen, um alle Verwaltungsaufgaben zu übernehmen. Wenn bei Ihnen ehrliche Spiele stattfinden, so bekommen Sie keine Probleme mit uns.«

»*Ehrliche* Spiele?« knurrte Quark mit einem Abscheu, der Odos Ehrgefühl verletzte. »Hmmpf.« Er schwieg und verschränkte die kurzen, dicken Arme, ahmte damit unbewußt den Commander nach.

Sisko und Odo geduldeten sich.

Schließlich schüttelte der Ferengi erneut den Kopf. »Commander, ich habe schon früh gelernt zu wissen, wann es an der Zeit ist, einen bestimmten Ort zu verlassen. Die derzeitige provisorische Regierung von Bajor ist meiner Ansicht nach viel *zu* provisorisch. Wenn Regierungen stürzen, werden Leute wie ich an die Wand gestellt und erschossen.«

Sisko nickte mit ein wenig zuviel Sympathie und Verständnis. Er ging zur Tür, und dort verharrte er nachdenklich. »Der arme Junge«, sagte er leise. »Er wird die besten Jahre seines Lebens in einem bajoranischen Gefängnis verbringen. Ich bin selbst Vater, und daher kann ich mir vorstellen, wie ihr Bruder empfindet. Der Junge sollte bei seiner Familie sein, nicht in irgendeiner dunklen und kalten Zelle.« Er warf dem sprachlosen Ferengi einen kurzen Blick zu. »Denken Sie darüber nach.«

Dann verließ Sisko den Raum. Quark blieb wie betäubt sitzen und schnappte nach Luft, als sich die Tür hinter dem Commander schloß.

Odo lächelte. »Und zuerst dachte ich, er wäre mir unsympathisch«, wandte er sich im Plauderton an den Ferengi.

Kira arbeitete in der Promenade und schaufelte Schutt vom Gehsteig in einen nahen Behälter. Nach einer Weile gab sie das Bemühen auf, die Erinnerungen an den Traum zu unterdrücken. Physische Aktivität ließ ihre Gedanken immer treiben, doch jetzt durchdrangen sie die Reste der inneren Barriere und kehrten zum Traum der vergangenen Nacht zurück. Je härter sie arbeitete, desto deutlicher wurden die Erinnerungen.

Der rationale Teil ihres Selbst verharrte in der Überzeugung, daß niemand von ihnen hierhergehörte, in diese cardassianische Raumstation. Doch wenn sie mit ihrer *Pagh* dachte — oder wenn sie ganz auf bewußte Gedanken verzichtete —, so fühlte sie anders.

Dann fühlte sie ebenso wie in dem Traum, der sich seit einigen Nächten wiederholte und in dem ihr Sisko erschien.

Oder redete sie sich nur ein, daß die Visionen Sisko betrafen? Sie entsann sich an einen dunkelhäutigen Mann mit schwarzen Augen und schwarzem Haar, einen Mann, der eine große Rolle für ihr Volk spielte. Die Bajoraner brauchten so dringend Hilfe, daß viele behaupteten, von einem bald eintreffenden Helfer zu wissen, der neue Hoffnung brachte — ein Fremder, von den Propheten angekündigt.

Doch Kira neigte von Natur aus zu Zynismus, und jetzt fürchtete sie, daß Verzweiflung ihren Blick für die Realität trübte. Vielleicht erlag ganz Bajor dem Wunschdenken. *Wo sind die Propheten, wenn man sie braucht?* dachte sie verbittert und rammte die Schaufel einmal mehr in den Schutt.

Und doch ... Wenn sie mit ihrer *Pagh* dachte, nicht mit dem Verstand, so spürte sie Erstaunliches in Siskos *Pagh.* Dann war sie fast bereit, ihn für den Angekündigten zu halten und zu hoffen ...

Manchmal glaubte sie, daß ihr Kopf zwei verschiedene Personen enthielt — eine mystische und eine skeptische —, zwischen denen ein ständiger Konflikt stattfand. Kein Wunder, daß solches Chaos auf ihrem Planeten herrschte.

Wenn Opaka doch nur bereit gewesen wäre, sie zu empfangen. Es gab viele Dinge, über die Kira mit ihr sprechen wollte, unter ihnen auch der Traum. In ihm hatte sie noch ein anderes Gesicht gesehen, ein bajoranisches, alt und weise, umgeben von silberweißem Glanz.

»Major?«

Kira zuckte unwillkürlich zusammen, als sie die Stimme des Commanders hörte. Ein fragender Unterton wies darauf hin, daß er sich vermutlich über die Schaufel wunderte; vielleicht bezweifelte er, ob diese Tätigkeit einem Offizier gebührte. Sie hob und senkte die Schultern, wodurch Traum und *Pagh* neuerlicher Bedeutungslosigkeit anheimfielen. Von einem Augenblick zum anderen war Sisko kein prophezeiter Fremder mehr, sondern ein in Vorschriften verliebter Starfleet-Repräsentant, der Zorn in Kira weckte.

»Alle anderen sind damit beschäftigt, die primären Systeme zu reparieren«, sagte sie und leerte die Schaufel in den Sammelbehälter. Herausfordernd fügte sie hinzu: »Starfleet-Offiziere sind sicher nicht daran gewöhnt, sich die Hände schmutzig zu machen.«

Sisko wölbte eine Braue, griff nach einer anderen Schaufel und machte sich an die Arbeit.

Kira wandte sich halb ab und gab vor, unbeeindruckt zu sein. Seltsamerweise vertraute sie dem Commander genug, um ihre Vergangenheit zu erwähnen — bisher war diese Ehre allein Odo vorbehalten geblieben. »In den Flüchtlingslagern haben wir gelernt, dem Gebot der Notwendigkeit zu folgen. Auf persönlichen Status kam es dabei nicht an.«

Eine Zeitlang war nur das Geräusch von Schaufeln zu hören, die sich in den Schutt bohrten. »Ich habe vorhin mit unserem lieben Nachbarn Quark gesprochen«, sagte Sisko schließlich. »Er ist bereit zu wetten, daß die provisorische Regierung keine große Zukunft hat.«

Kira bestätigte diese Spekulation mit einem Nicken. »Quark wettet nur, wenn er absolut sicher ist, daß er nicht verliert.« Sie spürte Siskos Blick auf sich ruhen und fügte hinzu: »In einer Woche existiert die derzeitige Regierung nicht mehr. Und Sie sind dann längst fort.« Das behauptete jedenfalls ihre Vernunft. Aber der Traum vermittelte eine ganz andere Botschaft.

Sisko hob die Schaufel, und der Sammelbehälter füllte sich allmählich. »Was passiert dann auf Bajor?«

»Bürgerkrieg«, sagte Kira knapp und versuchte, das in diesem Wort zum Ausdruck kommende Entsetzen zu ignorieren. Die Vorstellung erfüllte sie mit Bitterkeit. Jahrzehntelang hatten die Cardassianer den Planeten ausgeplündert, und jetzt drohte ein Kampf, der in den Ruinen stattfand und bei dem sich Bajoraner gegenseitig umbrachten. »Die Politiker sind zu sehr damit beschäftigt, Karten ihrer Einflußbereiche zu zeichnen. Deshalb sehen sie nicht, was getan werden muß.«

»Und was muß getan werden?«

»Starfleet kann uns dabei kaum helfen.« Kira zögerte und fragte sich, wie viele Informationen sie diesem Fremden anvertrauen durfte. Sie bemerkte Siskos Blick, in dem sich aufrichtiges Interesse widerspiegelte. »Nur Opaka kann einen Bürgerkrieg verhindern.«

»Opaka?«

»Unser geistliches Oberhaupt. Man bezeichnet sie auch als ›Kai‹. Nur die Religion hält mein Volk zusammen. Wenn Opaka zur Einheit aufruft ... Man würde bestimmt auf sie hören.« Kira legte die Schaufel beiseite und bückte sich, um kleine Schuttbrocken aufzuheben. Sisko ging ihr dabei zur Hand.

»Die Anführer aller Fraktionen haben versucht, sich mit ihr in Verbindung zu setzen«, sagte Kira leise. »Aber sie lebt sehr zurückgezogen und empfängt nur selten jemanden.«

Der Commander dachte darüber nach. »Vielleicht wäre sie bereit, mit einem Besucher aus der Föderation zu sprechen.«

»Meinen Sie sich selbst?« Kira schürzte skeptisch die Lippen. »Glauben Sie mir: Von der Föderation hält Opaka nicht mehr als ich.«

Ein Schatten senkte sich auf sie beide herab. Kira hob den Kopf — und riß verblüfft die Augen auf, als sie ein von silberweißem Glanz umgebenes Gesicht sah. Ihr Traum schien plötzlich Substanz gewonnen zu haben.

Auch Ben Sisko dachte an einen Traum und erinnerte sich an die Vision von einer allwissenden Bajoranerin, die lange Finger ausstreckte, um ihn sanft an der Wange zu berühren.

(*Atme,* sagte Jennifer)

Doch jenes Gesicht, das nun auf Kira und ihn herabsah, gehörte einem alten Mann, der Sisko vertraut erschien. Er entsann sich an den Mönch, der ihn im Zugang des bajoranischen Tempels willkommen geheißen hatte.

»Commander…« Die Züge des alten Bajoraners brachten Ruhe und Frieden zum Ausdruck. Seine Stimme… Ihm schien klar zu sein, daß Sisko schon seit einer ganzen Weile von der Unvermeidlichkeit dieser Begegnung wußte. Und auch von den Konsequenzen, die sich daraus ergaben. »Es ist soweit.« Er drehte sich um und schritt an den Schutthaufen vorbei, rechnete offenbar damit, daß ihm der Mensch folgte.

Siskos Herz schlug schneller. Wie ein Hypnotisierter stand er auf, und für eine Sekunde — länger nicht — sah er dem alten Mönch nach. Seltsame Gefühle prikkelten in ihm, längst vergessen geglaubte Emotionen, die den Traum begleitet hatten.

(*Atme*)

Er drehte den Kopf und begegnete Kiras verdutztem Blick. Die Züge veränderten sich, formten Jennifers Gesicht. Sisko blinzelte, und die Realität kehrte zurück.

Er wollte mit der Kai sprechen, um den Bajoranern zu helfen. Um seine Pflicht als Starfleet-Offizier zu erfüllen. Mehr steckte nicht dahinter, sagte er sich. Es handelte sich um rein rationale Gründe, die nicht erklärten, warum das Erscheinen des Mönchs und die Erwähnung von Kai Opaka eine so intensive emotionale Reaktion in ihm bewirkten.

Sisko holte tief Luft, ließ die Schaufel sinken und folgte der Gestalt in dem langen Umhang.

Sie beamten sich auf den Planeten und rematerialisierten in hellem Sonnenschein, der auf verbrannten Boden herabschimmerte, auf verkohlte Blätter und die Reste von Gebäuden.

Sisko wanderte über die von Trümmerhaufen gesäumte Straße, und dabei blitzten Erinnerungsbilder vor seinem inneren Auge: Er sah sich selbst in der Rettungskapsel, blickte aus dem Fenster und beobachtete die geborstenen Rümpfe von Starfleet-Schiffen. Doch hier hatte die Verwüstung ein Ausmaß erreicht, das für Sisko bisher unvorstellbar gewesen war. Plötzlich erschienen ihm seine Klagen über die vergleichsweise geringen Schäden in der Raumstation absurd.

Die Verheerung hatte nur wenige Gebäude verschont: Sie allen waren rund und gewölbt, präsentierten sanfte Konturen, die besser zur Umgebung paßten als die Kanten und Ecken der cardassianischen Architektur. Der Mönch führte Sisko zu einem davon. Aufgrund der in den Stein gemeißelten Verzierungen am Eingang vermutete der Commander einen Tempel oder ein Kloster.

Im Innern des Gebäudes erwartete ihn kühles Halbdunkel — das einzige Licht stammte von der Sonne, filterte durch Risse und Löcher in den Wänden. Die offensichtliche Entweihung dieses für die Bajoraner heiligen Ortes schockierte den Besucher: zertrümmerte Fenster, zerschmetterte Innenwände, enthauptete Statuen.

Trotzdem war es den Cardassianern nicht gelungen, die ruhige Aura eines Sanktuariums zu zerstören. Sisko wurde an einem Mönch vorbeigeführt, der leise und auf eine mitleiderweckend schwermütige Weise in einer halb eingestürzten Nische sang. Ein anderer humpelte, von alten Verletzungen behindert, an der Wand entlang, nahm hier und dort sorgfältige Reparaturen vor.

»Commander Sisko.«

Die Stimme einer Frau. Er drehte sich um und bemerkte eine schattenhafte Gestalt. Zwischen ihnen glitzerte Sonnenlicht durch eine Öffnung in der Decke, und Staub verlieh dem Glanz die Form eines Balkens. Sisko hielt den Atem an, als die Frau aus seinem Traum vortrat, sich so aus der Dunkelheit löste wie die *Saratoga*-Verwundeten aus den Rauchwolken.

Er musterte eine Bajoranerin in mittleren Jahren, gekleidet in ein helles Futteralkleid. Allem Anschein nach war sie verletzt worden, denn sie stützte sich auf einen Stock, und in ihrem Gesicht zeichneten sich mehrere dunkle Striemen ab — Sisko sah darin das Leid des ganzen bajoranischen Volkes. Doch in jener Miene zeigte sich auch noch etwas anderes: das innere Licht eines unerschütterlichen Friedens, gegen den kein Feind etwas ausrichten konnte.

Sisko verstand die Trauer und wünschte sich diese Gelassenheit.

Kai Opaka lächelte sanft und vollführte eine vage Geste, die der Umgebung galt. »Ich bedauere, daß wir uns nicht unter besseren Umständen begegnen.«

»Die Cardassianer?« vermutete Sisko. Eigentlich war es gar keine Frage.

Opaka antwortete mit einem wissenden Blick, als sie mühsam einen Fuß vor den anderen setzte. Sisko widerstand der Versuchung, die Hand auszustrecken und sie zu stützen — die Würde der Kai verbot so etwas —, als er ihr tiefer ins Kloster folgte.

»Das Zentrum unseres religiösen Lebens wurde entweiht, um die Seele der Bajoraner zu verwunden«, sagte Opaka.

Sie führte den Commander zu einem Meditationsbereich: Hölzerne Sitzbänke formten dort einen Halbkreis vor dem spiegelnden Wasser eines Teichs. Darüber gewährten Fenster Ausblick zu Bergen, die erhaben am Horizont aufragten. Ihre Abbilder tanzten im Wasser.

Opaka ließ sich auf eine Bank sinken, und Sisko nahm neben ihr Platz. Lächelnd wandte sie sich ihm zu. »Ihre Ankunft erfüllt uns mit großer Freude.«

Sisko versuchte, sich von den seltsamen Gefühlen zu erholen, die durch neuerliche Erinnerungen an den Traum in ihm entstanden waren. Er konzentrierte sich allein auf seine Funktion als Repräsentant der Föderation. »Das höre ich gern«, sagte er im Namen von Starfleet. »Wenn Bajor Mitglied des interstellaren Völkerbunds wird, so ...«

»Ich spreche nicht von der Föderation«, unterbrach ihn die Kai. »Ich meine *Ihre* Ankunft.«

»Meine?« Sisko spürte so etwas wie Furcht. Tief in ihm drängte etwas danach, vor dieser geheimnisvollen Frau zu fliehen.

Opaka streckte die Hand aus, und ihre langen Finger berührten den Commander an der Wange. Sie musterte ihn mit der Zärtlichkeit einer Großmutter, die das Gesicht eines geliebten Enkelkinds betrachtet. »Haben Sie jemals Ihre *Pagh* untersucht, Commander?«

»Pagh?« Sisko wollte zurückweichen, den physischen Kontakt unterbrechen. Doch ein anderer Faktor seines Ichs forderte ihn auf, näher an die Frau heranzurücken, ihr zu vertrauen.

Opakas Finger bewegten sich nun wie eigenständige Wesen, krochen weiter, erreichten das Ohr und tasteten sanft darüber hinweg. »Bajoraner schöpfen Mut aus dem Geistlichen. Unsere Lebenskraft, unsere *Pagh,* wird von den Propheten erneuert.«

In den Pupillen der Frau schien es zu glühen, als die Finger ihre Wanderung fortsetzen. Sie sah Sisko so an, als hätte sie gerade das wundersamste aller Wunder gesehen. Ganz plötzlich drückte sie zu und zwickte ihn ins Ohrläppchen. Der Commander empfand jähen Schmerz, und sein Kopf zuckte zur Seite.

»Atme«, sagte Opaka.

(*Jennifer*)

Sisko rutschte fort, als sich das Unbehagen in ihm verstärkte. Er fürchtete sich vor dem Gefühl, das die Kai in ihm geweckt hatte: Kummer.

(*Jennifer*)

(*Sie ist tot, sagte Hranok*)

Er wollte nicht, daß Opaka noch mehr von ihm erfuhr, von dem Mann namens Ben Sisko. Deshalb versuchte er, das Gespräch wieder auf politische Dinge zu lenken. »Kai Opaka, wenn wir jetzt Ihre Rolle während der post-cardassianischen Übergangsphase erörtern könnten ...«

»*Atme*«, wiederholte sie etwas schärfer.

Sisko schnappte nach Luft und begriff erst jetzt, daß er den Atem angehalten hatte.

Opakas Finger kehrten zum Rand des Ohrs zurück. »Seltsam«, murmelte sie wie zu sich selbst. »Das Schicksal macht jemanden zum Emissär, der gar nicht bei uns sein möchte.«

Sisko versteifte sich. War sein Wunsch, Deep Space Nine zu verlassen, so deutlich zu erkennen?

Die Kai beugte sich zu ihm vor und musterte jeden Quadratmillimeter seines Gesichts. Nach einer langen Minute des Schweigens wich sie wieder zurück. »Ihre *Pagh* ist sehr interessant, Commander.« Sie stützte sich auf den Stock und stand auf. »Bitte begleiten Sie mich.«

Sisko erhob sich, als Opaka ein kleines Gerät zwischen den Falten ihres Umhangs hervorholte und eine Taste drückte.

Der spiegelnde Teich verschwand — ein Hologramm —, und darunter kam eine nach unten führende steinerne Treppe zum Vorschein. Sisko folgte der Kai in eine Höhle, die von den Cardassianern offenbar nicht entdeckt worden war. Hier stammte das Licht von flakkernden Kerzen, die in kleinen Wandmulden brannten.

Die Kaverne weckte ein seltsames Déjà-vu-Gefühl im Commander, und er fragte sich, ob er schon einmal an diesem Ort gewesen war, in seinem Traum.

Am Ende der Treppe wandte sich Opaka ihm zu und vertraute ihr Gewicht einmal mehr dem Stock an. »Sie haben recht, wenn Sie glauben, daß Bajor große Gefahr droht. Vielleicht steht die größte Krise in unserer Geschichte bevor. Doch unser religiöses Leben ist einer noch weitaus schlimmeren Bedrohung ausgesetzt.«

»Vielleicht«, räumte Sisko ein. »Aber ich bin machtlos, solange der Planet nicht geeint ist und ...«

Opaka unterbrach ihn. »Ich kann Ihnen nicht geben, was Sie sich selbst vorenthalten.«

Sisko runzelte verwirrt die Stirn. »Ich verstehe nicht ganz ...«

»Suchen Sie im Innern nach Lösungen, Commander.« Opaka schien die Verwunderung in den Zügen des Mannes einfach zu ignorieren und humpelte zu einem verzierten Kasten, der Sisko an Holo-Aufnahmen von der jüdischen Bundeslade erinnerte. Mit geübter Hand schob sie den Deckel beiseite und winkte den Besucher näher.

Sisko fühlte sich auf sonderbare Weise vom Inhalt des Kastens angezogen, aber er ging langsam, mit ruhigen, zögernden Schritten. Dicht vor dem Behälter blieb er stehen und sah hinein. Ein Kraftfeld glühte dort, und in seinem Innern schwebte eine Doppelkugel aus strahlender Energie. Ein grüner Widerschein tastete über Opakas Gesicht, als sie einen ehrfürchtigen Blick auf das Gebilde richtete. Das Etwas wirkte wie ein sich drehendes Stundenglas, fand Sisko. Oder wie das mathematische Symbol für Unendlichkeit.

»Was ist das?« fragte er leise, drehte den Kopf und stellte fest, daß Opaka erneut fortgewichen war. Sie stand nun an der Wand und berührte dort eine bestimmte Stelle.

»Die Träne des Propheten«, sagte sie und übte ein wenig Druck auf die gut getarnte Kontrollfläche aus. Im massiv anmutenden Stein öffnete sich der Zugang eines Korridors. Opaka trat in den Tunnel, und hinter ihr schloß sich die Öffnung wieder. Sisko blieb allein in der Höhle, und einige Sekunden lang stand er wie erstarrt. Dann wollte er den Namen der Kai rufen ...

Es wurde dunkler, doch die Finsternis währte nicht lange, wurde von einem eigentümlichen grünen Licht verdrängt, das immer heller glänzte.

Siskos Blick kehrte zur Lade zurück. Jenes Kraftfeld, das die beiden Kugeln umhüllt hatte ... Es existierte jetzt nicht mehr. Ein intensiveres Schimmern ging nun von dem Objekt aus, und es drehte sich schneller als vorher.

Der Commander beobachtete verblüfft, wie es größer wurde und anzuschwellen schien, bis die Lade nicht mehr genug Platz dafür bot. Das Etwas stieg auf und begann damit, die Kaverne zu füllen, umgab Sisko mit einer Kraft, die gewaltiger war als der Zorn eines Zyklons. Das Licht blendete nun, und Sisko konnte die Lade nicht mehr erkennen. Selbst die Wände der Höhle verloren sich im grellen Gleißen. Er schrie und schloß die Augen, aber das Licht erreichte ihn trotzdem, verursachte einen Schmerz, der über das Körperliche hinausging ...

Und dann ließ das peinvolle Glitzern nach. Vorsichtig hob Sisko die Lider und rechnete damit, noch immer geblendet zu sein und nur Schatten zu sehen, bestenfalls ein grünes Nachbild an den Wänden der Kaverne.

Etwas ganz anderes erwartete ihn. Verblüfft starrte er über einen breiten weißen Strand, der blaues Wasser säumte, über dem sich ein blauer Himmel wölbte. Er holte tief Luft und roch Meer. Als er an sich herabsah ... Er trug keine Starfleet-Uniform, sondern eine längst vergessene Badehose, und der Körper war jünger, schlanker.

Seine Hände hielten ein Tablett mit drei Limonadengläsern — er hätte es fast fallengelassen.

»Was zum Teufel ... *Opaka?*«

Zwei junge Männer, die ebenfalls nur Badehosen trugen, warfen ihm erstaunte Blicke zu. Sisko schwieg und dachte an die sonderbare Vertrautheit dieser Szene, an jenes Déjà-vu-Gefühl, das er empfunden hatte, als er Opaka begegnete — es wiederholte sich nun.

Er unterbrach seine Überlegungen, als er spürte, daß ihm heißer Sand die Füße verbrannte. Ob Hologramm oder nicht — der Schmerz war viel zu real und verlangte Aufmerksamkeit.

»Au …« Sisko tanzte auf den Zehenspitzen und sah sich um. Das Wasser war zu weit entfernt, aber zum Glück bemerkte er eine Decke, von der ihn nur wenige Meter trennten. Er sprang, und dadurch stieß er Sand auf eine Frau, die in der Sonne lag.

»He!« Die Unbekannte rollte sich zur Seite und hielt dabei das gelöste Oberteil ihres Bikinis fest. Über der Sonnenbrille zogen sich dunkle Brauen zusammen.

»Tut mir leid«, sagte Sisko und kam sich wie ein Narr vor. »Der heiße Sand verbrannte mir die Füße, und deshalb …«

Als er das Gesicht der Frau sah, sank er wie in Zeitlupe auf die Knie, und irgend etwas schien sich ihm ins Herz zu bohren. Er hatte ganz vergessen, wie schön sie gewesen war.

»Jen … Jennifer?« flüsterte er und streckte die freie Hand nach ihr aus. Die Frau offenbarte Anzeichen von Unsicherheit, als Sisko ihr behutsam die Brille abnahm. Dunkle Augen mit winzigen goldenen Flecken in den Pupillen kamen darunter zum Vorschein, sahen so zu ihm auf, als hielten sie ihn für einen Fremden.

»Ja? Entschuldigung … Sind wir uns gestern abend bei Georges Party begegnet?«

»George?« wiederholte Sisko benommen. Er konnte es kaum fassen. »*Jennifer* … Moment mal. Das ist unmöglich.« Er stand auf, und Limonade schwappte über den Rand der Gläser.

Jennifers Argwohn verwandelte sich in Sorge. »Ist alles in Ordnung mit Ihnen?«

Sisko drehte den Kopf von einer Seite zur anderen, suchte wie verzweifelt nach Opaka und der Höhle, nach der grünen Doppelkugel. »Was machst du hier? Was mache *ich* hier?«

Jennifer setzte sich auf und drückte auch weiterhin das Oberteil des Bikinis an die vollen Brüste. »Sie sollten eine Mütze aufsetzen, wenn Sie die Sonne nicht vertragen.«

»Dieser Ort ...«, brachte Sisko hervor. »Der Gilgo-Strand. Hier haben wir uns kennengelernt.«

Daraufhin war Jennifer verwirrt. »Wir ... kennen uns?«

»Ich trug ...« Sisko blickte auf das Tablett. »... drei Gläser Limonade.«

Falten fraßen sich ihm tief in die Stirn, während Jennifer das Oberteil zurechtrückte und den Verschluß zuschnappen ließ.

»Der heiße Sand verbrannte mir die Füße«, fuhr Sisko fort, und seine Aufregung wuchs, als ihm alles einfiel. »Hier bin ich stehengeblieben. Weißt du eigentlich, wie unglaublich das alles ist? Nein, das kannst du gar nicht wissen. *Jennifer.*«

Er starrte sie groß an, überwältigt von ihrer Nähe. Er verspürte den jähen Wunsch, sie zu berühren, ihr alles zu erzählen: wie groß Jake in den vergangenen drei Jahren geworden war, wie sehr er seiner Mutter ähnelte ...

Aber sie konnte ihn nicht verstehen. Mit ziemlicher Sicherheit würde sie ihn für verrückt halten. Sisko begnügte sich damit, sie anzusehen, ihre Schönheit zu bewundern, und es fiel ihm sehr schwer, nicht der emotionalen Flut zu erliegen, die plötzlich in ihm wogte. Nach einer Weile bekam das Schweigen etwas Unangenehmes. Jennifer rutschte ein wenig zur Seite und schien die Stille immer mehr als Belastung zu empfinden. *Gleich bittet sie mich zu gehen,* dachte Sisko und suchte nach einer Möglichkeit, *irgend etwas* zu sagen. Ihm fiel nichts besseres ein als »Möchten Sie eine Limonade?« Er bot ihr das Tablett an.

Den Zügen haftete noch immer etwas Argwohn an, aber in Jennifers Stimme hörte Sisko eine Erheiterung, die Hoffnung in ihm weckte. »Nein, danke. Am Strand nehme ich keine Drinks von fremden Männern entgegen.« Mit einer geschmeidigen Bewegung erhob sie sich und schritt zum Wasser. Sisko setzte das Tablett auf der Decke ab und folgte ihr.

Zuerst ignorierte sie ihn, erhob jedoch keine Einwände dagegen, daß er neben ihr ging. Das herrlich kühle Wasser schäumte, als sich die Wellen an ihren Füßen brachen. Der weiße Strand schien sich endlos zu erstrekken, formte einen weiten Bogen, der dort verschwand, wo sich am fernen Horizont Meer und Himmel vereinten.

»Sagen Sie mir die Wahrheit«, sagte Jennifer schließlich. »Sind wir uns wirklich schon einmal begegnet?«

Sisko musterte sie. Wie sollte er ihr die Wahrheit sagen? Konnte er ihr mitteilen, daß sie eine Art Halluzination war, vielleicht eine holographische Projektion? Was mochte sie von ihm halten, wenn er von ihrer Heirat sprach und einen gemeinsamen Sohn erwähnte, wenn er darauf hinwies, daß sie an Bord der *Saratoga* starb?

Er beschloß, die Maßstäbe der Vergangenheit anzulegen. »Nein.«

Sie schüttelte den Kopf und schenkte ihm ein scheues Jennifer-Lächeln. »Und woher wußten Sie meinen Namen?«

»Ich ...« Sisko zögerte, ließ sich eine Lüge einfallen — und stellte verblüfft fest, daß sie damals der Wahrheit entsprochen hatte. »George hat ihn mir genannt.«

»Also *waren* Sie gestern abend bei der Party.«

»Ja. Ich ...« Plötzlich erinnerte er sich wieder. »Ich bin spät eingetroffen. Sie gingen gerade ...«

Das Jennifer-Lächeln wuchs in die Breite. »Wollen Sie mir nicht Ihren Namen nennen?«

»Oh.« Sisko erwiderte das Lächeln und gab sich einem Gespräch hin, das vor vielen Jahren stattgefunden hatte. Er paßte sich dem Rhythmus der Vergangenheit an und genoß Jennifer so, wie sie damals gewesen war: jung, stark und überaus attraktiv. Spielte es eine Rolle, daß sie in Wirklichkeit gar nicht mehr existierte? »Ben Sisko. Ich ... habe gerade die Ausbildung an der Starfleet-Akademie beendet und warte auf die ersten Einsatzorder.«

»Sie sind also Junior-Offizier.« Jennifer kniff die Augen zusammen und fügte spöttisch hinzu: »Meine Mutter hat mich immer wieder vor Junior-Offizieren gewarnt.«

»Ihre Mutter wird für mich schwärmen«, erwiderte Sisko ohne nachzudenken.

Jennifer belächelte seine Unverschämtheit. »Sie sind sehr von sich selbst überzeugt.«

»Man trifft nicht jeden Tag die Frau, die man heiraten wird.«

Sie blieb abrupt stehen und lachte laut. Wellen brachen sich an ihren Waden, und eine Möwe krächzte. »Haben Sie diese Sprüche bei vielen Frauen benutzt?«

»Nein«, antwortete Sisko. »Es sind gar keine Sprüche — es ist die Wahrheit.«

»Oh, natürlich«, sagte Jennifer mit deutlicher Ironie. Sie wandte sich halb ab, und Sisko sah etwas in ihren Augen, ein Gefühl, das ihm bestätigte: Seine Präsenz blieb nicht ohne Wirkung auf sie.

»Wie wär's, wenn ich heute abend für uns koche?« fragte er impulsiv — und wußte mit einer jeden Zweifel ausschließenden Sicherheit, daß er die gleichen Worte sprach wie vor fünfzehn Jahren. »Mein Vater war Chefkoch in einem Gourmet-Restaurant. Sie haben die einzigartige Gelegenheit, seinen berühmten Auberginensalat kennenzulernen.«

Neuerliches Mißtrauen huschte durch Jennifers Gesicht, als sie zum Horizont blickte. »Ich weiß nicht ...«

»Die richtige Antwort lautet ›einverstanden‹«, sagte Sisko und lächelte. Die Vorstellung, das erste Abendessen mit Jennifer zu wiederholen, ließ intensive Vorfreude in ihm entstehen. Wenn es doch nur möglich gewesen wäre, für immer hierzubleiben, in der Vergangenheit ...

Hinter ihnen, über Jennifers Kopf, schimmerte es in der Luft, und ein grüner Glanz entstand. In dem Leuchten bildeten sich die Konturen der Doppelkugel. Von einem Augenblick zum anderen wichen Siskos Hoffnungen tiefem Kummer. Dies war nicht die Realität, sondern ein Trugbild, ein Hologramm, eine von Opaka geschaffene Illusion. *Jennifer lebt nicht mehr,* dachte er. *Ich spreche mit einem Phantom, mit einer Erinnerung.* Jetzt bahnte sich die Rückkehr in eine trostlose Gegenwart an.

Er wollte sich an der Frau festhalten, sie mitnehmen und nie wieder loslassen. Andererseits brachte er es nicht fertig, sie zu berühren, aus Furcht davor, nur nach leerer Luft zu greifen ...

Jennifers Stimme holte ihn noch einmal in die Sphäre des Irrealen. »Hoffentlich bereue ich es nicht«, sagte sie und schmunzelte.

Das Unendlichkeits-Etwas drehte sich, projizierte sein Licht auf den Strand.

»Jennifer ...« Sisko taumelte der Frau entgegen, aber es war bereits zu spät. Das Gleißen umhüllte ihn erneut. »Nein ... warte!«

Jennifer, der Sand, das Wasser ... Alles verschwand in einem grünen Lodern, das für Sisko noch greller und schmerzvoller war als der Explosionsblitz, der die *Saratoga* auseinandergerissen und zerstört hatte. Er fühlte sich von der geheimnisvollen Energie der Doppelkugel gepackt und in die Wirklichkeit zurückgeschleudert.

Als er die Augen öffnete, stand er wieder in der von Kerzen erhellten Höhle, und Opaka leistete ihm Gesellschaft. Sie blickten auf das spindelartige Objekt hinab, das nun in der Lade ruhte.

»Handelt es sich um einen holographischen Projektor?« fragte Sisko unsicher. Die Beine zitterten und drohten, unter ihm nachzugeben.

»Nein«, sagte die Kai. Reflektiertes Licht ließ ihre Augen erstrahlen. »Was Sie eben erlebt haben, ist nur der Anfang.« Sie schloß die Lade, und der Deckel schirmte den Glanz ab. Diffuses Halbdunkel wallte heran, und Opaka musterte den Commander. »Vor über tausend

Jahren erschien diese Doppelkugel an unserem Himmel. Es sind noch acht weitere entdeckt worden, und seit einem Jahrtausend untersucht man sie. Die Überlieferungen behaupten, daß sie aus dem Himmelstempel stammen. Sie haben uns viel gelehrt und bestimmenden Einfluß auf unsere Theologie ausgeübt.«

Sie hob den Kasten und reichte ihn Sisko. »Ich vertraue Ihnen dies an«, verkündete sie mit bedeutungsvoll vibrierender Stimme.

Der Commander versteifte sich. »Warum?«

»Es wird Sie zum Tempel führen.«

»Wie bitte?« Sisko kam sich dumm und töricht vor. Hypnose — so lautete die Erklärung. Opaka nutzte seine Gefühle aus, um ihn zu veranlassen, irgendeine absurde bajoranische Prophezeiung zu erfüllen.

Vermutlich hatte sie seine Furcht gespürt. Jetzt richtete sie sich auf und straffte die Gestalt, schien das verletzte Bein einfach zu vergessen. »Das Objekt *muß* Sie zum Himmelstempel führen, damit Sie Gelegenheit erhalten, die Propheten zu warnen.«

Sisko richtete einen skeptischen Blick auf sie. »Wovor sollen die Propheten gewarnt werden?«

»Die Cardassianer nahmen alle acht anderen Doppelkugeln mit. Bestimmt lassen sie nichts unversucht, um ihre Macht zu enträtseln, und vielleicht finden sie dabei heraus, woher die Objekte stammen. Wenn es ihnen gelingt ... Möglicherweise versuchen sie, den Himmelstempel zu zerstören, und daraus könnte sich ein geistlich-religiöses Chaos für ganz Bajor ergeben.«

Sisko schüttelte den Kopf und trat einen Schritt zurück. »Wollen Sie mich mit einer Art ... sakralen Mission beauftragen?«

Opaka beugte sich zu dem Commander vor und erwiderte in einem beschwörenden Tonfall: »Ich kann mein Volk erst einen, wenn ich ganz sicher bin, daß die Propheten gewarnt worden sind.«

Ihr Blick durchbohrte Sisko, reichte bis in die entlegensten Winkel seiner Seele. Er verstand die Botschaft: *Ich helfe Ihnen nur, wenn Sie mir diesen Wunsch erfüllen.* Unmittelbar darauf verschwand die Strenge aus den Zügen der Kai und wurde von einem mitfühlenden Lächeln ersetzt.

»Sie werden die Propheten suchen«, sagte sie wissend. »Letztendlich nicht für Bajor oder die Föderation, sondern für sich selbst. Um Ihrer *Pagh* willen. Es ist eine Reise, die das Schicksal von Ihnen verlangt, Commander.«

KAPITEL 5

Miles O'Brien betrat zum letztenmal sein Quartier an Bord der *Enterprise*. Der Wohnraum enthielt keine Dinge mehr, die an ihn oder Keiko erinnerten. Aus einem Reflex heraus blickte O'Brien zu Boden, um nicht über eins von Mollys Spielzeugen zu stolpern. Doch nirgends lagen irgendwelche Gegenstände auf dem Deck, und ein vertraut klingendes dumpfes Klacken begleitete jeden Schritt.

»Keiko?«

Keine Antwort. O'Brien ging zum Schlafzimmer, und dort saß Keiko im Dunkeln auf dem Bett, hielt die schlafende Molly in den Armen. Sie sah nicht auf, als er sich näherte. Das vom Wohnraum hereinfallende Licht ließ Tränen glitzern.

»Was soll das bedeuten?« fragte Miles leise, und ein jähes Schuldgefühl verursachte emotionalen Schmerz. »Ach, Schatz ...« Er nahm ebenfalls auf der Bettkante Platz, aber die Frau an seiner Seite reagierte zunächst nicht auf ihn. »Wir haben doch darüber gesprochen.«

Keiko sah auf das schlummernde Kind hinab. »Ich frage mich nach wie vor, was eine Botanikerin in einer bajoranischen Raumstation zu suchen hat«, erwiderte sie leise, und O'Brien hörte die Gewissensbisse in ihrer Stimme.

Er versuchte, sie mit ein wenig Humor aufzumuntern. »So wie's dort aussieht ... Man könnte meinen, daß die Cardassianer Sterilität für eine Kunstform halten. Du könntest Deep Space Nine in einen Garten verwandeln.« Ein ähnlicher Gedanke war ihm durch den

Kopf gegangen, als er ihr düsteres Quartier in der Raumstation gesehen hatte. Keiko gelang es sicher, dem Ort eine warme, entspannende Atmosphäre zu verleihen — eine echte Herausforderung für sie.

Das Scherzen führte nicht zum gewünschten Ergebnis. Die Frau sah ernst zu ihm auf. »Ich brauche keinen neuen Tätigkeitsbereich, Miles. Mit meiner beruflichen Laufbahn an Bord der *Enterprise* ist alles in bester Ordnung. Hier bin ich glücklich. Hier haben wir uns kennengelernt ...« Sie unterbrach sich.

O'Brien seufzte und wußte nicht, auf welche Weise er seiner Frau Trost spenden sollte. Keiko hatte darauf bestanden, daß er die Beförderung akzeptierte und sich nach Deep Space Nine versetzen ließ. Zu jenem Zeitpunkt stammten die Einwände von ihm: Er wies darauf hin, daß sie in der Raumstation unglücklich sein mochte. Die getroffene Entscheidung führte zu einem Rollentausch: O'Brien freute sich darauf, Deep Space Nine wieder in einen voll funktionsfähigen Zustand zu versetzen, und Keiko wurde plötzlich von Zweifeln heimgesucht. Doch inzwischen war es zu spät; es gab kein Zurück mehr.

»Ich liebe dich«, sagte O'Brien schlicht.

Damit wählte er genau die richtigen Worte. Keiko lächelte traurig und berührte seine Hand — sie bewegte sich vorsichtig, um das Kind nicht zu wecken. »Bestimmt gewöhne ich mich daran.«

O'Brien nickte voller Anteilnahme. »Hast du alles gepackt?«

»Die Sachen sind bereits transferiert.«

»Gut«, sagte Miles. »Bitte nimm Molly mit. Ich komme in einigen Minuten nach. Vorher muß ich noch was erledigen.«

Die Offiziere der Nachtschicht verrichteten ihren Dienst im Kontrollraum der *Enterprise.* O'Brien trat aus dem Turbolift und ging zu den rückwärtigen Stationen. Unbehagen regte sich in ihm — vielleicht war es ein Fehler, noch einmal die Brücke aufzusuchen. Aber er brachte es einfach nicht fertig, die *Enterprise* zu verlassen, ohne sich auf diese Weise von ihr zu verabschieden.

Der verantwortliche Lieutenant schien seine Motive zu verstehen. »Captain Picard befindet sich im Bereitschaftsraum. Soll ich ihm mitteilen, daß Sie hier sind?«

O'Brien zögerte. Einerseits fühlte er sich verpflichtet, noch einige letzte Worte an den Captain zu richten, doch andererseits fürchtete er den neuerlichen Schmerz. Vielleicht war es besser, einfach zu gehen, still und unbemerkt. Er schüttelte den Kopf. »Schon gut. Danke.«

Er sah sich noch ein letztes Mal im Kontrollraum um, kehrte dann in den Turbolift zurück und ließ sich von ihm zum Transporterraum Drei bringen.

»Beamen Sie mich in die Raumstation, Maggie«, wandte er sich mit falscher Fröhlichkeit an den neuen Transporterchef.

»Ja, Sir.« Maggie lächelte zum Abschied, als O'Brien zur Transferplattform schritt.

Hinter ihm erklang eine Stimme. »Mr. O'Brien ...«

Er drehte sich um und sah den Captain.

»Ich glaube, ich habe Sie auf der Brücke verpaßt«, sagte Picard.

»Ja, Sir«, bestätigte O'Brien schuldbewußt. »Ich wollte Sie nicht stören.«

Picard bedeutete dem Transporterchef mit einem Wink, das Zimmer zu verlassen. Als sich die Tür hinter Maggie geschlossen hatte, zeigte der Captain ein zwangloseres Gebaren. »Sie ziehen diesen Transporterraum den anderen vor, nicht wahr?« fragte er ruhig.

O'Brien nickte. Es freute ihn, noch einmal mit dem Kommandanten der *Enterprise* zu sprechen, aber in seiner Nähe fühlte er sich unsicher, und deshalb wünschte er sich ein möglichst rasches Ende dieser Begegnung. »Nummer Drei, Sir, ja.«

Picards Lippen deuteten ein Lächeln an. »Gestern benötigte ich eine Auskunft von dem Offizier, der für diesen Bereich zuständig ist, und dabei nannte ich aus reiner Angewohnheit Ihren Namen. Ohne Sie ist es hier nicht mehr so wie früher.«

O'Brien zuckte mit den Schultern. »Es handelt sich nur um einen Transporterraum, Sir.«

Daraufhin wuchs das nur angedeutete Lächeln zu einem Schmunzeln. Es spiegelte sich in O'Briens Gesicht wieder, als er plötzlich begriff: *Du kannst dich noch so sehr bemühen, deine Empfindungen zu verbergen, Miles — er sieht dir trotzdem an, wie schwer es dir fällt, deinen alten Posten und die* Enterprise *aufzugeben.*

Eine recht unangenehme Stille folgte, und schließlich sagte O'Brien: »Bitte um Erlaubnis, das Schiff zu verlassen, Captain.«

Picard straffte die Gestalt. »Erlaubnis erteilt.«

Miles trat aufs Transferfeld, und Picard durchquerte den Raum, blieb an der Konsole stehen. Die beiden Männer wechselten einen Blick.

»Energie«, sagte O'Brien, als er es nicht mehr aushielt. Picard berührte eine Schaltkomponente.

Miles beobachtete, wie seine Vergangenheit hinter einem Vorhang aus flirrender Energie verschwand.

Sisko brachte die bajoranische Lade mit ihrem geheimnisvollen Inhalt im wissenschaftlichen Laboratorium unter, und anschließend suchte er sein Quartier auf. Dunkelheit erwartete ihn; nur die jenseits der Fenster schimmernden Sterne spendeten ein wenig Licht.

Die seltsamen Erlebnisse mit Opaka und der Doppelkugel hatten ein tiefes Staunen in ihm hinterlassen. Die Erinnerungen an die erste Begegnung mit Jennifer am Gilgo-Strand war ebenso wundervoll wie schmerzlich gewesen. Sisko wurde das Gefühl nicht los, daß es dabei um mehr ging als nur um Reminiszenzen. Hatte er vielleicht eine andere Art von Realität erfahren?

Darüber hinaus gewann er den Eindruck, daß ein Zusammenhang zwischen Opakas Prophezeiung und der scheinbaren Rückkehr in die Vergangenheit existierte. Irgendwo verbarg sich ein profunder Sinn.

Sie werden die Propheten suchen. Letztendlich nicht für Bajor oder die Föderation, sondern für sich selbst. Es ist eine Reise, die das Schicksal von Ihnen verlangt.

Sisko hielt es für falsch, an derartigen mystischen Unsinn zu glauben, der Doppelkugel und seinem bemerkenswerten Wirkungspotential mehr als rein wissenschaftliche Bedeutung beizumessen. Wie dem auch sei: Zum erstenmal seit seiner Ankunft spürte er, ein Ziel zu haben, sich am richtigen Platz zu befinden …

Nein, nicht zum erstenmal seit seiner Ankunft in Deep Space Nine — zum erstenmal seit Jennifers Tod.

Langsam und vorsichtig ging er durch den Wohnraum zum kleineren Schlafzimmer, achtete darauf, leise zu sein. Jake schlief nie sehr tief und erwachte schon beim geringsten Geräusch. Im Nebenzimmer sah er seinen Sohn: Er lag voll angezogen und bäuchlings auf den Bodenkissen, den Kopf zur Seite gedreht, der Mund offen.

Sisko kniete neben ihm und lächelte, als er leises Seufzen hörte, das sich in regelmäßigen Abständen wiederholte — fast ein Schnarchen. Das Wiedersehen mit einer fünfzehn Jahren jüngeren Jennifer ließ ihn noch deutlicher erkennen, wie sehr Jake seiner Mutter ähnelte. Er glaubte plötzlich, seinen Sohn noch mehr zu lieben als vorher, und gleichzeitig fühlte er sich schuldig. Opaka schien ihn für eine Art prophezeiten Heiland zu halten. Rührte das an seinen Stolz? Spielte er deshalb mit dem Gedanken zu bleiben? Hatte er vergessen, daß Jake an erster Stelle kam?

Er griff nach der Decke, die über den Füßen des Jungen lag, und zog sie ihm bis zu den Schultern hoch.

Der Knabe öffnete schläfrig die Augen. »Was?« fragte er benommen.

»Mir ist gerade aufgefallen, wie sehr du deiner Mutter ähnelst«, sagte Sisko leise.

Die Falten verschwanden aus Jakes Stirn, und seine Lippen formten ein Jennifer-Lächeln, das wieder verblaßte, als ihm die Augen zufielen. Sisko stand auf und kehrte in den Wohnraum zurück.

Unterwegs piepte sein Insignienkommunikator. »Kira an Sisko.«

Er schloß die Tür des Schlafzimmers, bevor er das kleine Kom-Gerät aktivierte. »Ja, Major?«

»Tut mir leid, Sie zu stören, Commander.« Es hörte sich irgendwie amüsiert an. »Aber in der Promenade gibt es etwas, das Sie sich ansehen sollten.«

Die Lifttür öffnete sich, und fremdartig klingende Musik drang an Siskos Ohren. Er trat einen Schritt vor, blieb stehen ... Und grinste.

An einer Stelle in der dunklen Promenade strahlten bunte Lichter, einem Leuchtfeuer gleich: Quarks Spielkasino.

Der Commander schlenderte über den sauberen Gehsteig und beobachtete, wie einige Fußgänger — Bajoraner, mehrere Ladeninhaber und Besatzungsmitglieder von Raumschiffen an den Dockmodulen — zu dem schimmernden Gebäude eilten.

Im Innern des Kasinos deutete kaum mehr etwas auf die von den Cardassianern angerichteten Verwüstungen hin. Ein großes vertikales Rad drehte sich — das bei den Ferengi übliche Äquivalent zu Roulette, vermutete Sisko —, und davor stand der Spielleiter.

»Heute haben Sie den Segen der Glücksgöttin empfangen, Freunde«, verkündete der Ferengi salbungsvoll — angesichts der näselnden Stimme klang es lächerlich. »Bitte setzen Sie nun.« Er beugte sich vor und lauschte den geflüsterten Worten einer Bajoranerin. Nach wenigen Sekunden richtete er sich wieder auf. »Tut mir leid, Madam, in Quarks Spielkasino werden keine Reiseschecks akzeptiert, nur Gold oder interstellar anerkannte Währungseinheiten. Die letzte Gelegenheit, um zu setzen ...«

Sisko schüttelte den Kopf, lächelte erneut und bahnte sich einen Weg durch die Menge. Rauchschwaden glitten dahin, und alle Tische waren besetzt. Am nächsten ertönte ein lautes ›Dabo!‹, gefolgt von kollektivem Stöhnen. Der Commander reckte den Hals, hielt nach Quark Ausschau und gewann allgemeine Eindrücke. Auf einem zentralen Podium huschten die Finger eines Musikers über eine Tri-Klaviatur. Nicht weit davon entfernt wurde ein kicherndes Pärchen nach oben geführt — das Ziel war vermutlich eine für sexuelle Zwecke bestimmte Holo-Kammer. Sisko erreichte die Theke und hob überrascht die Brauen, als Quark auf der anderen Seite erschien.

Der Ferengi lächelte und offenbarte schiefe Zähne. »Was darf's sein, Commander?«

Sisko legte die eine Hand auf den polierten Tresen, blickte über die Schulter hinweg zur Menge und sah dann wieder Quark an. »Wie ist das hiesige Syntho-Bier?«

Zusätzliche Falten entstanden in einem bereits durch und durch faltigen Gesicht. »Es gefiele Ihnen bestimmt nicht.« Der Ferengi griff nach einem Glas und füllte es unter der Theke. Als er Siskos Verwunderung bemerkte, senkte er die Stimme und erklärte in einem verschwörerischen Tonfall: »Ich liebe die Bajoraner. Eine bewundernswert geistlich orientierte Kultur. Aber sie brauen ein schreckliches Bier. Trinken Sie nie das Bier von gottesfürchtigen Leuten.« Er stellte das Glas vor Sisko ab. »Ich verabscheue es ebensosehr wie einen Starfleet-Commander, der Verwandte von mir ins Gefängnis steckt.«

Quark beugte sich über den Tresen und rümpfte die Nase, als er Sisko musterte. »In Ihren Adern fließt bestimmt kein Ferengi-Blut?«

»Nicht daß ich wüßte.« Der Commander lächelte schief. »Na schön. Quark. Sie haben sich an Ihren Teil der Vereinbarung gehalten. Reden wir über den Rest.«

Jake lag allein in dem großen dunklen Raum und blickte aus Fenstern, die wie seltsame Augen geformt waren.

Die Erwähnung seiner Mutter überraschte ihn. Dad sprach nur selten von ihr, obgleich Jake wußte, daß sein Vater häufig an sie dachte, ebenso wie er selbst. Manchmal erschienen die vergangenen drei Jahre wie drei Tage, so als sei Mom einfach nur verreist. Wenn Jake nicht einschlafen konnte, schloß er die Augen und stellte sich vor, wie seine Mutter hereinkam, die Antigrav-Reisetasche über eine Schulter geworfen. In seiner Phantasie lächelte sie, breitete die Arme aus und fragte: *Na, hast du mich vermißt?*

Ja, Mom. Und wie ...

Gelegentlich wiederholte sich diese Vision im Traum: Dann kam sie tatsächlich herein, die Antigrav-Reisetasche über eine Schulter geworfen. Dann kniete sie sich nieder, um ihn zu umarmen, und er schmiegte sich an sie, klammerte sich regelrecht an ihr fest, mit der Absicht, sie nie wieder loszulassen.

Dann saß Dad neben ihr, zeigte jene Art von sorgloser Fröhlichkeit, an der es ihm seit drei Jahren mangelte. Und Mom wies darauf hin, alles sei ein Irrtum gewesen: Sie war überhaupt nicht an Bord der *Saratoga* gestorben. Dad hatte sie mit einer anderen Frau verwechselt ... Der Traum zeigte klare, einfache und wundervolle Bilder. Wenn Jake anschließend erwachte, schluchzte er erleichtert — um unmittelbar darauf mit neuem Kummer konfrontiert zu werden.

Die drei zurückliegenden Jahre konnten ihm wie wenige Tage erscheinen, aber auch wie eine Ewigkeit. Die Trauer über Moms Tod verband ihn nicht nur mit Dad, sondern schuf auch Distanz. Der Vater liebte seinen Sohn noch inniger als vorher, doch er wurde auch stiller und introvertierter. Nicht ein einziges Mal hatte Jake gesehen, wie Dad um Mom weinte, und nie erzählte er, was an jenem Tag an Bord der *Saratoga* geschehen war.

Jake erinnerte sich kaum an die betreffenden Ereignisse. Er wußte nur noch, daß seine Mutter nicht unterrichtet hatte: Wegen der Borg waren die Kinder in die jeweiligen Unterkünfte geschickt worden. Jake entsann sich an die Nervosität seines Lehrers, an eine Besorgnis, die zunächst nur andere betraf — bis er die Unterkunft erreichte, in der Mom auf ihn wartete: Furcht glomm in ihren Augen.

Er war zu dumm gewesen, um sich zu fürchten ...

Und dann begann der Kampf, und das Raumschiff schüttelte sich so sehr, als könnte es jeden Augenblick auseinanderplatzen. Mom schlang die Arme um ihn und betonte immer wieder, es käme alles in Ordnung.

Eine Explosion krachte, so laut, daß Jake glaubte, das Donnern zerrisse ihm die Trommelfelle. Die Druckwelle schleuderte ihn mit Mom zu Boden. Es dauerte höchstens eine Sekunde, bis er das Bewußtsein verlor, doch diese Zeit genügte, um zu erkennen: Chaos suchte das Quartier heim, zerfetzte die Wände und schmetterte ein schweres, glühendes Trümmerstück auf sie herab ...

Als er wieder zu sich kam, lag er in einem Krankenhausbett, und Dad saß steif neben ihm. Er erkundigte sich sofort nach Mom, kaum hatte er die Benommenheit von sich abgestreift.

Dad antwortete nicht ... Und sein von Kummer geprägtes Schweigen bestätigte die schlimmsten Befürchtungen Jakes. Er weinte und weinte, vergoß mehr Tränen als jemals zuvor in seinem Leben.

Dad hingegen weinte nicht. Er saß einfach nur da, stumm und mit ausdruckslosem Gesicht, hielt die Hand seines Sohns. Während der nächsten drei Jahre fand er nicht zu seinem alten Selbst zurück. Etwas schien ihm alle Lebensfreude genommen zu haben: Er schien ebenfalls gestorben zu sein, wirkte wie die leere Hülle eines

Mannes, der nur noch existierte, damit Jake zu essen bekam, sich regelmäßig die Zähne putzte und seine Hausaufgaben erledigte. Der Junge versuchte, seinen Vater zum Lachen zu bringen, ihn zu veranlassen, jene Geschehnisse zu schildern, die schließlich zu Moms Tod führten. Aber ganz gleich, welche Mühe er sich gab: Der Schild aus Gram und Leid erwies sich als undurchdringlich.

Gelegentlich hatte Jake das Gefühl, nicht nur die Mutter an Bord der *Saratoga* verloren zu haben, sondern beide Eltern.

Andererseits: Die Furcht davor, seinen Dad tatsächlich zu verlieren, wurde allmählich zu einer Besessenheit. Wenn sie doch nur einen Ort aufsuchen konnten, der echte Sicherheit bot, weit weg von Starfleet, den Borg, Aliens und verborgenen Gefahren ... Zum Beispiel Terra. Vater und Mutter stammten von der Erde. Vielleicht gelang es Dad dort, die Trauer zu überwinden und wieder so fröhlich zu sein wie früher.

Alles wäre besser gewesen als diese gräßliche Raumstation, selbst Planitia.

Die schlichte Wahrheit lautete: Wenn sie sich nicht im All aufgehalten hätten, wäre Mom noch am Leben.

Unter bestimmten Umständen ließ dieser Gedanke Zorn in Jake entstehen, und dann wünschte er sich, jemanden zu schlagen und zu verletzen. Dad bot eine gute Zielscheibe. Immerhin hatte er versprochen, sich zur Erde versetzen zu lassen, und in *drei* Jahren war nichts dergleichen geschehen. Ganz offensichtlich gab er sich nicht genug Mühe. Nach Moms Tod schien er immer gleichgültiger zu werden, und manchmal weckte dieses Gebaren hilflose Wut in dem Jungen, ließ ihn wie ein kleines Kind weinen.

Dad unternahm nichts, um sich zu schützen, und jetzt befanden sie sich an einem Ort, wo vor kurzer Zeit Kämpfe stattgefunden hatten. Jake ahnte, daß seinem Vater hier etwas Schreckliches bevorstand. Er ahnte es nicht nur — er *wußte* es. Und er selbst hatte nicht die geringste Möglichkeit, etwas dagegen zu unternehmen.

Oder?

Ein langweiliger Tag im Quartier lag hinter ihm. Dad hatte Unterrichts-Holos von Dr. Lamerson mitgebracht, Jakes Lehrer in Planitia — er sollte den begonnenen Kursus ohne Unterbrechung fortsetzen. Aber es war etwas ganz anderes, in einem Klassenzimmer zu sitzen, in der Gesellschaft echter Personen. Es existierten keine anderen Schüler, und der Programmierung von Dr. Lamersons Holo fehlte es an Flexibilität: Es konnte nicht jede beliebige Frage beantworten. Der Computer war natürlich dazu imstande, aber seine Erklärungen klangen nicht annähernd so interessant wie die Dr. Lamersons.

Jake beendete die Lektionen und rief einige Unterhaltungsprogramme ab, doch anschließend fiel er Langeweile und Selbstmitleid zum Opfer. Er hatte niemanden, mit dem er spielen konnte, und es gab nichts für ihn zu tun. Außerdem mußte er hilflos beobachten, wie der Kummer Dad innerlich zerfraß.

Er wollte nicht in dieser abscheulichen alten Raumstation sein, die von den Cardassianern in einen großen Schrotthaufen verwandelt worden war. Er sehnte sich nach der Erde, nach einer Klasse mit anderen Jungen in seinem Alter. Statt dessen mußte er sich mit der — gelegentlichen — Gesellschaft eines Vaters begnügen, der sich ganz der Trauer hingab und immer weniger Zeit für seinen Sohn erübrigte.

Neuerlicher Ärger erfaßte Jake.

Der Zorn verlangte nach einem Ventil. Er wollte einfach ausholen und zuschlagen, auch auf die Gefahr hin, dabei den eigenen Vater zu treffen. Auf einem Planeten wäre der Junge einfach weggelaufen, aber wohin sollte er sich in einer Raumstation wenden?

Jake seufzte, rollte sich in dem seltsamen Bett von einer Seite zur anderen und trat das Laken beiseite.

Schließlich setzte er sich auf und runzelte die Stirn, als ihm etwas einfiel.

Der Ferengi. Angeblich gab es in Deep Space Nine einen Ferengi in seinem Alter, und er wußte vielleicht, wie man weglaufen und Schwierigkeiten aus dem Weg gehen konnte — oder wie man welche fand. Jake stellte sich vor, wie er die Hilfe des Ferengi in Anspruch nahm, um nach Bajor zu gelangen, wie er sich dort an Bord eines Shuttles versteckte, das ihn bis zur Erde brachte. Dann *mußte* Dad ihm zuhören. Dann blieb ihm keine andere Wahl, als zu kommen und seinen Sohn zu holen. Und wenn Jake die Rückkehr ins All ablehnte, so war sein Vater gezwungen, bei ihm auf dem Planeten zu bleiben, in Sicherheit.

In der stillen Dunkelheit erschien alles so einfach.

Jake seufzte erneut, sank aufs Bett zurück und beschloß, sofort am nächsten Tag den jungen Ferengi zu suchen.

»Wach auf, Miles«, sagte Keiko. »Du träumst.«

O'Brien zuckte zusammen, richtete sich ruckartig auf, hob die Lider und fand sich in den Armen seiner Frau wieder.

»Ganz ruhig ...« Sie beugte sich vor, als er wieder zurücksank. Selbst in der Dunkelheit konnte Miles ihr Gesicht erkennen: Es wirkte sanft im matten Glanz des Sternenlichts, das durch die Fenster drang. Die Tür von Mollys Zimmer stand offen, und er hörte das leise, gleichmäßige Atmen des Kinds.

O'Brien schnappte mehrmals nach Luft, und es fiel ihm schwer, sich wieder zu beruhigen. Der Traum hatte einen Adrenalinschub bewirkt, der ihn zittern ließ. Er wollte sich nicht daran erinnern und ganz in die Gegenwart zurückkehren, sich davon überzeugen, daß er wirklich mit Keiko in dem seltsamen cardassianischen Bett lag, über das sie am Nachmittag gelacht hatten.

Das Ding sieht wie ein Schlitten aus, meinte Keiko skeptisch, als sie vor dem Bett standen und es betrachteten. *Wie ein häßlicher Schlitten, bei dem jemand die Kufen durch einen Baldachin ersetzt hat ...*

Nun, wir sollten es testen, um herauszufinden, ob es unseren Ansprüchen genügt, erwiderte O'Brien mit der ernsten Stimme des Technikers. Zunächst fiel sie darauf herein, drehte den Kopf und musterte ihn erstaunt. Dann blitzte es in ihren Augen, und sie lachte.

Zu jenem Zeitpunkt war Miles sehr glücklich gewesen. Das Quartier mußte gründlich verändert werden, um sich in ein gemütliches Heim zu verwandeln, aber trotz der Fremdartigkeit wirkte es bereits vertrauter und schien mehr emotionale Wärme auszustrahlen. Der Grund dafür hieß Keiko. Inzwischen waren ihre Sachen eingetroffen und symbolisierten eine permanente Präsenz — dadurch wurde alles noch besser.

Finger strichen ihm sanft über die Stirn und brachten angenehme Kühle. »Möchtest du darüber sprechen?« fragte Keiko schläfrig.

»Habe ich ...«, begann O'Brien benommen und blickte sich in dem noch immer sonderbar erscheinenden Zimmer um. »Habe ich dich geweckt? Tut mir leid.«

Keiko schmiegte sich an seine Schulter und gähnte. »Du hast erst gesungen — und dann geschrien. Ich nehme an, es war ein Alptraum, stimmt's?«

»Ich habe *gesungen?*« fragte O'Brien verblüfft. Und plötzlich erinnerte er sich. Im Traum war er nach Setlik Drei zurückgekehrt, um Captain Maxwell zu begegnen. Keiko, Molly, Deep Space Nine und sogar dieses Quartier begleiteten ihn in die Vision. Der Captain und er feierten ihr Wiedersehen mit Bier und Gesang: *Der Minnesänger ist gezogen in die Schlacht, die Reihen des Todes haben ihn gefunden ...*

Ein Cardassianer erschien aus dem Nichts und zielte mit einem Strahler auf Keiko, in deren Armen die weinende Molly ruhte.

Nein! rief O'Brien. Captain Maxwell warf ihm einen

Phaser zu, und er feuerte sofort. Er nahm sich nicht die Zeit festzustellen, ob die Waffe auf Betäubung justiert war. Fassungslos beobachtete er, wie der Cardassianer verbrannte, doch Captain Maxwell lächelte nur und sang fröhlich: *Des Vaters Schwert am Gürtel festgemacht, und die Harfe hat er sich auf den Rücken gebunden …*

Der im Bett liegende O'Brien hob die Hand vor die Augen. »Setlik«, stöhnte er und beschränkte sich auf diesen einen Hinweis. Er wollte Keiko nicht beunruhigen, indem er ihr von seiner Besorgnis in Hinsicht auf sie und Molly erzählte. Es war mehr als nur Sorge: Furcht erfaßte ihn, wuchs aus der jähen Überzeugung, daß die Cardassianer Deep Space Nine bedrohten und eine große Gefahr für Frau und Tochter darstellten. Er dachte an Commander Sisko, der seine Ehefrau vor einigen Jahren verloren hatte. *Könnte ich allein in diesem Bett schlafen, ohne Keiko?* fragte er sich.

Der Gedanke ließ ihn schaudern. Eine Zeitlang schwieg er, starrte nur stumm ins Nichts.

»Es liegt an der Raumstation«, sagte Keiko nach einer Weile. Sie sprach in dem gleichen festen Tonfall, mit dem sie Molly nach einem Alptraum beruhigte. »Wohin du auch siehst: Überall wirst du an die Cardassianer erinnert. Kein Wunder, daß du von ihnen träumst, Miles. Du liegst sogar in einem cardassianischen *Bett.*«

»Nun …« O'Brien zog Keiko näher zu sich heran. »Sorgen wir dafür, daß es mehr *unser* Bett wird.«

Sie küßten sich.

Eine Stunde später, als O'Brien nicht länger versuchte, den Schlaf von sich fernzuhalten, flüsterten erneut die Worte des Lieds aus dem Unterbewußtsein:

Der Minnesänger ist gezogen in die Schlacht,
Die Reihen des Todes haben ihn gefunden.
Des Vaters Schwert am Gürtel festgemacht,
Und die Harfe hat er sich auf den Rücken gebunden.

Kurz darauf änderte sich die Stimme. Nicht mehr O'Brien sang das Lied, sondern Stompie. Eigentlich hieß der Techniker Will Kayden aber für Miles und die anderen war er Stompie: Diesen Spitznamen hatte er bekommen, weil er mit begeistert stampfenden Füßen den Takt angab, während er die keltische Harfe spielte.

Stompie nahm vor O'Briens innerem Auge Gestalt an, zeigte sich mit dem gleichen Detailreichtum wie ein elaboriertes Hologramm. Er schien tatsächlich vor Miles zu stehen, ein Mensch aus Fleisch und Blut, keine Erinnerung. Er war groß, aber eher zart gebaut, hatte orangefarbenes Haar. Wenn er grinste, schien der Mund vom einen Ohr bis zum anderen zu reichen. Er kam gerade erst von der Akademie, und der Umstand, daß er bei seiner ersten Mission im All einem anderen Iren begegnete, erleichterte ihn so sehr, daß er O'Brien fast ›vergötterte‹, wie es Captain Maxwell nannte.

Miles hatte nichts dagegen. Auch er freute sich über die Gesellschaft eines irischen Landsmanns an Bord, und er wußte es zu schätzen, daß der junge Bursche solchen Gefallen an Musik fand. Er und Stompie wurden sofort gute Freunde. Kayden drückte es folgendermaßen aus: *Gute Freunde finden nicht langsam zueinander, sondern erkennen sich.*

O'Brien beobachtete nun, wie Stompie die Augen schloß, an den Saiten der Harfe zupfte und mit seinem gefühlvollen Tenor sang:

»Land des Liedes«, sagte der Kriegerbarde,
»Die ganze Welt hat dich verraten.
Doch dieses Schwert soll sein deine Garde,
Und eine Harfe soll zum Ruhm dir geraten.«

Stompie hatte dieses Lied im Freizeitraum gesungen, am Abend vor Setlik. O'Brien, Captain Maxwell und einige andere hörten ihm zu. Miles war glücklich gewesen und entsann sich daran, mit dem Captain angestoßen zu haben — sie tranken Bier. Es handelte sich um Stompies Lieblingslied, und auch O'Brien fand großen Gefallen daran. Erst später begriff er die tiefere Bedeutung des Textes.

Zwei Stunden später — nur zwei Stunden später — empfing die *Rutledge* einen Notruf und änderte den Kurs. Für die Crew begann eine lange, schlaflose Nacht. Alle an Bord wußten: Unschuldige starben, bevor die *Rutledge* das Ziel erreichen konnte. Und: Bei der Konfrontation mit den Cardassianern drohte der Tod. Damit noch nicht genug. O'Brien gehörte zu jenen Personen, die wußten: Captain Maxwells Frau und Kinder lebten auf Setlik, und alle Versuche, eine Kom-Verbindung herzustellen, waren gescheitert.

Als sich die *Rutledge* dem Planeten näherte, deuteten Sensorsondierungen auf schwere Verluste hin. Allem Anschein nach hatten sich die Überlebenden in einen peripheren Distrikt zurückgezogen und flohen noch immer vor den Cardassianern.

O'Brien entdeckte vage Hoffnung im ernsten, fast maskenhaft starren Gesicht des Captains: Maxwells Familie wohnte in dem betreffenden Distrikt.

Sie mußten ihren Plan aufgeben, den Transporter zu benutzen, um einzelne Personen oder kleine Gruppen an Bord zu beamen. Ohne Kommunikationskontakte ließ sich keine zuverlässige Anpeilung vornehmen. Maxwell entschied widerstrebend, eine Einsatzgruppe zusammenzustellen.

Es überraschte O'Brien nicht, als der Captain darauf bestand, sich der aus Freiwilligen bestehenden Gruppe anzuschließen. Die Vorschriften verlangten von ihm, an Bord des Schiffes zu bleiben, und der Erste Offizier verzeichnete einen obligatorischen Protest im Logbuch, doch damit hatte es sich auch schon. O'Brien, ›Stompie‹ Will Kayden, Maxwell und einige andere beamten sich auf den Planeten.

Ein herrlicher Tag begann außerhalb der Station. Die orangefarbene Sonne kletterte durch den Dunst am Horizont und kroch über einen purpurnen Himmel. Tau hing schwer in der kühlen Luft, und einige Sekunden lang herrschte eine Stille, die Frieden und Harmonie vermuten ließ.

Dann erklang in der Ferne das Fauchen und Zischen von Strahlwaffen. Captain Maxwell versteifte sich kurz und sah zu Will Kayden, der auf die Anzeigen seines Tricorders blickte.

»Cardis«, sagte Stompie. Er streckte einen langen, dünnen Arm aus, zeigte in die entsprechende Richtung. »Weniger als einen Kilometer entfernt. Und sie rücken hierher vor.« Er richtete das Ortungsgerät auf die Wohnhäuser hinter der Gruppe, und das Display bestätigte die Ergebnisse der Sensorsondierungen. »Dort befinden sich Zivilisten, Sir.«

»Ausschwärmen«, sagte Maxwell. »Trommeln Sie so viele Leute wie möglich zusammen und leiten sie ihren Transfer ein. Volodse, Meier, Tsao — Sie nehmen sich diesen Bereich vor. Rendell, Lind, Garcia — zum nächsten. Stompie und O'Brien, Sie kommen mit mir.«

Der Eingang des nächsten Gebäudes war verbarrikadiert, was O'Brien zwang, von seinem Phaser Gebrauch zu machen. Wenige Sekunden später eilten sie durch den Flur und riefen immer wieder, daß sie von Starfleet kamen — sie konnten nur hoffen, daß ihnen die Zivilisten glaubten. Nach kurzer Zeit gelangten sie in einen zentralen Wohnsektor mit einer für mehrere Familien bestimmten Großküche. Einige Gänge zweigten davon ab und führten zu einzelnen Apartments.

Maxwell deutete zu den verschiedenen Korridoren. »Ich sehe dort drüben nach. O'Brien, Sie übernehmen den Gang, und Stompie kümmert sich um den anderen. Bringen Sie die Leute so schnell wie möglich hierher, damit wir sie in Sicherheit beamen können.«

Draußen wurde das Fauchen der Strahlwaffen lauter — der Feind näherte sich.

O'Brien stürmte mit schußbereitem Phaser los und

lief zu den Apartments. Er war sich durchaus der Gefahr bewußt, daß ihn die Zivilisten vielleicht mit einem Cardassianer verwechselten und auf ihn schossen. Aus diesem Grund rief er immer wieder: »Starfleet! USS *Rutledge.* Wir sind hier, um Sie zu evakuieren. Kommen Sie, schnell!«

Eine junge, verängstigt blickende Frau erschien in der Tür der ersten Wohnung. Sie hielt einen zweijährigen Jungen in den Armen. »Die *Rutledge?* Unter dem Befehl von Captain Maxwell?«

O'Brien sah kurz über die Schulter. »Maxwell, ja.«

»Maria Huxleys Mann«, sagte die Frau und folgte Miles. »Sie ist hier, in diesem Gebäude.«

Vermutlich hat Maxwell darüber Bescheid gewußt, dachte O'Brien und setzte die Suche fort. In weniger als sechzig Sekunden fand er insgesamt drei Frauen und vier Kinder, kehrte mit ihnen zum zentralen Wohnbereich zurück. Stompie kam mit einer eigenen Gruppe, die ebenfalls aus Frauen und Kindern bestand. Sie lauschten den Entladungen von Phasern, und es dauerte nicht lange, bis das Zischen in der Straße vor dem Gebäude erklang. Jene Frau, die nach Captain Maxwell gefragt hatte, drückte ihren leise weinenden Sohn an sich.

O'Brien hielt ungeduldig nach Maxwell Ausschau. »Wir können nicht noch länger warten«, sagte er und schloß die Hand fester um den Kolben der Waffe. Stompie nickte, wirkte ruhig und gelassen, als er lächelte, die Hand ausstreckte und dem schluchzenden Jungen übers Haar strich. Die Mutter erwiderte das Lächeln unsicher, und ihr Sohn hörte auf zu weinen.

Miles klopfte auf seinen Insignienkommunikator.

Ein plötzliches Geräusch: Metall stieß gegen Metall. Cardassianer traten die Tür auf der anderen Seite des Gebäudes ein.

Stompie warf O'Brien einen raschen Blick zu. *Die Zeit wird knapp,* teilten die Augen mit, doch es flackerte keine Furcht in ihnen.

Wenn's brenzlig wurde, blieb er so eiskalt wie das Wasser eines Bergsees, meinte Maxwell viele Jahre später von ihm, als Stompie längst tot war — viele Jahre nach den schrecklichen Sekunden, die sich nun in O'Briens Erinnerung wiederholten.

Cardassianische Stimmen schwollen an, begleitet von menschlichen Schreien. Phaser heulten in dem Teil des Gebäudes, den Maxwell aufgesucht hatte. Drei kleine Kinder wimmerten leise.

Ein Zirpen bestätigte die Kom-Verbindung mit der *Rutledge.* »O'Brien an Transporterraum Zwei. Dreizehn Zivi ...«

Aus den Augenwinkeln sah er einen roten Blitz, der Stompie erfaßte und ihn an die Wand schleuderte, seinen Oberkörper mit rotem Glühen umhüllte. Der zweijährige Junge neben ihm schrie.

Die nächsten Ereignisse dauerten weniger als eine Sekunde, doch für O'Brien dehnte sich diese Zeitspanne, metamorphierte zu einer halben Ewigkeit.

Die energetische Entladung preßte Stompie mit dem Rücken an die Wand, und heiße Pein ließ ihn erzittern. Rauch kräuselte ihm aus der Brust, trug den Gestank von verbranntem Fleisch mit sich. Der junge Mann öffnete den Mund, aber das erwartete schmerzerfüllte Kreischen blieb aus. Er seufzte nur, sank nach unten und starb in sitzender Position, mit offenen Augen.

O'Brien wirbelte zum Mörder herum, sah einen gesichtslosen, im wahrsten Sinne des Wortes unmenschlichen Feind. Er schoß aus einem Reflex heraus und betäubte den Cardassianer, ohne einen bewußten Gedanken an ihn zu vergeuden. Er dachte einzig und allein an den toten Freund.

Bewegung: Ein schwarzer Arm sauste heran und stieß den Phaser fort. O'Brien streckte die Hand aus, fühlte nur noch Haß und Zorn, als er den Cardassianer erst am einen Unterarm packte und dann auch am anderen, ihn an die Wand schmetterte. Der heftige Aufprall preßte dem Wesen die Luft aus den Lungen. Miles griff nach der Hand, die den Phaser hielt, rammte sie immer wieder an harten Kunststoff — bis die Waffe schließlich zu Boden fiel.

Der Cardassianer spannte die Muskeln und schob den menschlichen Gegner fort. O'Brien taumelte zurück, stolperte über ein weinendes Kind, verlor das Gleichgewicht und fiel. Sein Kontrahent sprang zur Seite und hob den Strahler auf.

Das wär's, dachte O'Brien. Eine seltsame Benommenheit lähmte ihn, hinderte ihn daran, die Situation in allen ihren schrecklichen Einzelheiten zu erfassen. Er verstand nicht, daß Stompie tot war, daß er sich nun anschickte, ihm im Jenseits Gesellschaft zu leisten.

Und dann flog ihm etwas entgegen. Instinktiv fing er den Gegenstand auf — der Phaser des Cardassianers. Eine der Frauen hatte ihm die Waffe zugeworfen.

Er schoß sofort, ohne auf die Justierung zu achten.

Ein Teil von ihm *mußte* wissen, daß der Strahler auf tödliche Emissionen eingestellt war — immerhin hatte er gerade Stompies Tod gesehen. Doch als der Cardassianer zu Boden ging, als er sich schreiend hin und her wand, riß O'Brien ungläubig die Augen auf. Praktisch von einem Augenblick zum anderen verflüchtigte sich sein Zorn.

Noch nie zuvor hatte er getötet. Der bis dahin anonyme Feind bekam nun ein Gesicht, das sich kaum von dem eines Menschen unterschied — ein Gesicht, in dem sich schreckliche Qual abzeichnete und das selbst dann noch verzerrt blieb, als der Glanz aus den Pupillen wich.

Stompie lebte nicht mehr, aber O'Brien fand keinen Trost in dem Umstand, daß er seinen Freund gerächt hatte. Stompies Tod diente nur dazu, das entsetzliche Gefühl der eigenen Schuld zu verstärken. *Jetzt unterscheide ich mich nicht mehr von den Cardassianern,* fuhr es ihm durch den Sinn. *Ich habe Leben ausgelöscht und bin ein Mörder.*

Später erinnerte er sich nicht daran, daß er die *Rutledge* verständigt und den Transfer der Zivilisten veranlaßt hatte. Trotz des Grauens blieb er geistesgegenwärtig genug, nach dem Captain zu fragen — er reagierte nicht mehr auf die Rufsignale.

Miles fürchtete, der Captain könnte tot sein, und schritt vorsichtig durch das Gebäude, bis er zwei Cardassianer fand, die bewußtlos im Korridor lagen. Maxwell stand in einer nahen Tür, stützte sich mit der einen Hand am Rahmen ab und kehrte O'Brien den Rücken zu. Er drehte sich nicht um, als Miles näher trat.

»Captain?« Daraufhin drehte Maxwell langsam den Kopf. »Stompie ...«

O'Brien unterbrach sich, als er ins Zimmer sah: ein umgestürzter Tisch; eine gesplitterte Statue; an der Wand ein schief hängendes Gemälde, das die Erde vom Mond aus gesehen zeigte; daneben ein dunkler Streifen, eine häßliche Brandspur, die ganz offensichtlich von einer Strahlwaffe stammte. Mitten in dem Chaos lag eine schlanke, dunkelhaarige Frau mit dem Gesicht nach unten auf einem sechsjährigen Mädchen — noch im Tod hatte die Mutter versucht, ihre Tochter vor den Angreifern zu schützen, sie mit dem eigenen Körper abzuschirmen. Nur etwa zwei Meter entfernt lag ein Teenager mit verbrannter, zerrissener Brust; sein Gesicht war in einem Ausdruck des Zorns erstarrt. Miles vermutete, daß der Junge beobachtet hatte, wie seine Mutter erschossen wurde — vermutlich war er den Cardassianern furchtlos entgegengesprungen.

O'Brien drehte sich um und schloß die Augen. Er wollte Maxwell Trost zusprechen, aber angesichts des erlebten Schreckens fehlten ihm die Worte.

»Es ging so schnell«, sagte Maxwell leise. Es erklang keine Wut in seiner Stimme, nur schmerzerfüllte Fassungslosigkeit. »Ein oder zwei Sekunden bevor ich hier eintraf.« Er wandte sich an O'Brien, der die Lider wieder hob und sich plötzlich fürchtete — nicht vor dem lauter werdenden Fauchen von Phasern, sondern vor der Leere im Gesicht des Captains. »Sie sahen mich nicht einmal. Sie erfuhren nicht, daß ich sie retten wollte. So nahe bin ich ihnen gekommen ... Und trotzdem konnte ich sie nicht vor dem Tod bewahren.«

O'Brien rutschte unruhig im cardassianischen Bett hin und her, als er sich an Maxwells ausdruckslose Miene erinnerte. Nach der Rückkehr zur *Rutledge* war der Captain in seinem Quartier verschwunden, doch am nächsten Tag erschien er wie üblich zum Dienst, ohne irgendein Anzeichen von Kummer. Er verhielt sich so, als wären seine Familie und Stompie noch am Leben. Während der nächsten Jahre bekam O'Brien nie Gelegenheit, Trauer in Maxwells Zügen zu erkennen. Nicht ein einziges Mal sprach der Captain von Setlik, von seiner Frau und den Kindern, von Will Kayden.

Als hätten sie nie existiert. Als hätte das Entsetzen von Setlik nie stattgefunden.

Und dann, Jahre später, kam es zu einem anderen Zwischenfall, der in jenen Geschehnissen wurzelte. Captain Maxwell, Kommandant der *Phoenix*, zerstörte ein cardassianisches Kriegsschiff, dessen Besatzung aus sechshundertfünfzig Personen bestand. Er griff ohne einen ersichtlichen Grund an.

Bis dahin hatte O'Brien mit niemandem über Setlik gesprochen, nicht einmal mit seiner Frau. Aber als er feststellte, welche Folgen sich aus dem Schweigen für Captain Maxwell ergaben, erzählte er Keiko alles. Er berichtete ihr von Stompie, erwähnte auch den erschossenen Cardassianer.

Mit mehrmaligem Blinzeln versuchte O'Brien nun, die Erinnerungsbilder zu verscheuchen. Er sah kurz zu den seltsam geformten Fenstern, zum ruhigen, gleichmäßigen Leuchten ferner Sterne. Neben ihm seufzte seine Frau im Schlaf und drehte sich auf die Seite. Miles beobachtete ihre von Dunkelheit umschmiegten Konturen. Sie erschien ihm so zart ... Plötzlich fürchtete er, den Blick von ihr abzuwenden, aus Angst davor, daß sie dann einfach verschwand und wie Stompie zu einer Erinnerung wurde.

Was mochte mit ihm passieren, wenn er Keiko und Molly verlor? Würde er seinen Kummer unterdrücken, um irgendwann überzuschnappen und dem Wahnsinn des Zerstörens anheimzufallen?

Wie wurde Ben Sisko damit fertig?

O'Brien schlang den einen Arm um seine Frau, und das regelmäßige Pochen ihres Herzens begleitete ihn in den Schlaf.

STATIONSLOGBUCH, STERNZEIT 46452.2

Die *Enterprise* ist zum Lapolis-System beordert worden und bricht um 0500 auf, nachdem sie drei Flitzer ausgeladen hat. Wir bekommen Besuch: Die Leiter der Sektionen Wissenschaft und Medizin treffen bald ein, und ich freue mich auf das Wiedersehen mit einem ziemlich alten Freund.

Ben Sisko stand neben Major Kira und hielt inmitten der vielen Zivilisten, die das Luftschleusentor passierten, nach zwei blauen Uniformen Ausschau. Man hatte ihn auf die Ankunft des wissenschaftlichen Offiziers und Stationsarztes hingewiesen.

Vom zukünftigen Sektionsleiter Medizin wußte Sisko praktisch nur, daß er Julian Bashir hieß und sehr jung war — er hatte gerade sein Studium in der medizinischen Fakultät der Starfleet-Akademie hinter sich gebracht. Als Spezialist für Multispezies-Medizin eignete er sich gut für dieses besondere Arbeitsambiente.

Was den wissenschaftlichen Offizier betraf ... Lieutenant Jadzia Dax und Ben Sisko kannten sich schon seit langer Zeit, und eine tiefe Freundschaft verband sie. Dax war sein Mentor und väterlicher Berater gewesen. Woraus sich nun ein gewisses Unbehagen für Sisko ergab. Er hatte Dax zum letztenmal gesehen, als er Utopia

Planitia verließ, und sein Gedächtnis zeigte ihm einen weißhaarigen Greis. Wie sah er jetzt aus?

Wie sah *sie* aus?

Sisko bemerkte etwas Blaues. Dax und Bashir hatten die beiden wartenden Starfleet-Offiziere bemerkt und näherten sich ihnen. Dr. Bashir: breite Schultern, relativ dunkle Haut, braunes Haar und braune Augen. Er wirkte so jung und unerfahren, wie es seine Personalakte vermuten ließ. Und Dax ...

Sisko mußte sich sehr beherrschen, um nicht nach Luft zu schnappen. Trotzdem teilten sich seine Lippen.

Dax war eindeutig weiblichen Geschlechts, außerordentlich attraktiv und ebenso jung wie Bashir: eine langgliedrige, große, blasse und zarte Schönheit, die Sisko an Daguerreotypien von Frauen aus der viktorianischen Epoche erinnerte. Ihr honigbraunes Haar bildete eine Art Pferdeschwanz, und darunter kaum ein langer weißer Hals zum Vorschein. Halbmondförmige Flekken gingen von den Schläfen aus und reichten am Haaransatz entlang bis hin zum Nacken. Sie erkannte Sisko sofort und zeigte ein heiteres Lächeln, das auf geradezu unheimliche Weise vertraut anmutete und in ein anderes Gesicht gehörte.

Geister, dachte Sisko, als er das Lächeln unsicher erwiderte. Tief in seinem Innern regte sich sonderbarer Kummer: Jener andere Dax, der Greis, existierte nicht mehr; ein Teil seines Freundes war gestorben und für immer fort. *Wohin ich mich auch wende: Überall gibt es nur Geister und Erinnerungen ...*

Kira blieb an seiner Seite, als er den beiden Offizieren entgegenschritt, mit der Absicht, Dax' ausgestreckte Hand zu ergreifen. Doch ihn erwartete eine Überraschung: Die junge Frau umarmte ihn und küßte ihn auf die Wange. Der Commander wich verlegen zurück.

Kira beobachtete das Geschehen mit unverhohlener Erheiterung. In Bashirs Zügen hingegen zeichnete sich ein Hauch Eifersucht ab.

Sisko spürte, wie ihm das Blut ins Gesicht schoß, und er war dankbar dafür, daß er aufgrund der dunkel pigmentierten Haut nicht in dem Sinne erröten konnte. Es hatte keinen Sinn, Dax zu ermahnen. Nach einigen hundert Lebensjahren verhielt er — beziehungsweise *sie* — sich so, wie es ihm/ihr gefiel. Nie verstieß sie absichtlich gegen Vorschriften, aber sie vertrat den Standpunkt, die innere Essenz des Gesetzes zu verstehen und daher nicht an etwas so Banales wie Regeln gebunden zu sein.

Dax hielt Siskos Hand fest, trat jedoch einen halben Schritt von ihm fort und musterte ihn mit den Augen einer jungen Frau — mit Augen, in denen die Weisheit von Jahrhunderten glänzte. »Hallo, Benjamin.«

Sisko schmunzelte. Wie seltsam, Dax im Körper einer Frau zu wissen und auf ihn/sie *hinab*zusehen — der Greis war ebenso groß gewesen wie er selbst. »Ich, äh ... brauche sicher eine Weile, um mich daran zu gewöhnen.«

»So ein Unsinn — ich bin noch immer Dax«, antwortete sie mit einer unverblümten Offenheit, die sich nur das hohe Alter erlauben durfte. Doch in der Stimme vibrierte auch eine jugendliche Vitalität, an der es dem Greis gefehlt hatte. Sie richtete einen fragenden Blick auf Kira.

»Major Kira Nerys.« Die Bajoranerin streckte förmlich die Hand aus.

»Jadzia Dax. Und dies ist Dr. Julian Bashir.« Mit einer herzlichen Geste deutete sie auf den jungen Mann, so als seien sie bereits gute Freunde.

Bashir griff ein wenig zu schnell nach Siskos Hand, drückte ein wenig zu fest zu. *Er ist nervös,* dachte der Commander. *Seine erste Mission. Und ich bin sein erster befehlshabender Offizier.*

Dax bemerkte die Anspannung des jungen Mannes und hakte sich bei ihm ein, um ihn zu beruhigen.

Sisko unterdrückte ein Lachen. Dax' Gebaren basierte

auf väterlichem — besser gesagt: mütterlichem — Wohlwollen, doch Bashir interpretierte es ganz anders. Sisko beschloß, seinen alten Freund so bald wie möglich darauf hinzuweisen, daß er nicht mehr im Körper eines alten Mannes steckte. Er war jetzt eine Sie, und direkte körperliche Kontakte mochten bei männlichen Individuen unbeabsichtigte Wirkungen erzielen.

»Julian ist ein wundervoller Reisebegleiter gewesen«, sagte Dax voller Enthusiasmus. »Er hat das Medo-Studium als Zweitbester seines Jahrgangs abgeschlossen.«

Bashir zuckte mit den Schultern. Offenbar hielt er Bescheidenheit nicht für eine Tugend. »Bei der mündlichen Prüfung habe ich eine Präganglien-Faser mit einem Postganglien-Nerv verwechselt. Andernfalls hätte ich das Studium als Jahrgangsbester beendet.«

Kira kniff mißbilligend die Augen zusammen. Sisko rechnete damit, daß sie den Arzt verspottete oder mit einer scharfen Bemerkung zurechtwies, aber statt dessen sagte sie erstaunlich höflich: »Commander, wenn Sie möchten, daß ich eine Besichtigungstour veranstalte ...«

»Gehen Sie mit Dr. Bashir voraus«, erwiderte Sisko. *Gott stehe Bashir bei, wenn Kira mit ihm allein ist.* »Ich habe bereits Arbeit für Lieutenant Dax.«

Die Bajoranerin nickte, sah Bashir an und deutete in Richtung Promenade.

Der junge Arzt zögerte unbeholfen und fragte Dax in einem gezwungen beiläufigen Tonfall: »Was halten Sie davon, wenn wir mal zusammen essen oder uns bei einem Drink treffen, Jadzia?«

Dax lächelte. »Es wäre mir ein Vergnügen.«

Kira preßte die Lippen zusammen.

Sisko wölbte amüsiert eine Braue, als er Dax' Antwort hörte. Wußte sie wirklich, um welche Art von ›Freundschaft‹ es dem Doktor ging?

Er wartete, bis Dax und er einen Innenkorridor erreichten, der gewährleistete, daß Kira und Bashir außer Hörweite waren.

»Ist er nicht zu jung für dich?« fragte er halb im Scherz.

Dax schmunzelte nicht, aber die Situation schien sie dennoch zu erheitern. Vielleicht wußte sie ganz genau, wie dieser Körper auf andere Personen wirkte. »Er ist siebenundzwanzig. Ich bin achtundzwanzig.«

»Wohl eher *dreihundert*achtundzwanzig«, entgegnete Sisko. »Hast du ihm von dem Wurm in dir erzählt?« Aus irgendeinem Grund brachte er es nicht fertig, die richtige Bezeichnung des Symbionten zu nennen.

Dax musterte ihn sanft und nahm die nicht böse gemeinte Beleidigung wohlwollend hin. »Ja, Benjamin, er weiß, daß ich ein Trill bin. Es fasziniert ihn. Es ist seine erste Begegnung mit einer vereinten Spezies.« Etwas ernster fuhr sie fort: »Außerdem bin ich nicht *ich,* sondern *wir.* Das weißt du doch. Du sprichst immer mit uns beiden, nicht nur mit dem Wirt. Auch Symbionten haben Gefühle.« Sie gab vor zu schmollen.

»Ich frage mich, ob Bashir ebenso von dir fasziniert wäre, wenn er dich in deiner vorherigen Gestalt gesehen hätte.«

Dax lachte. »Wahrscheinlich nicht.«

»Dein neuer Wirtskörper verwirrt mich«, sagte Sisko plötzlich. »Ich vermisse Curzon.« Diesen Gedanken hatte er eigentlich nicht laut aussprechen wollen, und nun schwieg er beschämt.

»Ich weiß«, entgegnete Dax sanft und legte Sisko die Hand auf den Arm. »Ich vermisse ihn ebenfalls, Benjamin. Wenn es dich tröstet: Ein Teil von ihm — seine Erinnerungen — bleiben für immer in mir.«

Sie betraten den Lift und schwiegen, während die Transportkapsel sie nach oben trug.

Kira mochte Bashir nicht. Sie fand ihn praktisch auf Anhieb unsympathisch, doch um des Commanders willen versuchte sie, freundlich zu bleiben, als sie den jungen Arzt zur beschädigten Krankenstation führte. Sisko war mit der Lade vom Planeten zurückgekehrt, und dadurch gewann er bei ihr Kooperationsbereitschaft und auch Respekt, *obwohl* er zu Starfleet gehörte. Kira fragte sich immer wieder, was im Kloster geschehen sein mochte, worüber der Commander mit Kai Opaka gesprochen hatte. Eins stand fest: Ein intensives spirituelles Erlebnis lag hinter ihm — das spürte sie in seiner *Pagh*. Besser gesagt: Sie spürte es dann, wenn sie ihren Zynismus vorübergehend vergaß. Die Techniker begannen sicher bald mit einer Untersuchung der Lade, und dieser Gedanke erfüllte Kira mit Sorge. Sie fürchtete, daß sich durch wissenschaftliche Analysen die Religion der Bajoraner als etwas Törichtes herausstellte. Manchmal hatte sie das Gefühl, daß es sich dabei tatsächlich um etwas Absurdes und Lächerliches handelte; bei anderen Gelegenheiten hielt sie die bajoranische Religion für die größte aller Weisheiten.

Sie wollte sich beide Möglichkeiten offenlassen. Eine zu genaue Untersuchung des Objekts in der Lade schloß vielleicht eine von ihnen aus.

Sie geleitete Bashir in die Krankenstation und sah sich in der winzigen Diagnosekammer um. Das Zimmer schien viel zu klein zu sein, und auch die Ausstattung ließ zu wünschen übrig: nur eine Liege, wenige Lebenserhaltungsvorrichtungen und einige Instrumente, die meisten von Cardassianern zertrümmert.

»Wir hatten hier einige Sicherheitsprobleme«, sagte Kira knapp. »Offenbar sind die Plünderer bis hierher vorgedrungen.«

Bashirs Blick huschte durch den Raum, und dann wandte er sich wieder Kira zu. Er hatte in einer mit modernster Technik ausgerüsteten medizinischen Fakultät studiert, und deshalb rechnete sie jetzt damit, Enttäuschung in seinen Zügen zu sehen. Statt dessen zeichnete sich in seinem Gesicht fast so etwas wie Ehrfurcht ab.

»Es ist perfekt!« In Bashirs Augen blitzte es aufgeregt. »Echte ...« Er suchte nach dem richtigen Wort. »Echte Pioniermedizin.«

»Pioniermedizin?« wiederholte Kira scharf. Sie hatte genug von Bashirs unglaublicher Naivität.

Der junge Mann zögerte kurz, als er die Kühle in Kiras Stimme spürte. »Major ...«, sagte er mit zuviel Selbstbewußtsein, »ich hätte jeden beliebigen Job bei Starfleet bekommen können.«

»Ach, *tatsächlich?*« Kira verschränkte die Arme und bestaunte Bashirs Arroganz.

»Aber ich wollte mich nicht in irgendeinem Forschungsinstitut ausruhen«, erklärte der Arzt und vollführte eine Geste, die der jämmerlichen Umgebung galt. »Ich wollte *dies* hier. Die fernsten Regionen der bekannten Galaxis, ein Außenposten am Rand des Nichts ... *Hier* warten die Abenteuer. *Hier* kann man zum Helden werden. Direkt hier, in der Wildnis.«

Kira kämpfte gegen das Lächeln an, das auf ihre Lippen kriechen wollte. Sie mochte diesen Menschen nicht, aber angesichts seiner Einfalt hätte sie am liebsten laut gelacht. Bestimmt bekamen sie und Odo häufig Gelegenheit, sich über den unschuldigen, arglosen Dr. Bashir lustig zu machen. Es gelang ihr, eine finstere Miene zu schneiden. »Die *Wildnis* ist mein *Zuhause.*«

Bashir reagierte mit überaus komisch wirkender Verlegenheit auf die Erkenntnis, seine Gesprächspartnerin beleidigt zu haben. »Ich wollte nicht ...«

»Die Cardassianer haben viele Verletzte hinterlassen, *Doktor*«, sagte Kira eisig und betonte spöttisch den Titel. »Sie können sich nützlich machen, indem Sie Ihre Föderationsmedizin den ›Eingeborenen‹ bringen. Es sind einfache, schlichte Leute, die sich bestimmt darüber freuen, von Ihnen behandelt zu werden.«

Abrupt drehte sie sich um und ging. Bashir sah ihr verwirrt nach.

Julian Bashir trat zur Tür der kleinen Krankenstation und beobachtete, wie Kira durch den Korridor marschierte. Ihre Stiefel klackten rhythmisch auf dem Boden. Die letzten Bemerkungen der Frau dämpften seinen Enthusiasmus, und er fragte sich verwundert, warum er so häufig Feindseligkeit bei anderen Personen bewirkte.

Bashir war mit Zuversicht geboren worden. Er hatte immer gewußt, was er wollte, und er brachte keine Geduld auf für Leute, denen es an Gewißheit mangelte.

Sein ganzes Leben lang war er intelligenter, schneller und talentierter gewesen als seinesgleichen. Das Ergebnis: Ganz gleich, welcher Gruppe er angehörte — immer schlüpfte er in die Rolle des Außenseiters, was Einsamkeit bedeutete. Er lernte nie, seine Fähigkeiten weniger deutlich zu zeigen, um dadurch akzeptiert zu werden. Außerdem sah er keinen Sinn in falscher Bescheidenheit. Er glaubte an Ehrlichkeit, selbst wenn dadurch der Eindruck von Arroganz entstand. Während der Akademie-Ausbildung hatte er sich immer wieder gesagt, daß seine Einsamkeit keine Rolle spielte: Nach der erfolgreichen Beendigung des Studiums würde er einen Platz finden, wo man seine Intelligenz zu schätzen wußte, wo er seine Talente frei entfalten konnte, ohne daß jemand Anstoß daran nahm.

Er hatte Deep Space Nine für einen solchen Ort gehalten. Immerhin: Hier brauchte man ihn ganz offensichtlich. Doch Kiras Reaktion beunruhigte ihn. Zwar vertrat er die Ansicht, daß es nicht *seine* Schuld war, wenn ihm andere Personen ablehnend gegenüberstanden, weil sie sich von seinem Genie überfordert fühlten, doch er wünschte sich, daß man ihn mochte. Und bei Major Kira ging dieser Wunsch nicht in Erfüllung: Sie verachtete ihn.

Er sah auf und lächelte, als er den Sicherheitsoffizier erkannte — Odo schritt durch den Korridor. Auf dem

Weg zur Krankenstation hatte Kira sie einander vorgestellt, was Odo zum Anlaß nahm, desinteressiert zu brummen. Bashir hingegen war sehr interessiert. Seine Begleiterin vertraute ihm keine zusätzlichen Informationen an, und der junge Arzt wartete vergeblich auf eine Chance, entsprechende Fragen zu stellen. Odo schien kein Bajoraner zu sein — selbst die Bajoraner waren imstande, derartige Entstellungen im Gesicht mit chirurgischen Mitteln zu neutralisieren. Daraus zog Bashir den Schluß, daß der Sicherheitsoffizier einer ganz anderen Spezies angehörte, die er nicht kannte. Als Spezialist für Multispezies-Medizin mußte er eine so gute Gelegenheit unbedingt nutzen.

Odo nahm Bashirs Lächeln mit einem kaum merklichen Nicken zur Kenntnis — *vielleicht ist das Lächeln in seinem Volk gar nicht üblich,* dachte Julian — und eilte weiter.

Bashir ließ ihn nicht so einfach entkommen. Er lächelte noch immer, als er in den Gang trat und Odo den Weg versperrte. Er nickte in die Richtung, in der Kira verschwunden war, und sagte im Plauderton: »Sind alle so wie Major Kira?«

Odo blieb stehen und blinzelte. »Alle wer?«

Bashir verschränkte die Arme und lehnte sich an die Wand. »Alle Bajoranerinnen.«

Odo musterte ihn, ohne daß sein Gesicht irgendeine Regung verriet. Dann erwiderte er kühl: »Keine Ahnung, Doktor. Ich kenne nicht alle bajoranischen Frauen.« Mit unüberhörbarem Sarkasmus fügte er hinzu: »Wenn Sie jedoch wissen möchten, ob alle Bajoranerinnen wie Major Kira weiblichen Geschlechts sind, so läßt sich Ihre Frage sicher mit ›ja‹ beantworten.«

»Ich wollte nicht ...« Bashir straffte die Gestalt und begriff plötzlich, daß er innerhalb von nur fünf Minuten gleich zwei Personen unabsichtlich beleidigt hatte. »Verallgemeinerungen lagen mir fern. Ich meinte nur ... Sie erschien mir so *feindselig.*«

»Major Kira ist nur dann feindselig, wenn sie Grund dazu hat.«

Julian errötete. »Ich habe ihr keinen Anlaß gegeben, plötzlich so zornig zu sein ...«

»Doktor«, zischte Odo. Als Bashir sich unterbrach und ihn verärgert ansah, fügte er sanfter hinzu: »Bei Major Kira ist so etwas wie allgemeine Feindseligkeit durchaus verständlich. Sie wuchs in den Flüchtlingslagern auf, und ihr verhätschelten Akademie-Typen könnt euch nicht einmal *vorstellen*, was das bedeutet.« Bashir setzte zu einem Einwand an, doch Odo hob die Hand. »Kira mußte beobachten, wie ihre Familie und der ganze Planet von den Cardassianern zerstört wurde. Sie vertraut niemandem — es sei denn, die betreffenden Personen beweisen, daß sie Vertrauen verdienen.«

»Aber ich habe ihr keinen Grund gegeben, zornig auf mich zu sein«, sagte Julian noch einmal. An der Starfleet-Akademie hatte er eine Bajoranerin kennengelernt, eine Frau mit ruhigem, sanftem Wesen. Odo und Kira schienen darauf hinzuweisen, daß Unverblümtheit und Sarkasmus die Norm in der bajoranischen Kultur waren. »Ich gab ihr nur zu verstehen, daß ich hierhergekommen bin, weil ich mir hier ›Pioniermedizin‹ erhoffe.«

Odo neigte den Kopf ein wenig zur Seite, und der Ausdruck des seltsam kantigen Gesichts veränderte sich auf subtile Weise. »Hm. Ich nehme an, Kira hat nie gelernt, Herablassung zu schätzen. Das gilt auch für mich. Die Überheblichkeit der Cardassianer hat uns genügt.«

Bashir fühlte erneut, wie ihm die Wangen glühten. »Ich, äh ... Bitte entschuldigen Sie. Manchmal gelingt es mir nicht, die richtigen Worte zu finden. Ich wollte nur sagen, daß ich mich darüber freue, hier tätig zu werden. Ich möchte einen eigenen kleinen Beitrag für den Wiederaufbau von Bajor leisten, das ist alles.«

»Das erkläre ich Kira, sobald ich sie sehe«, erwiderte Odo, obwohl er kaum besänftigt wirkte.

Er setzte sich in Bewegung, doch Bashir trat ihm erneut in den Weg. »Constable ... Hoffentlich halten Sie es nicht für ... herablassend, wenn ich Ihnen einige persönliche Fragen stellen möchte. Die allein medizinische Aspekte betreffen, wie ich Ihnen versichern darf.«

Odo musterte den jungen Arzt wortlos, und Julian bedauerte zutiefst, daß er die seltsamen Züge des Sicherheitsoffiziers nicht zu deuten wußte. Vielleicht begeisterte ihn die Vorstellung, Fragen zu beantworten. Oder er fand sie abscheulich. Beides war möglich.

»Sie sind auf Bajor groß geworden«, fuhr Bashir mit vagem Unbehagen fort. »Aber ... Sie sind kein Bajoraner.«

Odo versteifte sich ein wenig. »Sehr gut beobachtet, Doktor.«

Es war Bashir immer recht schwer gefallen, Ironie als solche zu erkennen, und er entdeckte keine Hinweise darauf, daß er es jetzt damit zu tun bekam. Er hielt Odos Worte für einen ernst gemeinten Kommentar. »Darf ich Sie fragen, ob ...«

Odo unterbrach ihn mit einem lauten Seufzen. »Ich bin ein Gestaltwandler, Doktor. Und wie Sie sehen, habe ich gewisse Probleme damit, einen humanoiden Körper richtig zu strukturieren. Um ganz ehrlich zu sein: Es bereitet mir erhebliche Mühe, dieses Erscheinungsbild stabil zu halten. Leider bin ich dazu gezwungen, weil die meisten Humanoiden nicht bereit sind, meine wahre Gestalt zu akzeptieren.«

»Und die wäre ...?« Bashir lächelte und erlebte eine Art wissenschaftliche Ekstase.

»Eine amorphe, gallertartige und halbflüssige Masse. Mindestens einmal in vierundzwanzig Stunden muß ich zu meiner ursprünglichen Bio-Struktur zurückkehren.«

»Faszinierend! Mein Fachgebiet ist Multispezies-Medizin, aber Ihr Volk kenne ich nicht.«

»Da ergeht es Ihnen wie mir«, murmelte Odo. Bashir verstand diesen Hinweis nicht und überhörte ihn einfach.

»Woher stammen Sie, Constable?«

»Ich habe keine Ahnung.«

Daraufhin war Julian ganz sicher, daß ihn der Sicherheitsoffizier auf den Arm nahm. »Im Ernst ...«

»Ich *meine* es ernst, Doktor. Man hat mich als Kleinkind an Bord eines ansonsten leeren Raumschiffs gefunden. Mein Ursprung ist mir unbekannt.«

»Wundervoll!« entfuhr es Bashir. »Ich würde gern einen Fachartikel über Sie schreiben. Und selbst wenn das nicht möglich ist: Ich wäre für alle Daten dankbar, die bei früheren medizinischen Untersuchungen aufgezeichnet worden sind — damit ich Ihnen im Notfall helfen kann.«

»Es existieren keine derartigen Daten.« Odo sprach jetzt wieder schärfer. »Und ich brauche keinen Arzt. Bisher ist es mir ohne einen Doktor gelungen, am Leben zu bleiben. Und wenn ich irgendwann einmal verletzt werden sollte ... Ich bezweifle, ob ein Humanoide in der Lage wäre, mich zu behandeln.«

»Oh, Sie würden sich wundern ...« Bashir hielt an unerschütterlichem Selbstvertrauen fest. »Die bajoranischen Ärzte wissen vielleicht nicht, was sie mit Ihnen anstellen sollen, aber ich kenne mich mit den modernsten Behandlungsmethoden aus. Bei der technischen Entwicklung kam es in jüngster Zeit zu erheblichen Fortschritten ...«

»Finden Sie sich damit ab, Doktor: Ich benötige Sie nicht«, sagte Odo mit zornigem Nachdruck. »Ich benötige weder Sie noch Ihre Technik.«

Diesmal ließ Bashir den Sicherheitsoffizier gehen, aber er sah ihm lange nach.

KAPITEL 6

Im Laboratorium zeigte Sisko dem wissenschaftlichen Offizier die wie ein Unendlichkeitssymbol geformte Doppelkugel. Sie ruhte nun nicht mehr in der Lade, sondern schwebte hinter einem Kraftfeld.

Dax holte tief Luft und sah zum Commander auf, blickte dann wieder zu dem rätselhaften Objekt. Fast kindlich anmutende Ehrfurcht zeigte sich in ihrem Gesicht, und grünes Glühen strich ihr über die Wangen. »Es ist *wunderschön,* Benjamin!«

»Ja«, erwiderte Sisko leise. »Und es kann Erstaunliches bewirken.«

Dax metamorphierte plötzlich zu dem Wissenschaftler, an den sich Sisko erinnerte. »Hast du bereits erste Untersuchungen vorgenommen, um die Eigenschaften des Objekts festzustellen?«

Der Commander zögerte und brachte es nicht fertig, schon jetzt von Jennifer und dem Gilgo-Strand zu erzählen. Dax war ein alter Freund, ja, aber seine Augen behaupteten nach wie vor, daß eine fremde Person vor ihm stand.

»Ich habe auf den wissenschaftlichen Offizier gewartet«, sagte er. »Für diese Sache bist du zuständig. Nun, es steht uns bereits eine gewisse Informationsbasis zur Verfügung. Die bajoranischen Mönche befassen sich schon seit tausend Jahren mit diesen Objekten. Ich habe ein Interface programmiert, das unsere Computer mit den historischen Datenbanken der Bajoraner verbindet.«

Die junge Frau nickte anerkennend, und ihre Aufmerksamkeit kehrte zur Doppelkugel zurück. »Gut. Wir stehen also nicht ganz mit leeren Händen da.«

»Wie man's nimmt, Dax ...« Sisko zögerte erneut. »Die Cardassianer haben soviel wie möglich aus den Klöstern gestohlen. Opaka wies mich darauf hin, daß acht andere Gegenstände dieser Art fehlen. Vermutlich befinden sie sich jetzt in irgendeinem cardassianischen Laboratorium und werden dort unter die Lupe genommen.«

»Cardassianer ...« Dax seufzte. »Ich verstehe sie nicht. Die religiösen Artefakte einer anderen Kultur einfach so zu entweihen ...«

Sie nickte Sisko zu.

Er stand auf, ging zur Tür und fühlte dabei Verlegenheit, weil sich irgend etwas in ihm danach sehnte, aus der unmittelbaren Präsenz des alten Freundes zu entkommen.

Dax erinnerte ihn zu sehr an den alten Curzon. Gelegentlich ließ sie eine Bemerkung fallen oder benutzte eine Betonung, die Sisko mit dem Alten assoziierte. Doch in Wirklichkeit handelte es sich dabei um Eigenheiten des Symbionten.

»Benjamin ...«

Er verharrte in der Tür und richtete einen fragenden Blick auf die junge Frau.

»Ich habe mich gefreut, als ich hörte, daß du die Versetzung hierher akzeptiert hast«, sagte Dax. »Ich habe mir Sorgen um dich gemacht.«

Diese Worte zerrten an Siskos Gefühlen. Curzon war besorgt gewesen, weil er die berufliche Laufbahn des jüngeren Mannes in einer Sackgasse glaubte. Er hatte ihm mehrmals geraten, Planitia zu verlassen.

Sisko lächelte traurig.

Ein Teil von ihm — seine Erinnerungen — bleiben für immer in mir. So lautete Dax' Hinweis.

Sie sind auch in mir, dachte Sisko. »Und mich freut es,

daß du ebenfalls hier bist, Curzon.« Dann drehte er sich rasch und ging, bevor Dax den Kummer in seinen Augen sehen konnte.

Dax sah dem Commander nach. Sie war Benjamin gegenüber nicht ganz ehrlich gewesen: Nach wie vor machte sie sich Sorgen um ihn, obgleich er endlich beschlossen hatte, einen Schlußstrich unter Utopia Planitia zu ziehen. Doch jene Entscheidung war ihm aufgezwungen worden, und Dax spürte Siskos Widerstreben: Es kam in jeder Silbe zum Ausdruck, in jeder Geste, blieb nur für jene Leute verborgen, die ihn nicht gut kannten. Der Tod seiner Frau hatte ihm Ehrgeiz und Humor genommen.

Der emotionale Schmerz angesichts des erlittenen Verlusts blieb keineswegs unverständlich für Dax: Der mehrere Jahrhunderte alte Symbiont in ihr hatte den Tod vieler Wirtskörper erlebt. Es entsprach nur zum Teil der Wahrheit, daß Curzon auch weiterhin existierte — mit Hilfe des anderen Wesens in ihr konnte Dax auf seine Erinnerungen zurückgreifen, weil Wirt und Symbiont eine Einheit bildeten. Was den anderen Teil betraf ... Curzons Verlust ging mit intensiver Pein einher; einige Faktoren des eigenen Ichs schienen mit ihm zu verschwinden. In der Erfahrungswelt nicht vereinter Spezies gab es kein Äquivalent für den Trennungsschmerz.

Nur wenige Geschöpfe lebten so lange wie die Trill. Während ihres Lebens hatte Dax zahllose Freunde verloren, und sie wußte auch, daß sie eines Tages Benjamin Sisko verlieren würde — wenn ihr nicht ein Unfall vorzeitigen Tod brachte.

Jene Verluste, die sich mehrfach wiederholten, und außerdem eine Perspektive, die im Verlauf von Jahrhunderten heranreifte ... Daraus ergab sich, daß die Trill den Tod akzeptierten. Dax wünschte sich, diese besondere Toleranz mit Benjamin teilen zu können, ihm zu helfen, den Kummer zu überwinden. Aber Worte konnten kaum die zentrale Bedeutung von Erfahrungen vermitteln. Benjamin mußte selbst lernen, mit der Trauer fertig zu werden.

Darüber hinaus war jetzt eine neue Distanz zwischen ihnen entstanden, und sie ging auf den Wirtskörper zurück. Es würde eine Weile dauern, bis Benjamin begriff, daß sich dadurch nichts an ihrer Beziehung änderte. Oh, sicher, der weibliche Wirt fand Männer sexuell attraktiv — ein Umstand, der dem Symbionten amüsant erschien; er verband recht leidenschaftsloses Interesse mit der Vorstellung, aktiv an der Sexualität der Wirts-Spezies teilzunehmen. Nun, die junge Frau, in deren Leib er steckte, fühlte sich zu Sisko hingezogen, aber Dax war daran gewöhnt, sich an neue Körper anzupassen. Es fiel ihr nicht schwer, die entsprechenden Instinkte zu kontrollieren.

Sie lächelte und erinnerte sich daran, wie nervös Benjamin gewesen war, als er von Curzons Trill-Identität erfuhr. Erst nach langen, ausführlichen Erläuterungen ließ sich Sisko davon überzeugen, daß es sich um einen Symbionten handelte, nicht um einen Parasiten, daß die Trill auf eine symbiotische Evolution zurückblickten. Die jeweiligen Partner gewährten sich dabei gegenseitige Vorteile, die man Angehörigen nicht vereinter Spezies unmöglich erklären konnte. Benjamin fand sich schließlich damit ab, und Dax war ganz sicher, daß er sich auch an diesen Wirtskörper gewöhnen würde, früher oder später.

Sie stand auf und schritt zu einer nahen Konsole. »Computer: Lege eine chronologische Datenbank für alle historischen Bezüge auf die Doppelkugeln an.« Sie runzelte die Stirn und fügte hinzu: »Berücksichtige dabei auch Berichte über seltsame Phänomene im hiesigen Sonnensystem sowie übernatürliche Begebenheiten in der bajoranischen Mythologie.«

»Zeitparameter?« fragte die Sprachprozessorstimme.

»Zehntausend Jahre.«

»Datenbank wird angelegt. Die Auswertung aller Informationen nimmt zwei Stunden in Anspruch.«

Dax nahm Platz, lehnte sich zurück und blickte einmal mehr zum Objekt hinter dem Kraftfeld. Es war wirklich wunderschön, wie die Kunstwerke von Garis Fünf — dort benutzte man Licht als Darstellungsmedium.

Symbiont und Wirt teilten eine grundlegende Eigenschaft: Beide waren ausgesprochen neugierig und hatten deshalb die Wissenschaft zu ihrem Beruf gemacht. Dax sah auch weiterhin zur Doppelkugel, als sie sich erhob, zum Kraftfeld wanderte und es nach kurzem Zögern desaktivierte.

Grünes Schimmern wogte ihr entgegen und gewann eine solche Intensität, daß sie die Augen schloß. Ruhig blieb sie stehen und ließ sich von einem Gleißen umhüllen, das die Lider durchdrang.

Und dann ließ das Glitzern nach. Dax öffnete die Augen und stellte fest, daß sie sich nicht mehr im wissenschaftlichen Laboratorium von Deep Space Nine befand, sondern in einer zeremoniellen Medo-Kammer auf ihrem Heimatplaneten. Sie trug keine Starfleet-Uniform, sondern den Ritualumhang eines Wirts.

Dax hatte sich tatsächlich in jenem Raum aufgehalten, aber es überraschte sie, daß sie sich so genau an alle Einzelheiten erinnerte. Langsam drehte sie den Kopf und blickte zu dem weißhaarigen Greis auf der zweiten Liege.

»Curzon?« hauchte sie.

Er wandte ihr das faltige Gesicht zu, streckte eine schwache, knochige Hand aus und lächelte.

Die Erinnerungen des Alten ... Er starb, und das Atmen fiel ihm schwer. Schwermut und Kummer suchten ihn heim; gleichzeitig freute er sich darüber, daß ein Teil von ihm auch weiterhin existieren würde. Und er verband Hoffnung mit dem, was ihm nun bevorstand.

Dax lächelte und erlebte die Reminiszenzen aus zwei verschiedenen Blickwinkeln: hier die junge Frau auf der ersten Liege, dort der Symbiont im Sterben. Jadzia brachte dem Greis Mitgefühl entgegen. In bezug auf sich selbst spürte sie freudige Erwartung, Nervosität, grenzenlose Neugier und tiefe Dankbarkeit dafür, daß sie als Wirt für einen so brillanten Wissenschaftler wie Dax ausgewählt worden war.

Medizinische und religiöse Helfer standen in der Nähe, warteten geduldig und respektvoll auf den Beginn der Transfer-Zeremonie.

Curzons Unterleib geriet in Bewegung und wölbte sich vor. Dax sah es mit Jadzias Augen, fühlte es aus der Perspektive des Greises: Zitternd wich etwas zurück. Trennung. Verlust ... Schier unerträglicher Verlust. Ein Teil des eigenen Selbst glitt für immer fort. Schmerz. Das Bemühen, Unvermeidliches zu akzeptieren ...

Jadzia beobachtete, wie ein Medo-Helfer den tropfnassen und wurmartigen Symbionten aus der Öffnung in Curzons Bauch zog und ihn hob. Zwei andere Hände erschienen, setzten eine goldene Schere an und durchtrennten die Verbindung mit dem Greis.

Leere. Heranwogende Schwärze ...

Dann legte der Helfer den Symbionten vorsichtig auf Jadzias Unterleib. Voller Staunen sah sie, wie er zur Öffnung kroch, sich vorsichtig hineinschob. Und dann ...

Erleuchtung. Freude. Aufregung. Glück angesichts des enormen *Wissens.* Jahrhunderte des *Wissens* ...

Es wurde heller in der Zeremonienkammer. Grünes Licht strahlte so grell, daß Dax die Augen schließen mußte.

Als sie die Lider wieder hob, stand sie im Laboratorium, vor der glühenden Doppelkugel.

Ben Sisko saß im Büro des Commanders und sah sich die Aufzeichnung einer Mitteilung von der Universität

Vasteras an. Jenseits der Fenster standen Kira am Situationstisch und O'Brien an der technischen Station.

Sisko hatte sich eher halbherzig um einen Lehrstuhl an der Universität beworben, und zwar eine Woche bevor er Deep Space Nine erreicht hatte. Die schnelle Antwort überraschte ihn, und er vermutete eine Ablehnung. Als er nun auf den Schirm blickte, erwartete ihn eine zweite Überraschung. Der Rektor teilte ihm mit: »Nicht jeden Tag bietet sich uns Gelegenheit, dem Lehrkörper jemanden mit Ihrer Erfahrung hinzuzufügen, Ben. Wir hoffen, daß Sie unser Angebot ernsthaft in Erwägung ziehen. Ich würde mich freuen, bald von Ihnen zu hören.«

Damit endete die Aufzeichnung. Das war's: Endlich hatte er die Chance, Jake von diesem schrecklichen Ort fortzubringen und mit ihm zur Erde zurückzukehren, nach Hause.

Sisko starrte auf den Bildschirm. Eigentlich hätte er sich freuen sollen, aber statt dessen fühlte er sich enttäuscht, dachte an Opaka und die Unendlichkeitskugel. Aus irgendeinem Grund erschien es ihm falsch, die Raumstation zu verlassen, bevor er dabei geholfen hatte, das Rätsel jenes Objekts zu lösen. Wie dem auch sei: Ihm blieb nur wenig Zeit, um zu entscheiden. Es dauerte nicht mehr lange bis zum Semesterbeginn, und das bedeutete: Der Rektor brauchte die Antwort in wenigen Tagen. Er zuckte zusammen, als sein Insignienkommunikator piepte.

»Kira an Commander Sisko. Ein cardassianisches Kriegsschiff hat das bajoranische Raumgebiet erreicht und nähert sich der Station.«

»Auf den Schirm.« Sisko erhob sich, trat zum Balkon und blickte in die Zentrale. Der breite Wandschirm zeigte ein großes, düster wirkendes Kriegsschiff der Cardassianer, das in Richtung Deep Space Nine glitt.

»Der Kommandant des Schiffes meldet sich«, sagte O'Brien. »Ein gewisser Gul Dukat.«

Kira kniff die Augen zusammen, als sie den Namen hörte. »Dukat ...«, wiederholte sie voller Haß. »Er war der cardassianische Präfekt von Bajor.«

»Er bittet um Erlaubnis, an Bord kommen zu dürfen — um uns zu begrüßen.« O'Brien fügte sarkastisch hinzu: »Sicher ist es nur ein Zufall, daß uns die *Enterprise* keine Gesellschaft mehr leistet.« Er sah zum Commander und wartete auf Anweisungen.

Sisko musterte die beiden Offiziere. Er war noch nie einem Cardassianer begegnet, aber die Mienen von Kira und O'Brien deuteten darauf hin, daß er kaum etwas versäumt hatte. Er seufzte. »Na schön, Mr. O'Brien. Teilen Sie Gul Dukat mit, daß ich gern bereit bin, ihn hier willkommen zu heißen.«

Jake wanderte durch die Promenade und warf dabei einen gelegentlichen Blick über die Schulter, als rechnete er damit, seinen Vater zu sehen. Er war mehr als nur ein wenig nervös und hoffte, daß sich auf seinem Konto genug Krediteinheiten angesammelt hatten, um eine Passage zur Erde oder zumindest bis zum terranischen Sektor bezahlen zu können. Um den Rest wollte er sich kümmern, wenn es soweit war. Er hoffte nur, daß Shuttles von Bajor aus in die richtige Richtung flogen.

Nach einer Weile ließ Jakes Besorgnis nach. Dad war viel zu sehr mit anderen Dingen beschäftigt, um seinem Sohn Aufmerksamkeit zu schenken, und falls es doch zu einer Begegnung kam ... Dann würde er einfach behaupten, schon früh mit den Lektionen fertig geworden zu sein. Für Dad gab es keinen Grund, daran zu zweifeln. Immerhin trug Jake kein Schild, das ihn als Lügner auswies.

Trotzdem blickte er sich immer wieder schuldbewußt um und fürchtete, einen streng dreinblickenden Benjamin Sisko zu sehen.

Und wenn schon, dachte der Junge. Dad litt an Kummer, und dadurch wurde auch Jake unglücklich. Er haßte diese heruntergekommene Raumstation und glaubte zu wissen, daß sein Vater sie ebenfalls verabscheute. Hier konnten sie sich nie zu Hause fühlen, so wie in Planitia.

Sicher, inzwischen war es nicht mehr so schlimm wie zu Anfang. Fähnrich O'Brien hatte die Temperaturkontrollen in Ordnung gebracht, und vielleicht funktionierten bald die ersten Lebensmittelsynthetisierer. *Aber in Planitia hat es richtige Betten und richtige Synthetisierer gegeben, außerdem auch andere Kinder in meinem Alter,* dachte Jake verdrießlich. Hier gab es nur ein zweijähriges Mädchen und einen jungen Ferengi, von dem Dad nichts hielt.

Doch für Jake Sisko spielte es derzeit keine Rolle, ob der junge Ferengi seinem Vater gefiel oder nicht — er suchte nun nach ihm. Jenes Volk erfüllte ihn mit gemischten Gefühlen: Einerseits fand er die Ferengi abscheulich, und andererseits faszinierten sie ihn. Sie waren häßlich, daran konnte überhaupt kein Zweifel bestehen. *Häßlich nach menschlichen Maßstäben,* hörte er die Erinnerungsstimme seines Vaters. Dad erinnerte ihn immer daran, daß solche Beurteilungen nie objektiv sein konnten, weil es dabei auf den jeweiligen Standpunkt ankam. *Vermutlich glauben die Ferengi, mit ihrem äußeren Erscheinungsbild sei alles in bester Ordnung,* überlegte Jake und fragte sich, welche Individuen sie für attraktiv halten mochten.

Was die Faszination betraf ... Sie galt dem Umstand, daß die Ferengi überhaupt keine Moral kannten.

Sie kennen keine menschliche Moral, berichtigte Dad. *Wir dürfen sie nicht nach unseren Maßstäben beurteilen, Jake. Ihre Kultur hat sich ganz anders entwickelt, mit einer anderen Form von Ethik. Das Stehlen und Betrügen ist für sie nicht schlimm — es sei denn, sie sind dumm genug, sich erwischen zu lassen. Diebstahl und Betrug dienen bei ihnen dazu, Schläue, Mut und Geschicklichkeit zu beweisen. Sie haben kein Mitleid mit den Opfern, die ihrer Meinung nach klug ge-*

nug sein sollten, um sich entweder besser zu schützen oder es den Dieben und Betrügern später heimzuzahlen.

Das ist doch schrecklich, *Dad!* erwiderte Jake entsetzt.

Sein Vater lächelte. *Wenn du so empfindest, solltest du es besser vermeiden, Geschäfte mit Ferengi abzuschließen.*

Anschließend erkundigte sich Jake nach dem Gerücht, von dem eins der anderen Kinder in Planitia erzählt hatte. *Haben die Ferengi wirklich so spitze Zähne, weil sie Kannibalen sind?* Daraufhin neigte Dad den Kopf nach hinten und lachte laut.

Je mehr Jake darüber nachdachte, desto weniger ›schrecklich‹ fand er die Einstellungen der Ferengi. Er stellte sich vor, wie aufregend das Leben eines Ferengi sein mußte, und die entsprechenden Phantasien führten zu dem Wunsch, einen Jungen aus jenem Volk zum Freund zu gewinnen. Wenn sich dann die Gelegenheit zu einem Abenteuer bot ...

Der hiesige Ferengi-Junge wußte bestimmt, wie man die gräßliche alte Raumstation verließ und den Planeten erreichte. Jake war nach wie vor entschlossen, zur Erde zu fliegen ...

Bei seinem ersten Besuch der Promenade hatte er kaum Passanten gesehen, doch jetzt herrschte hier reger Verkehr. Quarks Spielkasino war geöffnet und diente als Treffpunkt für Händler, Bajoraner und Aliens aus Völkern, die Jake nicht einmal dem Namen nach kannte. Auch einige Geschäfte hatten inzwischen wieder geöffnet, und in vielen noch geschlossenen Läden fanden Instandsetzungsarbeiten statt.

Jake näherte sich dem Kasino und blickte durch die Fenster. Zwei Ferengi musterten ihn — Jake hielt sie für Erwachsene, war jedoch nicht ganz sicher. Einer von ihnen knurrte: »Kinder haben keinen Zutritt.«

Enttäuscht drehte sich der Junge um und schlenderte zu einigen Imbiß-Kiosken, von denen ein seltsamer, aber sehr verlockender Duft ausging. Welche Nahrungsmittel auch immer dort angeboten wurden — bestimmt schmeckten sie besser als der Inhalt von Notrationen.

Und dort sah er das Objekt seiner Suche: Der junge Ferengi kaufte gerade etwas, das aussah wie ein Klumpen mit Stiel. Jake näherte sich und versuchte, nicht zu auffällig zu starren. Ferengi sahen so seltsam aus ... Ein großer, kahler Kopf mit elefantenartigen Ohren. Ben Siskos Sohn erinnerte sich plötzlich daran, daß dieser Junge gefährlich genug war, um eine gewisse Zeit in der Arrestzelle von Deep Space Nine verbracht zu haben. Er beobachtete ihn einige Sekunden lang, bevor er scheu »Hallo« sagte.

Der Ferengi drehte sich um, runzelte die Stirn über den Brauenwülsten und fragte mit nasaler, unangenehm klingender Stimme: »Was willst du, Menn-sch?«

Er bot einen beeindruckenden Anblick: die Hände schmutzig und mit langen Fingernägeln ausgestattet, der große Kopf, die spitzen Zähne ... *Vielleicht sind es keine Kannibalen,* dachte Jake. *Vielleicht begnügen sie sich damit, Menschen zu fressen.*

Der Ferengi musterte den jungen Terraner aus kleinen, glitzernden Augen, wandte sich dann verächtlich ab und ging fort.

Siskos Sohn folgte ihm unsicher. »Ich heiße Jake.«

Sein Gegenüber biß von dem Klumpen ab, kaute und antwortete dann mit vollem Mund: »Mir ist klar, wer du bist.«

Jake fühlte sich enttäuscht. *Er weiß, daß ich der Sohn des Kommandanten bin, der ihn einsperren ließ.* Er versuchte, fröhlich zu wirken und fragte: »Wie heißt du?«

Der Ferengi verharrte, drehte sich um und zischte — es klang fast wie das Fauchen einer zornigen Katze. Jake zuckte unwillkürlich zusammen. »Warum willst du das wissen?«

Dem menschlichen Jungen schoß das Blut ins Gesicht, aber er widerstand der Versuchung, sich umzudrehen und einfach fortzulaufen. »Hier gibt es nicht gerade viele Kinder, mit denen man Freundschaft schließen kann, oder?«

Der Ferengi blinzelte, und die Verachtung wich aus seinen zornigen Zügen. Fast dreißig Sekunden lang starrte er den Terraner stumm an, und schließlich offenbarte seine Miene so etwas wie Verständnis.

»Nog«, sagte er leise. »Ich heiße Nog.«

Jake lächelte, und vielleicht hätte Nog das Lächeln erwidert, wenn er nicht von der Luftschleuse abgelenkt worden wäre.

Das große Innenschott glitt auf, und zehn oder mehr Humanoiden in dunklen Uniformen betraten die Promenade. Die Gesichter der Fremden erschienen Jake nicht nur häßlich, sondern vermittelten ihm auch das Gefühl unmittelbarer Gefahr. Dicke Knorpel bildeten lange, kordelartige Höcker, die von der Stirn ausgingen, sich unter den Augen wölbten und an den dicken Hälsen herabreichten. Haltung und Gebaren brachten etwas Düsteres, Unheilvolles zum Ausdruck. Streng geschnittene schwarze Uniformen, fleckige Haut ... Etwas daran erinnerte Jake an die Raumstation.

Die Neuankömmlinge sahen aus, als gehörten sie hierher. Sie schienen irgendwie mit der Architektur und den Farben von Deep Space Nine zu verschmelzen.

Cardassianer, dachte Jake, als der Anführer ohne zu zögern zum nächsten Turbolift stapfte. Die anderen schritten zum Spielkasino.

Jake sah wieder zum jungen Ferengi und stellte fest, daß sich Nogs Miene verändert hatte — sie zeigte nun Haß.

Gul Dukat betrat Siskos Büro, ohne vorher anzuklopfen — sein erster psychologischer Trick.

»Guten Tag, Commander«, sagte er mit der salbungsvollen, vage feindselig klingenden Freundlichkeit des klassischen Schinders.

Nach cardassianischen Maßstäben war er in mittleren

Jahren und durchschnittlich groß, wirkte sanft und schien überhaupt nicht zu irgendwelchen Grausamkeiten imstande zu sein. Dennoch hatte er bei den Verwüstungen und Verheerungen eine maßgebliche Rolle gespielt. Für Siskos menschliche Augen bot er kein besonders angenehmes Erscheinungsbild: von Knorpelhökkern durchzogenes Fleisch, das in einer schwarzen Uniform steckte, die wie eine Rüstung anmutete, wie ein Panzer.

Der Panzer eines dunklen, farblosen Insekts.

Sisko dachte plötzlich an die Borg.

(Jennifers leblose Hand)

Sofort verdrängte er das Erinnerungsbild. Dukat sah sich im Büro um und musterte den Mann hinterm Schreibtisch so, als sei er noch immer der Kommandant von Deep Space Nine, als könnte er nicht verstehen, warum plötzlich jemand anders seinen Platz einnahm.

Sisko erhob sich und nickte, verzichtete jedoch auf ein Lächeln. »Gul Dukat ...«

Er gab sich große Mühe, den Cardassianer nicht zu hassen, weil er ihn mit den Verwüstungen auf Bajor und den Grausamkeiten in Verbindung brachte, von denen er gehört hatte. Aber ein oder zwei Sekunden lang sah er gar nicht Dukat, sondern die verletzte Opaka: Sie stand in den Ruinen ihres Tempels, stützte sich dabei auf den Gehstock.

Die Cardassianer sind nicht mehr der Feind, ermahnte er sich. *Die Föderation hat eine Friedensvereinbarung mit ihnen getroffen, und als Starfleet-Repräsentant bin ich verpflichtet, den Vertrag zu respektieren.*

»Bitte entschuldigen Sie meine Vermessenheit.« Dukat lächelte und zeigte dabei einen schmalen Zahnstreifen. »Aber vor zwei Wochen war dies noch mein Büro.« Er setzte sich, ohne eine Aufforderung abzuwarten. »Nun ... Ist es Ihnen inzwischen gelungen, die Lebensmittelsynthetisierer in Ordnung zu bringen?«

»Nein.«

»Wir sind an der gleichen Aufgabe gescheitert«, sagte der Cardassianer gut gelaunt. »In dieser Hinsicht ist Ihre Technik weiter als unsere. Sie verstehen es, eine ausgezeichnet schmeckende Zwiebelsuppe zu synthetisieren.« Er stand abrupt auf, um Sisko zu erschrecken, ihn zu einer Reaktion zu veranlassen.

Psychologische Tricks, Nummer zwei.

»Ich bin nicht daran gewöhnt, auf dieser Seite des Schreibtischs zu sitzen«, erklärte Dukat. Er schritt zum Balkon und starrte in die Zentrale. Sisko verglich ihn mit einem Feudalherrn, der über sein Herrschaftsgebiet blickte. »Um ganz offen zu sein, Commander: Ich vermisse dieses Büro. Ich habe es nicht gern aufgegeben.«

»Sie können jederzeit hierher zurückkehren, wenn Sie Heimweh bekommen.«

Dukat drehte sich um, als er die Ironie in Siskos Stimme hörte, und er nahm sie mit einem humorlosen Grinsen entgegen. »Sehr großzügig von Ihnen. Bitte erlauben Sie mir, Ihnen zu versichern, daß wir bei der gegenwärtig stattfindenden und sicher sehr schwierigen Übergangsphase helfen möchten. Sie sind hier weit von der Föderationsflotte entfernt und befinden sich in einem abgelegenen Außenposten, der über keine nennenswerten Verteidigungssysteme verfügt. Ihre cardassianischen Nachbarn werden schnell auf alle Probleme reagieren, mit denen Sie es zu tun bekommen.«

Eine kaum verhüllte Drohung — Trick Nummer drei.

Sisko ließ vorsichtig einen Teil des Hasses auf Gul Dukat in sein Bewußtsein zurückkehren, achtete jedoch darauf, daß Gesichtsausdruck und Stimme neutral blieben. Die *Enterprise* war fort, und das bedeutete: Niemand konnte die Cardassianer an einem Angriff auf die Raumstation hindern. Andererseits: Dukat griff nur deshalb zum Mittel der Drohung, weil er etwas wollte. Die Frage lautete: was? »Wir versuchen, unseren Hund von Ihrem Rasen fernzuhalten.«

Der Cardassianer neigte verwundert den Kopf zur

Seite, und es dauerte eine Weile, bis er den Sinn von Siskos Worten erfaßte. Anschließend maß er ihn mit einem nachdenklichen Blick.

»Nun, welchen Eindruck haben Sie von Kai Opaka gewonnen?« Der plötzliche Themawechsel überraschte Sisko, aber er ließ sich dadurch nicht aus der Ruhe bringen. Wie gleichmütig erwiderte er den durchdringenden Blick des Cardassianers. *Jetzt weiß ich, was du willst,* dachte er. *Und du wirst es nicht bekommen.*

»Ich halte mich auf dem laufenden«, fuhr Dukat fort. »Ich weiß, daß Sie auf dem Planeten gewesen sind, um mit der Kai zu sprechen. Und Sie kehrten mit einer jener Doppelkugeln hierher zurück. Bisher glaubten wir, sie alle mitgenommen zu haben. Vielleicht können wir einen Informationsaustausch vereinbaren, unsere Untersuchungen koordinieren.«

»Ich weiß nichts von einer Doppelkugel.«

Dukat lächelte ungläubig, und ein kurzes Nicken schien auf folgendes hinzuweisen: *Na schön, wenn das Spielchen auf diese Weise stattfinden soll ...* »Wenn Sie es sich anders überlegen ... Wir sind in der Nähe. Übrigens: Sie haben sicher nichts dagegen, wenn meine Männer die Gastfreundschaft der Promenade genießen.« Er verneigte sich steif. »Commander ...«

Als der Cardassianer gegangen war, sank Sisko mit einem Seufzen in seinen Sessel. Irgendein Instinkt wies ihn darauf hin, daß Dukat das Objekt aus der Lade auf keinen Fall bekommen durfte, ganz gleich, was auch geschah. Es mußte um jeden Preis geschützt werden — selbst wenn der Preis aus dem Leben der Personen bestand, die sich in Deep Space Nine aufhielten. Dukat hatte zu verstehen gegeben, daß er warten wollte, aber nur für eine gewisse Zeit.

Sisko hob die Hand zu den Augen. Ließ er sich von Opakas Mystizismus zu einem folgenschweren Fehler verleiten?

Er beschloß, das Laboratorium aufzusuchen.

Als Sisko das Labor betrat, saß Dax mit gerunzelter Stirn am Monitor und war so konzentriert, daß sie ihn zunächst gar nicht bemerkte. Erneut empfand er es als sehr seltsam, den alten Freund in Gestalt einer hinreißend schönen jungen Frau zu sehen. *Vielleicht gewöhne ich mich nie daran,* dachte er. Doch einem anderen Situationsaspekt kam derzeit größere Bedeutung zu: Er brauchte Dax' weisen Rat.

Sisko holte tief Luft und wollte die junge Dame ansprechen — sie schien nicht gehört zu haben, daß er hereingekommen war. Aber sie wußte um seine Präsenz und wandte den Blick nicht vom Bildschirm ab, als sie fragte: »Was weißt du über den Denorios-Asteroidengürtel, Benjamin?«

Sisko verharrte verwirrt und blinzelte. »Er enthält ein Plasmafeld mit hohem energetischen Potential. Man sollte sich besser davon fernhalten.«

Dax nickte und ihre Aufmerksamkeit galt weiterhin den projizierten Daten. »Gegen Ende des zweiundzwanzigsten Jahrhunderts blieb ein manövrierunfähiges Raumschiff mehrere Tage lang im Denorios-Gürtel. An Bord befand sich ein gewisser Kai Taluno, und später berichtete er von einer Vision.«

Sisko trat näher und stützte sich mit der einen Hand an der Rückenlehne des Stuhls ab. Curzon hätte er ohne zu zögern an der Schulter berührt, aber bei der jungen Frau hielt er mehr Zurückhaltung für angebracht. Er sah ebenfalls auf den Monitor. »Laß mich raten: Er sah den Himmelstempel der Propheten.«

In Dax' Mundwinkeln zuckte es kurz. »Nein. Aber er sprach davon, daß sich der Himmel öffnete und fast sein Schiff verschlungen hätte.«

Sisko seufzte. Angesichts der von Gul Dukat symbolisierten und sehr realen Gefahr erschienen Opaka und die Doppelkugel völlig unwichtig. »Müssen wir irgendwelchen Phantomen nachjagen, um diese Sache zu klären?«

Dax drehte den Stuhl und blickte zu ihm auf. »Der Zynismus ist nie Teil deiner attraktiven Eigenschaften gewesen, Benjamin.« Ihre Stimme veränderte sich, wurde heiserer und *älter*. Sisko glaubte plötzlich, den greisen Curzon zu hören.

Oder handelte es sich um die Stimme des Symbionten?

»Eins steht fest«, fügte Dax mit einer auf Alter und Erfahrung basierenden Autorität hinzu. »Kai Taluno neigte nicht zu Übertreibungen.«

Sisko wölbte die Brauen und unterdrückte ein Lächeln. »Du hast ihn vermutlich gekannt, wie?«

»Ja«, bestätigte Dax. »Ich begann damals mit der Arbeit im diplomatischen Dienst, und wir begegneten uns bei einer Friedenskonferenz. Er war ein recht mürrischer, dogmatischer Mann ...«

»Glaubst du wirklich, daß seine ›Vision‹ in diesem Zusammenhang eine Rolle spielt?« warf Sisko ein.

»Vielleicht.« Jetzt sprach wieder die junge Frau, beugte sich vor und betätigte einige Tasten, woraufhin der Monitor andere Daten zeigte. »Ich habe festgestellt, daß mindestens fünf Doppelkugeln im Denorios-Gürtel gefunden wurden.«

Sisko nahm neben Dax Platz und beobachtete, wie ihre Finger über die Schaltkomponenten huschten.

»Darüber hinaus werden in dreiundzwanzig Navigationsberichten ungewöhnlich starke Neutrino-Turbulenzen im betreffenden Bereich erwähnt.« Wieder ein Tastendruck, und neue Kolonnen aus Zahlen und Buchstaben glitten über den Schirm. Dax interpretierte die Daten schneller, als Sisko sie lesen konnte. »Und vor knapp fünfzig Jahren entdeckte man dort ein fremdes Raumschiff. An Bord fand man eine bis dahin unbekannte Lebensform: ein Kleinkind mit der Fähigkeit, die Gestalt zu wechseln.«

Sisko drehte ruckartig den Kopf. »Meinst du einen Gestaltwandler? Ein solches Geschöpf gehört zur Crew von Deep Space Nine: der bajoranische Sicherheitsoffizier.«

Dax nahm diesen Hinweis gelassen entgegen. »Ich habe die signifikanten Daten in einem gemeinsamen Analysegitter korreliert.«

Einmal mehr klickte es unter ihren Fingern. Sisko betrachtete ein dreidimensionales Gitter, das einen bestimmten Raumbereich in der Nähe von Deep Space Nine kennzeichnete.

»Der Himmelstempel?« fragte Dax.

Sisko zuckte mit den Schultern. »Wir sollten uns die Sache aus der Nähe ansehen.« Er stand auf und rieb sich nachdenklich das Kinn. »Ich habe mit Gul Dukat gesprochen, und er ließ keinen Zweifel daran, daß er uns im Auge behält. Wir werden also von Cardassianern beobachtet, und irgendwie muß es uns gelingen, sie abzulenken.«

Dax lächelte. »Eben hast du von einem Gestaltwandler gesprochen, nicht wahr?«

O'Brien konnte sich nicht dazu durchringen, Major Kira zu vertrauen.

Es ging dabei keineswegs um Antipathie oder dergleichen — angesichts seiner heiteren, aufgeschlossenen Natur fiel es ihm schwer, jemanden *nicht* zu mögen. Der Grund war vielmehr Kiras Einstellung der Autorität im allgemeinen und Starfleet im besonderen gegenüber. Häufig kam in ihrem Gebaren Verachtung zum Ausdruck, und dadurch fühlte sich O'Brien als ihr Untergebener verunsichert. Er rechnete dauernd damit, daß sie ihre Befugnisse mißbrauchte.

Der Dienst unter dem Kommando eines häufig schlecht gelaunten und fast immer sehr aggressiven Offiziers verschlimmerte eine ohnehin schon recht problematische Situation — Keiko gab vor, nicht gelangweilt zu sein und Gefallen an der neuen Umgebung zu finden, aber Miles wußte es besser.

Zum Beispiel Captain Picard: Für *ihn* wäre O'Brien sofort bereit gewesen, sein Leben zu riskieren. Bei Major Kira sah die Sache ganz anders aus. Er bezweifelte, ob sie eine derartige Bereitschaft überhaupt zu schätzen wußte.

Auch aus diesem Grund regten sich gemischte Gefühle in ihm, als er mit ihr und einigen anderen aufbrach, um Quarks Spielkasino einen Besuch abzustatten. Er wußte, daß sich dort Cardassianer aufhielten, und wenn Kira sie beleidigte ... Eine fatale Auseinandersetzung mochte die Folge sein.

Vor einigen Minuten, in Siskos Büro, hatte Kiras Verhalten den jungen Fähnrich überrascht.

Sie nahm die Order des Commanders ohne ein Wort der Kritik entgegen, und anschließend führte sie ihre Begleiter mit der kühlen Kompetenz einer geborenen Kommandantin zur Promenade. O'Brien verstand: Dieser Einsatz wurde ihren Wünschen gerecht; sie sah darin eine Möglichkeit, ihrem Volk zu helfen.

Als sie das Spielkasino erreichten, bestätigten sich O'Briens Befürchtungen: Im Saal wimmelte es praktisch von schwarzen Uniformen. Ihr Anblick weckte unwillkommene Erinnerungen in Miles, und er kniff die Augen zu, um den gräßlichen Bildern vom Massaker auf Setlik Drei zu entfliehen. Doch die Szenen wiederholten sich unerbittlich: Stompies Gesichtsausdruck, als er starb, die Leere in Captain Maxwells Zügen, als er die Leichen von Ehefrau und Kindern sah ...

Jemand brüllte an einem der Spieltische, und kehliges Gelächter folgte — die Cardassianer gewannen. O'Brien hob die Lider, und für einen Sekundenbruchteil fing er Major Kiras Blick ein, sah dort heißen Haß unter einer Patina aus kalter Entschlossenheit. Er haßte die Cardis ebenfalls — wenn er vergaß, daß er einen von ihnen getötet hatte, wenn er sich daran entsann, daß sie aus einer Kultur stammten, die keinen Platz für Mitleid und Erbarmen ließ. Ihm fielen jene Worte ein, die er an Daro gerichtet hatte: *Ich hasse nicht dich, Cardassianer. Ich hasse das, was ich durch deine Schuld geworden bin.*

Kira trat ins Zentrum der Menge, riß einem Betrunkenen den Krug aus der Hand und schmetterte ihn auf die Theke.

»Wenn ich um Ihre Aufmerksamkeit bitten darf ...« Die scharfe Stimme sorgte fast sofort für Ruhe. »Dieses Etablissement ist hiermit geschlossen.«

Einige Männer in der Nähe brummten verärgert, und aus einem Reflex heraus griff O'Brien nach einem nicht vorhandenen Phaser. In Gedanken verfluchte er Odo, weil er Waffen in der Promenade verboten hatte. Und er verfluchte auch Kira, die das Verbot befürwortete.

»Was soll das heißen?« Ein kleiner, wütender Quark bahnte sich einen Weg durchs Gedränge und gestikulierte ausladend. »Dazu haben Sie kein Recht!«

Kira sah mit unerschütterlicher Ruhe auf ihn hinab. O'Brien wußte, daß er jetzt an der Reihe war. Mit der richtigen Stimme und im richtigen Tonfall sagte er: »Es steht Ihnen frei, sich bei Commander Sisko zu beschweren.«

Quark wandte sich ihm zu und bebte vor Wut. »O ja, ich *werde* mich beschweren. Dies ist eine Unverschämtheit!« Er räusperte sich, und seine nächsten Worte galten der Menge. »Bitte entschuldigen Sie. Ganz offensichtlich liegt ein Mißverständnis vor. Ich bin sicher, daß ich Sie hier bald wieder empfangen kann.« Und zum Spielleiter: »Gib ihnen etwas, in dem sie ihre Gewinne verstauen können.«

Der Spielleiter nickte ein wenig zu schnell und zu wissend, fand O'Brien, aber die Cardis schöpften keinen Verdacht. Sie begannen damit, Gold in einen Beutel zu stopfen — ziemlich viel Gold. Ein Cardassianer griff mit beiden Händen zu, um den Beutel zu tragen. Miles versuchte, sich das Gewicht vorzustellen ...

Er sah zu Kira, die einen Blick mit Quark wechselte. O'Brien achtete darauf, daß sein Gesicht so ernst blieb, wie es die Umstände erforderten, aber innerlich lächelte er erleichtert.

Major Kira mochte seltsam sein, aber man konnte sich auf sie verlassen, wenn's drauf ankam. Eigentlich war sie gar nicht so übel ...

Odo kämpfte gegen die Panik an. Das Gold lastete schwer auf ihm, und dadurch litt er an Atemnot — ein rein mentales Problem, mit dem er es nicht zum erstenmal zu tun bekam. Er wußte, wie man damit fertig wurde. Sofort begann er, sich zu entspannen, indem er sich allein auf Geräusche konzentrierte: sechs Stiefel, die in regelmäßigen Abständen aufs Deck klackten; das zufrieden klingende Brummen von Stimmen, die sich auf Cardassianisch unterhielten — Odo kannte die Sprache, nur zu gut. Kurze Zeit später erklangen andere Geräusche: Sie befanden sich an Bord des cardassianischen Schiffes.

Die Panik ließ nach, und Odo lauschte noch aufmerksamer, suchte nach dem richtigen Moment für die neuerliche Verwandlung.

»... den Laden geschlossen, weil wir zuviel gewannen, ist doch ganz klar.«

Gelächter.

»Starfleet versucht dauernd, einem den Spaß zu verderben«, sagte jemand anders.

Keine Schritte mehr. Eine kleine Tür, die an Angeln aufschwang — vermutlich ein Schrank oder Schließfach. Kurz darauf neuerliche Schritte, von Metall gedämpft. Die Cardassianer hatten den Beutel in einem Schrank untergebracht und gingen nun fort.

Odo wartete, bis völlige Stille herrschte, leitete dann die Veränderung ein. Er quoll unter dem Gold hervor, durch die Fugen des Spinds, rann an ihm entlang zu Boden.

Wenige Sekunden später holte er tief Luft und eilte durch den Korridor zum Ziel.

KAPITEL 7

In der Zentrale saß O'Brien an seiner Konsole, beobachtete die Anzeigen und spürte einen Anflug von Triumph. Er sah auf, blickte zu Kira und deutete ein Lächeln an. Zum erstenmal seit dem Verlassen der *Enterprise* fühlte er eine Mischung aus Aufregung und Kameradschaft. »Major, die Scanner registrieren Fluktuationen im energetischen Verbundnetz der Cardassianer.«

Kira warf einen Blick auf ihre eigenen Kontrollen und reagierte mit offener, aufrichtiger Freude. »Ihr Computer dreht durch. Es existieren keine Schilde mehr, und die Sensoren sind ausgefallen. Odo hat's geschafft.« Sie schaltete den Kommunikator ein. »Zentrale an *Rio Grande* ...«

»Ich höre«, sagte Sisko. Zusammen mit Dax hatte er den Hangar im Innenring der Raumstation aufgesucht, und nun saß er in der Pilotenkanzel eines Flitzers. Die *Rio Grande* war klein, robust und kaum größer als damals die Rettungskapsel der *Saratoga* ... Sisko verscheuchte die entsprechenden Erinnerungen.

Er fühlte nicht nur Aufregung, sondern auch so etwas wie Reue. Irgend etwas vermittelte ihm den Eindruck, am Rand eines Abgrunds zu stehen: Diese Seite hielt Sicherheit bereit, seine Verantwortung Jake gegenüber, den angebotenen Lehrstuhl an der Universität Vasteras; auf der anderen wartete das Unbekannte, Abenteuer und Bedeutung, die Hoffnung, daß er Opaka und ihrem Volk helfen konnte.

Die nächsten Stunden würden darüber entscheiden, welche Richtung er einschlug.

Kiras Stimme drang aus dem Kom-Lautsprecher. »Es ist soweit.«

»Leite Startsequenz ein«, sagte Sisko ruhig und ignorierte den Umstand, daß sein Herz schneller schlug. Für einen Sekundenbruchteil sah er Jennifer am Gilgo-Strand, und ihre Haut glänzte im Sonnenschein.

Aus den Augenwinkeln beobachtete er, wie Dax mit sicherem Geschick die Navigationskontrollen bediente. Solange Sisko sie nicht direkt ansah, konnte er fast glauben, daß der alte Curzon neben ihm saß. Er versuchte, diese Illusion festzuhalten, sich von ihr beruhigen zu lassen.

»Alles klar für den Start«, meldete O'Brien.

Kiras Stimme: »Visuellen Kanal weiterhin geschlossen halten. Audio-Kom auf abgeschirmten Kanal drei fünf null justieren.«

»Bestätigung«, sagte Sisko.

Dax drehte ihren Sitz und präsentierte sich wieder als junge Frau. »Kurs programmiert.«

Der Commander atmete tief durch, als der Flitzer abhob, sich von der Raumstation entfernte und ihn seiner Zukunft entgegentrug.

Kira sah das pulsierende Leuchtsignal auf dem Hauptpult und rief O'Brien zu: »Odo hat den Transferort erreicht.«

»Ich versuche, ihn anzupeilen«, sagte O'Brien, und in seinen Worten erklang mehr als nur ein Hauch Verärgerung.

Wenn Odo von den Cardassianern entdeckt wurde, geriet der ganze Plan in Gefahr — aber die verdammte Cardi-Technik wollte einfach nicht richtig funktionieren. Miles betätigte jene Taste, die an Bord der *Enterprise* den Transporter aktiviert hätte.

Nichts geschah.

»Mit den cardassianischen Transportern kenne ich mich noch nicht richtig aus«, sagte O'Brien in einem entschuldigenden Tonfall. Kira schwieg und schnitt eine finstere Miene. Der junge Fähnrich blickte mit erneuertem Ärger auf die Konsole und verfluchte die Cardis stumm — nicht wegen ihrer Grausamkeiten, sondern wegen ihrer unzuverlässigen Technik. Er verabscheute es, seine Pflichten nicht so wahrnehmen zu können, wie er es selbst von sich erwartete. Rasch drückte er eine Taste, leitete damit die Notfall-Sequenz ein.

Keine Reaktion.

Er schaltete auf manuelle Kontrolle um und versuchte, die Sequenz selbst zu programmieren.

Nichts.

»Verdammt!« O'Brien trat nach dem Pult. »Wo liegt nur das Pro ...«

Es summte leise, und über dem Transferfeld schimmerte Energie. Miles blickte auf seinen Stiefel hinab, betrachtete dann die Konsole und wunderte sich über ein ganz spezielles Phänomen von Ursache und Wirkung. Als er wieder zur Plattform sah, war Odo bereits materialisiert.

Major Kira begrüßte den Gestaltwandler mit einem Lächeln. »Ausgezeichnete Arbeit, Constable.«

Der Flitzer näherte sich dem Denorios-Gürtel und glitt in ihn hinein. Sisko blickte zum Wandschirm und beobachtete Sterne, die hinter bläulich glühenden Staubwolken leuchteten — dieses Panorama zeichnete sich durch eine ganz besondere Art von Ästhetik aus. Nach einigen Sekunden sah er wieder auf die Anzeigen der Instrumente.

»Wir nähern uns dem Rand des kritischen Bereichs«, sagte Dax. In ihrer ruhigen Stimme entdeckte Sisko eine verborgene Aufregung, die er teilte. Der Monitor vor ihr präsentierte eine graphische Darstellung des Asteroidengürtels, und ein Blinken im eingeblendeten Gittermuster kennzeichnete die aktuelle Position des kleinen Raumschiffs.

»Reduziere die Geschwindigkeit auf fünfundzwanzig Prozent Impulskraft.«

Dax beugte sich vor und prüfte die von den Sensoren ermittelten Daten. Überrascht wölbte sie eine Braue. »Computer: visuelle Darstellung in Richtung zwei drei, Abschnitt null Komma zwei eins sieben, Reichweite dreitausendeinhundert Kilometer.«

Das Bild wechselte zum angegebenen Sektor und zeigte nichts Ungewöhnliches: Staub und Asteroiden. Sisko sah seine Begleiterin fragend an.

Sie las Datenkolonnen und runzelte die Stirn. »Die Sensoren stellen mehr Protonen fest, als es eigentlich der Fall sein sollte.«

»Gebe die neuen Koordinaten ein und ändere den Kurs«, sagte Sisko sofort. Der Flitzer drehte ab und näherte sich der Anomalie.

O'Briens Stimme klang aus dem Lautsprecher der externen Kommunikation. »Vielleicht kommt es im Asteroidengürtel zu Chrondrit-Echos, Lieutenant.«

Die Falten fraßen sich tiefer in Dax' Stirn, als ihre Finger über Tasten huschten. Neue Daten erschienen in den einzelnen Displays. »Das glaube ich nicht. Die Neutrino-Turbulenzen werden stärker, während wir uns den neuen Koordinaten nähern.«

Sisko blickte auf die Anzeigen seiner Konsole. »Was auch immer es sein mag — es bleibt ohne Einfluß auf unsere Bordsysteme.«

In Dax' Pupillen glomm wissenschaftliche Ehrfurcht. »Die externen Wellen-Intensitäten nehmen exponentiell zu, aber ... Verifikation findet statt — Bestätigung. Hier bei uns sind die ermittelten Werte unverändert.« Verwundert wandte sie sich an Sisko. »Vielleicht ...«

Der Flitzer erbebte, und Siskos Hände zuckten hoch, um die Augen vor jäher Helligkeit abzuschirmen.

(Die *explodierende* Saratoga)

Sisko blinzelte, starrte zu den Kontrollen und sah dunkle Schirme. Aus den Augenwinkeln bemerkte er, wie Dax die Schaltkomponenten des Kommunikationssystems berührte. »Unsere Sensoren funktionieren nicht mehr.«

Er wollte sie fragen, was passiert war, aber ihr Gesichtsausdruck deutete darauf hin, daß sie es ebensowenig wußte wie er selbst. Dennoch fehlten Anzeichen von Besorgnis in ihren Zügen — sie schien sich ganz bewußt zu entspannen, Abstand zum Hier und Jetzt zu gewinnen. Sisko fragte sich, ob diese Eigenschaft in erster Linie auf den alten Symbionten zurückging. Er bekam eine Antwort, als sie mit der Stimme des greisen Curzon sprach: »Wir haben den Kontakt mit der Raumstation verloren.«

In der Zentrale von Deep Space Nine behielt O'Brien die Instrumentenanzeigen im Auge und versuchte, gelassen zu bleiben, obgleich das kleine Schiff mit Commander Sisko und Lieutenant Dax an Bord gerade verschwunden war. Der Kosmos schien plötzlich eine Art Maul geöffnet zu haben, das die *Rio Grande* einfach verschluckte.

Major Kira blickte zum breiten Wandschirm und preßte die Lippen zusammen.

»Die Scanner registrieren eine starke Subraum-Strukturinstabilität dort, wo sich eben noch der Flitzer befunden hat«, sagte O'Brien.

Kira trat durch den großen Raum und starrte wie wütend auf die Konsole hinab. »Was geschieht da draußen, zum Teufel?«

»Ich weiß es nicht, Sir.« O'Brien holte tief Luft und begegnete dem durchdringenden Blick der Bajoranerin. »Die *Rio Grande* ... scheint nicht mehr zu existieren.«

Sisko saß in dem zitternden, vibrierenden Flitzer, sah auf die dunklen Schirme hinab und versuchte, die Kontrollen wieder zu elektronischem Leben zu erwecken. Neben ihm klickten die Tasten des Navigationspults unter Dax' Fingern. Der zentrale Bildschirm zeigte keine Sterne, nur ein gelegentliches buntes Flackern, das der Commander unter anderen Umständen vielleicht für schön gehalten hätte.

»Sind die Navigationssysteme durchgedreht?« rief Sisko, um ein lautes Klappern, Rasseln und Surren zu übertönen.

Dax warf ihm einen kurzen Blick zu und nickte langsam. »Ich nehme eine Rejustierung vor, wenn ich Gelegenheit dazu finde.«

»Oh, laß dir Zeit«, erwiderte Sisko mit mehr als nur einer Andeutung von Sarkasmus.

Einmal mehr erbebte das kleine Raumschiff. Der Commander preßte die Zähne zusammen und hielt sich an der Konsole fest, um von den Erschütterungen nicht aus dem Sessel und zu Boden geworfen zu werden. Allmählich stabilisierte sich die Fluglage des Flitzers. In den Projektionsfeldern der Monitoren flackerte es. Ein Schatten kroch über den Hauptschirm, wich fort... Sterne leuchteten in der Schwärze des Alls.

Sisko seufzte erleichtert, doch eine Sekunde später stellte er fest, daß mit den Konfigurationen etwas nicht stimmte. Dies konnte unmöglich der Denorios-Gürtel sein. Er drehte seinen Sessel zu Dax, die mit einer ersten Sondierung begonnen hatte.

»Kannst du unsere Koordinaten bestimmen?«

Die junge Frau blickte zum zentralen Schirm und nickte. »Das nächste Sonnensystem ist knapp fünf Lichtjahre entfernt und weist keine Planeten der Klasse M auf. Computer: Identifikation des nächsten Sonnensystems.«

Ein Teil der Anspannung wich von Sisko, als der Computer fast sofort antwortete. »Idran, ein Tri-Stern aus einem Superriesen und zwei Zwerg-Sonnen der Gruppe 0.«

Siskos Kinnlade klappte nach unten. »*Idran?* Unmöglich ...«

Dax blieb auch weiterhin beherrscht, aber ihre Augen verrieten wissenschaftliche Erregung. »Computer: Grundlage der Identifikation.«

»Die Identifizierung basiert auf der Wasserstoff-Alpha-Spektralanalyse, die im zweiundzwanzigsten Jahrhundert von der Sonde Quadros Eins im Gamma-Quadranten vorgenommen wurde.«

»Der Gamma-Quadrant«, murmelte Sisko verblüfft. »Siebzig*tausend* Lichtjahre von Bajor entfernt. Ich schätze, wir sind in ein Wurmloch geraten.«

Dax staunte, während sie die Kontrollen bediente und Daten ermittelte. »Es muß ein sehr außergewöhnliches Wurmloch sein. Die üblichen Resonanzwellen fehlen.«

Einige Sekunden lang beobachteten sie die Sterne und dachten stumm nach. Dann fragte Sisko: »Glaubst du, daß die seltsamen Doppelkugeln auf diese Weise zum bajoranischen System gelangt sind?«

Dax neigte den Kopf. »Eine durchaus vernünftige Hypothese.«

»Wenn sie zutrifft ... Es würde bedeuten, daß der Tunnel durch Raum und Zeit seit mindestens tausend Jahren existiert. Vielleicht haben wir das erste *stabile* Wurmloch gefunden.«

Daraufhin lächelte die junge Frau. »Du kannst deinen Namen erst nach unserer Rückkehr in die Geschichtsbücher eintragen, Benjamin.«

»*Unsere* Namen, alter Mann.« Sisko lachte und fand großen Gefallen an der Vorstellung, Opaka so gute Nachrichten zu bringen. Ein Wurmloch konnte Bajors Ökonomie auf die Sprünge helfen und den Planeten in ein blühendes Handelszentrum verwandeln, ihn zum Mittelpunkt eines regen kulturellen Austauschs machen. Ob Himmelstempel oder nicht — er kehrte keineswegs mit leeren Händen zurück. »Kursänderung um hundertachtzig Grad, Lieutenant.«

Dax drehte den Flitzer und steuerte ihn wieder ins Wurmloch. Diesmal blieb Sisko entspannt genug, um die Schönheit der glitzernden prismatischen Farben zu genießen. Seine Absicht, die Raumstation zu verlassen und mit Jake die Erde aufzusuchen, schuf nun ein gewisses Bedauern in ihm.

»Diese Sache ist noch besser als eine Lokalisierung des Himmelstempels«, überlegte er laut.

»Noch besser?« wiederholte Dax.

»Denk mal darüber nach. Ein stabiles Wurmloch zum Gamma-Quadranten im bajoranischen Raum ... Kein Tempel irgendeiner Art hat das Potential, so viele Probleme auf einmal zu lösen. Expeditionen von zahlreichen Welten werden den Tunnel benutzen, und dadurch bekommt Bajor eine solide ökonomische Basis für den Wiederaufbau.« Sisko drehte den Kopf und blickte zu den schimmernden Farben im Projektionsfeld des Hauptschirms. »Ein perfekter Schlußstein.«

Dax runzelte die Stirn. »Wie meinst du das, Benjamin?«

Er versuchte, in einem beiläufigen Tonfall zu antworten, doch die Fröhlichkeit klang auch in seinen eigenen Ohren falsch. »Wahrscheinlich verlasse ich Deep Space Nine bald und fliege zur Erde.«

Dax nahm diese Information mit würdevollem Ernst entgegen und wirkte kaum überrascht. »Und welche Tätigkeit erwartet dich dort?«

»An der Universität von Vasteras glaubt man, daß ich einen wichtigen Beitrag für das dortige astrionische Programm leisten könnte.«

In Dax' Mimik spiegelte sich eine Mischung aus Erheiterung und Mißbilligung wider. »Du willst ein Professor werden?«

»Ich lege mir einen Bart zu«, sagte Sisko. Es sollte ein Scherz sein, aber es klang nicht sonderlich lustig. »Und ich trage eine weite Kordjacke mit Ärmelschonern.«

»Und wirst vorzeitig alt.« Der Flitzer begann wieder zu zittern, und Dax wandte sich traurig vom Commander ab, um die Kontrollen zu bedienen. Es dauerte nicht lange, bis die Vibrationen nachließen. »Ich modifiziere das Navigationsprogramm, um die Raum-Zeit-Diskontinuitäten zu kompensieren«, sagte sie in einem neutralen, sachlichen Tonfall. »Damit es beim zweiten Transfer nicht zu starken Erschütterungen kommt.«

Sisko saß unbewegt und konzentrierte sich auf seinen Piloteninstinkt. »Hast du die Impulskraft verringert?«

»Nein.« Dax sah auf die Instrumentenanzeigen.

»Wir werden langsamer«, sagte Sisko, bevor die Displays seine Vermutung bestätigten.

Dax schüttelte verwirrt den Kopf. »Das energetische Niveau im Triebwerk ist unverändert.«

»Computer«, sagte der Commander. »Starte Diagnoseprogramm in bezug auf den Energiefluß von der Reaktionskammer zum Impulstriebwerk.«

»Die Impulssysteme funktionieren im Rahmen normaler Parameter.«

Sisko sah auf die Anzeigen. »Unsere Geschwindigkeit sinkt auch weiterhin.«

Dax hob den Kopf. »Computer: Identifiziere die Ursache der negativen Beschleunigung.«

Die Antwort war alles andere als beruhigend. »Ursache unbekannt.«

»Erhöhe energetisches Niveau«, sagte Sisko und streckte die Hand nach den Kontrollen aus. Er weigerte sich, ausgerechnet jetzt eine Niederlage hinzunehmen: Zum erstenmal seit drei Jahren hatte er Grund, neue Hoffnung zu schöpfen. Außerdem: Jake brauchte ihn ...

»Geschwindigkeit verringert sich noch immer«, meldete Dax ruhig. Sie schien sich nicht vor dem Tod zu fürchten, davor, das in mehreren Jahrhunderten gesammelte Wissen zu verlieren.

Sisko starrte ungläubig auf den Schirm. »Das Impulstriebwerk nimmt jetzt siebzig Prozent mehr Energie auf als sonst.«

»Wir sind bei sechzig kph«, berichtete Dax.

»Warnung«, erklang die artifizielle Stimme des Computers. »Zu starke Belastung der Impulssysteme. Automatische Desaktivierung in zwölf Sekunden.«

Jake, fuhr es Sisko durch den Sinn — als könnte er den Jungen mit seinen Gedanken erreichen, über die gewaltige Entfernung von siebzigtausend Lichtjahren hinweg. *Es tut mir leid, Jake ...*

(Finger berührten ihn an der Wange. *Atme,* sagte Opaka. Ihr Gesicht schimmerte und veränderte sich, formte Jennifers Züge ...)

Sisko entspannte sich und gab einen Kampf auf, den er nicht gewinnen konnte. Es war sinnlos, irreparable Beschädigungen des Triebwerks zu riskieren.

Er beugte sich vor und betätigte einen Schalter. »Triebwerk nicht mehr aktiv.«

»Geschwindigkeit zwanzig kph.« Dax versteifte sich, und ihr Blick klebte an den Anzeigen fest. Plötzlich riß sie die Augen auf. »Die Sensoren orten eine *Atmosphäre,* Benjamin.« Sie sprach wie ein Kind, und gleichzeitig klang die Stimme uralt.

Sisko starrte sie fassungslos an und glaubte, seinen Ohren nicht trauen zu können. »Im Innern eines *Wurmlochs?*«

Die junge Frau blickte wieder zum Bildschirm. »Ja, eine Atmosphäre. Und atembar noch dazu.«

Etwas riß Sisko und seine Begleiterin nach vorn. Der Flitzer zitterte mehrmals, rührte sich dann nicht mehr von der Stelle.

Dax überprüfte ihre Instrumente. »Wir sind gelandet.«

»Wo?« fragte Sisko und war nicht überrascht, als er keine Antwort erhielt. Er stand auf

(*Willkommen*)

und erinnerte sich aus irgendeinem Grund an den Traum vor seiner Ankunft in Deep Space Nine, an das Gefühl des Geheimnisvollen und Mystischen. An den Eindruck von einer Heimkehr.

(*Willkommen*)

Zusammen mit Dax verließ er das kleine Raumschiff.

Als die Cardassianer fortgegangen waren, begaben sich Jake und Nog zu den nächsten Imbiß-Kiosken. Siskos Sohn beobachtete amüsiert, wie der junge Ferengi den grauen und rosaroten Klumpen am Stiel mit drei Bissen verschlang, rülpste, den Stiel ableckte und ihn einfach über die Schulter warf — um wenige Sekunden später verächtlich zu lachen, als ein Mensch den Stiel aufhob und zu einem Abfallbehälter trug.

Einige von den Kiosken ausgehende Düfte empfand Jake als sehr verlockend, doch andere waren übelkeiterweckend. Nogs ›Klumpen‹ fiel in die zweite Kategorie. Das Ding hatte wie eine halb verdaute und dann erbrochene Knoblauchknolle gerochen, aber der Anblick des gierig essenden Nog weckt dennoch Appetit in Jake. Das Frühstück war fast ungenießbar gewesen, und sein Magen wartete nach wie vor darauf, gefüllt zu werden. Als sie an den einzelnen Ständen vorbeischritten, fragte er sich, ob man hier Pfannkuchen kannte.

»Wohnt deine Familie in der Raumstation?« fragte Jake im Plauderton.

Nog blinzelte und schien die Frage nicht zu verstehen. »Mein Vater ist hier«, erwiderte er schließlich. »Und mein Onkel Quark.« Er sprach noch immer kühl und verächtlich, als könnte er sich nicht dazu durchringen, dem Menschen zu vertrauen. Er beschränkte sich zunächst darauf, seine Präsenz zu tolerieren.

Jake zögerte — die nächste Frage fiel ihm recht schwer. »Und deine Mutter?«

Nog blieb stehen und zischte. »Meine *Mutter?*«

Der terranische Junge nickte unschuldig und verstand nicht die plötzliche Verärgerung des Ferengi.

Nach einigen Sekunden setzte sich Nog wieder in Bewegung und schüttelte den Kopf. »Jungen leben nicht mit ihren *Müttern* zusammen, Menn-sch.«

»Warum denn nicht?« erkundigte sich Jake verwundert. »Was ist verkehrt daran?«

»Frauen haben bei Männern nichts zu suchen.«

»Warum nicht?«

Nog knurrte voller Abscheu und gab keine Antwort.

»Dein Pech«, kommentierte Jake kühl.

Der Ferengi sah ihn an, und Verachtung glitzerte in den kleinen Augen. »Ich nehme an, *du* lebst hier bei deiner *Mutter.*«

»Nein, ich habe nur meinen Vater.« Jake versuchte, den Schmerz aus der Stimme fernzuhalten, in jenem ruhigen Tonfall zu sprechen, den er neugierigen Fremden gegenüber benutzte. »Meine Mutter ist tot.«

Nog nahm diesen Hinweis schweigend entgegen, und Jake sah sich außerstande, seinen Gesichtsausdruck zu deuten. Der Ferengi wandte sich ab, und eine Zeitlang setzten sie den Weg stumm fort. »Wie lange bist du schon in der Raumstation?« fragte Jake schließlich.

Diesmal wirkte Nog nicht empört. »Viel *zu* lange.«

Jake seufzte und glaubte nun, etwas gefunden zu haben, das ihn mit dem Ferengi verband. »Ich weiß, was du meinst. Ich bin erst seit zwei Tagen hier, und es erscheint mir wie eine Ewigkeit. Ich möchte weg. Aber mein Vater ... Er gehört zu Starfleet.«

»Ich weiß, wer dein Vater ist«, sagte Nog. Seine Stimme hätte Jake fast zusammenzucken lassen. »Ihm verdanke ich den Aufenthalt in einer Arrestzelle.«

»Das tut mir leid, aber ...«, begann der menschliche Junge.

Nog winkte ab. »Das Bett war bequemer als mein eigenes. Und der Plan deines Vaters funktionierte. Mein Onkel Quark meint, er sei fast so schlau wie ein Ferengi.«

Jake lächelte schief und wußte nicht recht, ob er die letzten Worte als Kompliment verstehen sollte. Die Bedeutung der Ferengi-Mimik blieb ihm nach wie vor verborgen, und dem Tonfall konnte er kaum entnehmen, ob Nog verärgert war oder nicht. »Ja. Er ist alles andere als dumm, aber leider hat er noch keine Möglichkeit für uns gefunden, diese blöde Raumstation zu verlassen.«

Der Ferengi gab ein Geräusch von sich, das vielleicht Mitgefühl zum Ausdruck brachte. »Wie mein Vater. Immer nur irgendwelche Versprechen. Wir *wollten* fort, doch dein Vater brachte Onkel Quark dazu, hierzubleiben und das Spielkasino wieder zu öffnen.«

»Tut mir leid«, wiederholte Jake. »Im Ernst. Ich wäre auch lieber woanders, aber Dad meinte, ich sollte hier das Beste daraus machen.«

Der Ferengi nickte. »Väter ... Sie wollen immer zuviel. Und sie sind nie mit dem zufrieden, was sie haben.«

Jake wußte nicht genau, was er von dieser Bemerkung halten sollte, und deshalb ignorierte er sie. »Eigentlich möchten wir zur Erde, aber derzeit wäre mir jeder andere Ort recht. Hier ist es schrecklich. Von den Synthetisierern wird einem ungenießbares Zeug angeboten, und die Unterkünfte sind abscheulich. Nichts funktioniert richtig; die ganze Raumstation ist wie ein großer Schrotthaufen.«

»So schlimm wurde es erst, als die Cardassianer verschwanden«, sagte der Ferengi leise. »Sie zerstörten alles.«

»Außerdem kann man hier überhaupt nichts *unternehmen*«, klagte Jake. »Ich *hasse* diesen Ort und möchte nach Bajor.« Seine Miene erhellte sich. »Weißt du, wie man den Planeten erreichen kann?«

Nog musterte ihn erstaunt, neigte den kantigen Kopf dabei von einer Seite zur anderen. »Bist du nie auf Bajor gewesen? Weißt du nicht Bescheid?«

»Worüber sollte ich Bescheid wissen?«

»Auf dem Planeten sind die Verheerungen noch viel schlimmer. Ich habe Bajor einen Besuch abgestattet, und daher weiß ich: Dort unten gibt es nichts zu sehen.«

»Das ist mir gleich. Ich möchte ...« Jake senkte die Stimme, sah schuldbewußt nach rechts und links. »Ich möchte an Bord eines Shuttles und zur Erde fliegen. Aber das darfst du niemandem erzählen ...«

Nog lachte schallend — es klang heiser und kehlig. »Ein Shuttle? Meinst du etwa ein *Passagier*-Shuttle? Du hast wirklich keine Ahnung von Bajor, Menn-sch. Hier suchst du vergeblich nach regelmäßig verkehrenden Passagier-Shuttles. Du müßtest eins chartern, und so reich scheinst du mir nicht zu sein.« Er musterte den jungen Terraner von Kopf bis Fuß.

Jake fühlte eine so profunde Enttäuschung, daß er den Tränen nahe war. Gleichzeitig spürte er einen Zorn, der ihm selbst galt — weil er sich wie ein Narr benahm. »Das ist mir *gleich*. Ich muß *irgendwie* weg von hier. Ich hasse die Raumstation. Hier ist alles so ... so schrecklich langweilig.«

»Oh ...« Nog schnitt eine Grimasse und zeigte schiefe, spitze Zähne. »Ich glaube, da irrst du dich, Menn-sch. Man kann sich hier mit vielen interessanten Dingen die Zeit vertreiben. Hast du Hunger?«

Jake nickte und beschloß, auch weiterhin zu hoffen. Wenn er lange genug mit Nog sprach, ihn besser kennenlernte ... Vielleicht schöpfte der Ferengi irgendwann genug Vertrauen, um ihn nach Bajor zu bringen.

Hinzu kam: Die Aussicht, *tatsächlich* den Planeten aufzusuchen, ließ zumindest einen Hauch Unruhe in ihm entstehen.

»Dann komm mit. Besorgen wir uns etwas zu essen.« Mit einem Wink forderte Nog den anderen Jungen auf, ihn zu einem der Imbiß-Kioske zu begleiten. Der große Stand war von einer Art Zaun umgeben, und auf dem breiten Tresen lagen runde Objekte mit grünen Flecken — sie sahen aus wie Kekse.

Jake spürte, wie ihm das Wasser im Mund zusammenlief. Der Verkäufer erwies sich als gebeugt stehender, grauhaariger Bajoraner. Lächelnd sah der Mann auf ihn herab, doch seine Miene verfinsterte sich, als er Nog sah.

»Wir bedienen hier keine Ferengi«, sagte der Bajoraner kühl. »Geh weiter.«

Nog gab sich völlig unschuldig. »Ich möchte nichts für mich, sondern für meinen Freund hier, für Commander Siskos Sohn.«

Der Bajoraner kniff die Augen zusammen und musterte Jake. »Bist du mit ihm zusammen?«

Jake nickte. Die Feindseligkeit des Verkäufers Nog gegenüber verwirrte ihn — bis der Ferengi nach zwei Keksen griff, mit einem triumphierenden Lachen fortlief und in der Menge verschwand.

»He!« rief der Kioskinhaber. »Ferengi-Dieb! Komm zurück ...« Er sah die Sinnlosigkeit einer solchen Aufforderung ein und schüttelte den Kopf. »Verflucht seien Ferengi *und* Cardassianer. Ich hatte hier ein Fenster, zum Schutz meiner Waren, aber die Cardis zertrümmerten es. Wie soll ich genug Geld verdienen, um es zu ersetzen, wenn mir die Backwaren dauernd von Ferengi gestohlen werden?« Er streckte Jake eine knotige, von blauen Adern durchzogene Hand entgegen. »Commander Siskos Sohn ... Hoffentlich bist du bereit, für deinen ›Freund‹ zu bezahlen.«

Jake blickte erschrocken dem geflohenen Nog nach, wandte sich dann dem Bajoraner zu und schluckte. »Äh ... Nehmen Sie Krediteinheiten?«

Der Alte streckte die Hand noch weiter aus. »Nur Gold. Mit Krediteinheiten kann ich nichts anfangen. Dies ist nicht das Verpflegungsamt von Starfleet.«

»Ich ... ich habe kein Gold. Mein Vater könnte bezahlen, wenn Sie ...«

»Jhakka!« rief der Bajoraner dem Inhaber des nächsten Kiosks zu, als er hinter dem Tresen hervortrat und Jake am Arm festhielt. »Bitte benachrichtigen Sie Constable Odo für mich, Jhakka! Ich möchte meine Sachen nicht unbeaufsichtigt lassen, solange dieser Dieb in der

Nähe weilt. Sein Freund hat mich bestohlen, und jetzt will er nicht bezahlen.«

Auf dem breiten Gehsteig blieben Passanten stehen und hörten amüsiert zu. Die Sache war Jake äußerst peinlich, und er wand sich im Griff des Bajoraners hin und her, bis es ihm schließlich gelang, sich loszureißen. Fast hätte er dadurch das Gleichgewicht verloren und auch den Kioskinhaber zu Boden gestoßen. Er taumelte, fand das Gleichgewicht wieder, lief los, warf sich in die Menge ...

Dort prallte er gegen den weichen Leib einer Frau und fiel mit ihr zusammen aufs Pflaster.

Instinkt und Angewohnheit veranlaßten Sisko, den Phaser zu ziehen und ihn auf Betäubung zu justieren, bevor er den Flitzer verließ. Allerdings ... Er spürte keine Furcht, nur eine seltsame Art von Aufregung. Kein Zweifel: Er hatte diesen Ort schon einmal aufgesucht, im Traum.

Doch die öde Landschaft wirkte alles andere als vertraut, präsentierte sich mit der gleichen Unwirtlichkeit wie eine Wüste. Felsige Klippen erstreckten sich vor Sisko, reichten bis zum Horizont. Über ihnen wölbte sich ein finsterer Himmel, aus dem Blitze herabzuckten. Böiger Wind wehte, und der Commander kniff die Augen zusammen.

Dax folgte ihm mit einem Tricorder, und zu Siskos großer Überraschung entlockte ihr die Umgebung ein Lächeln. »Es ist wunderschön hier.«

Sisko blickte über das Meer aus Felsen, sah Dax an und wölbte die Brauen. »Du hast seltsame Vorstellungen von Schönheit.«

Diese Worte verwirrten den wissenschaftlichen Offizier. »Hältst du dies hier nicht für einen der idyllischsten Orte, den du jemals gesehen hast?«

Der Commander schüttelte den Kopf. *Offenbar haben Trill einen sehr seltsamen Sinn für Humor,* dachte er. »Nur die Schwefelminen von Hades Vier sind noch schlimmer.«

»Wie kannst du so etwas sagen?« erwiderte Dax, und Sisko begriff, daß ihre Verwirrung keineswegs gespielt war. »Die vielen Farben, eine so üppige Vegetation ...«

»Wie bitte? Ich sehe keine Vegetation.«

Falten bildeten sich in Dax' Stirn, und sie deutete in die Runde. »Wir stehen in einem Garten.«

Sisko schüttelte den Kopf. »*Ich* sehe eine Felswüste.« Er deutete zum Horizont. »Blitze zucken aus dem dunklen Himmel herab.«

»Es schwebt keine einzige Wolke am blauen Firmament.« Dax warf dem Commander einen Blick zu, der von Unbehagen kündete, und dann drehte sie ruckartig den Kopf.

Sisko sah in die gleiche Richtung. Etwa sieben Meter entfernt schwebte ein grünes Gebilde vor dem Hintergrund eines für ihn noch immer dunklen Himmels. Es war ebenso geformt wie jene Doppelkugel, die sich im Laboratorium von Deep Space Nine befand.

Es scheint uns doch gelungen zu sein, den Himmelstempel zu finden, überlegte Sisko. Laut sagte er: »Du siehst es ebenfalls.«

»Ja«, flüsterte Dax.

Das Objekt kam näher und verharrte einige Meter vor ihnen. Ein grüner Strahl ging plötzlich davon aus und strich über Siskos Körper. Er blieb reglos stehen und fühlte nur Wärme. Unterdessen nahm Dax eine Untersuchung mit Hilfe des Tricorders vor.

»Niederenergetische Ionenstruktur. Vermutlich handelt es sich um eine Sondierung.«

»Vielleicht die hiesige Vorstellung eines freundlichen Händedrucks«, erwiderte der Commander leise und entspannte sich, als der Strahl zur jungen Frau an seiner Seite glitt. Im Bereich ihres Bauchs flackerte er und glitzerte in allen Regenbogenfarben, leuchtete dann wieder in einem satten Grün, als er nach unten wanderte. Dax beobachtete den Vorgang mit einem angedeuteten Lächeln.

Nach dem Scan trat Sisko vor. »Ich bin Commander Benjamin Sisko von der Vereinten Föderation der Planeten.«

Einen Sekundenbruchteil später wankte er und fiel nach hinten — jemand schien den Boden gehoben und ihn wie einen Teppich geschüttelt zu haben. Seine Perspektive teilte sich: Nach wie vor glaubte er sich von einer Felswüste umgeben, doch als er den Blick auf Dax richtete, sah er einen grünen Garten mit zahlreichen bunten Blumen. Unmittelbar darauf verschmolz die Farbenpracht und verwandelte sich in smaragdfarbenes Gleißen.

Er rief den Namen des wissenschaftlichen Offiziers, aber das Heulen der Böen übertönte ihn. Licht flutete heran, umhüllte ihn und die Felsen, bis nur noch weißer Glanz und das Fauchen des Sturms existierten. Sisko trachtete danach, Widerstand zu leisten, doch es hatte keinen Sinn: Das Licht nahm ihn auf wie Treibsand.

Dicht neben ihm wurde das Strahlen zu einer Doppelkugel, die Dax enthielt. Sie stieg auf, flog mit ihrer lebenden Last dem dunklen Himmel entgegen. Sisko rief erneut und trat einen Schritt vor, doch dann erlag er dem Leuchten. Das Glühen verschlang ihn.

KAPITEL 8

»Eine weitere Neutrino-Turbulenz«, meldete O'Brien, der wieder an seiner Konsole saß.

Kira nickte. »Die Sensoren orten ein Objekt an jener Stelle, wo der Flitzer verschwand. Aber es kann unmöglich ein Raumschiff sein.«

O'Brien sah auf die Anzeigen und drehte den Kopf. »Das Gebilde enthält etwas, eine Lebensform.« Erneut starrte er auf die Displays und schnappte verblüfft nach Luft. »Ein Mensch!«

»Reagieren auch die cardassianischen Sensoren auf das Objekt?« fragte Kira.

O'Brien nickte. »Inzwischen funktionieren die Ortungssysteme der Cardassianer wieder. Wir müssen davon ausgehen, daß sie unsere Informationen teilen.«

Die Bajoranerin dachte einige Sekunden lang über die möglichen Konsequenzen nach, bevor sie eine Entscheidung traf. »Alarmstufe Gelb. Zentrale sichern. Beamen Sie das Ding an Bord, Mr. O'Brien — aber umgeben Sie es sicherheitshalber mit einem Kraftfeld.«

»Aye, Sir. Anpeilung läuft.« Miles betätigte die Kontrollen und stellte sowohl erstaunt als auch zufrieden fest, daß diesmal alles funktionierte. Kurz darauf materialisierte etwas auf dem Transferfeld, das eine noch größere Überraschung für ihn bedeutete. In den energetischen Schlieren erschien die benommene, jedoch unverletzte Dax.

Weißes Licht. Leere.

War dies der Tod?

Atmen. Ein langsamer, pulsierender Rhythmus — das eigene Herz. Nein, kein Tod. Aber auch kein für Sisko vertrautes Leben. Er fand sich in einer völlig anderen Existenzform wieder.

Sein Körper schien einfach verschwunden zu sein. Und das galt auch für alles andere. Die Felswüste und der Sturm, die grüne Doppelkugel, der Flitzer, Dax ... Alles fort.

Überall strahlte weißes Licht. Hinzu kamen Atmung und Herzschlag.

Sisko wartete und existierte.

Plötzlich wogte ein Schwall aus Bildern heran:

(Jennifer am Gilgo-Strand ... Sonnenschein spiegelte sich auf der ölig glänzenden Haut wider, und an einigen Stellen klebte Sand, von Siskos Füßen aufgewirbelt. Sie preßte sich das Oberteil des Bikinis an die Brüste und sah mit vagem Ärger zu ihm auf ...)

(Er betrachtete seine hilflosen Hände, die soviel breiter und größer waren als Jennifers. Jetzt nützten sie ihm nichts mehr: Blut tropfte aus tiefen Schnitten. Große Brandblasen hatte sich an Fingern und Handballen gebildet ...)

(Er trug den Handschuh eines Fängers, und mit einem dumpfen Pochen landete der Ball darin ...)

(*Commander ... Herzlich willkommen ...*

Picards Züge erstarrten, und seine Augen zeigten Geisterbilder der *Saratoga, Kyushu* und *Gage.* Seine Augen ...

... ein visueller Sensor blinkte rot. Würde und Wärme des Mannes existierten nicht mehr; das Gesicht war auf eine entsetzliche Weise leer.

Widerstand ist zwecklos

Eine Weigerung hat eure Elimination zur Folge ...)

(Rauch brannte ihm in Lungen und Augen. Der Boden platzte, und Flammen züngelten vom weiter unten gelegenen Deck empor.

Nicht denken. Nicht fühlen.

Jennifers leblose Hand ragte unter den Trümmern hervor ...)

Wieder Leere. Herzschlag. Und Atmung.

»Wer sind Sie?« rief Sisko und wußte nicht, ob die Worte aus seinem Mund kamen oder sich auf den mentalen Äther beschränkten.

Stille. Und dann wogte eine weitere Flutwelle aus Emotionen und Erinnerungen heran, um ihn zu überwältigen. Er verglich seine Situation mit der eines Schiffbrüchigen, der von einer starken Meeresströmung unter die Wasseroberfläche gezerrt wurde.

(Der erste Kuß, unter freiem Himmel, beim Picknick im Szagy-Park. Jennifers weiche Lippen, eine kühle Brise, das Erwachen von Begehren ...)

(Jakes schriller Schrei im Kreißsaal. Hände hoben den Neugeborenen. Blut und Fruchtwasser. Die kleinen Fäuste des Babys ...)

(Opakas Fingerkuppen an Siskos Wangen.

Atme ...)

(*Hallo, Huckleberry*

Jakes scheues Jennifer-Lächeln. Er saß auf dem Felsvorsprung, mit der Angelrute in einer Hand. Die Füße baumelten ins Wasser ...)

(*Hast du Jennifer gesehen?*

Die Frau wandte ihm ein rußiges Gesicht zu, sah ihn aus kummervollen Augen an ...)

(*Nicht denken. Nicht* fühlen ...)

(Atme)

»Wer sind Sie?« wiederholte Sisko, und Zorn quoll in ihm empor. Er holte Luft und schmeckte das Aroma des Meeres, sah seine nackten Füße und stellte fest, daß er auf einer Stranddecke stand. Seine Hände hielten ein Tablett mit Drinks: drei Gläser Limonade.

Jennifer rollte sich auf die Seite, drückte das Oberteil des Bikinis an die Brüste und runzelte die Stirn über der Sonnenbrille. »Es ist ein körperliches Wesen«, sagte sie. »Eine physische Entität.«

Sisko blinzelte und blickte sich um, sah den Himmel, den weißen Sand, das Meer. Er sah auch Jennifer und wußte, daß es jemand anders war. »Was ... was haben Sie gesagt?«

Die Realität verschob sich so plötzlich, daß Sisko desorientiert taumelte.

Im Beobachtungszimmer der *Enterprise* stand Picard auf, lächelte und streckte die Hand aus. »Die Lebensform reagiert auf visuelle und akustische Stimuli«, sagte er freundlich. »Linguistische Kommunikation.«

»Ja«, erwiderte Sisko hoffnungsvoll. »Linguistische Kommunikation. Sind Sie in der Lage, mit mir zu kommunizieren?«

Neuerlicher Wandel.

Opaka streckte die Hand aus, und ihre langen Finger berührten den Commander an der Wange. Sie musterte ihn mit der Zärtlichkeit einer Großmutter, die das Gesicht eines geliebten Enkelkinds betrachtet. »Warum schadest du uns?«

Siskos Herz schlug schneller, als er begriff, daß er einen direkten Kontakt hergestellt hatte. »Ich möchte niemandem schaden.«

Im Kontrollraum der *Saratoga* sprach Picard mit Locutus' Stimme. Es klang leblos und monoton: »Du versuchst, uns zu täuschen.«

»Nein«, widersprach Sisko. Er drehte den Kopf von einer Seite zur anderen und stellte fest, wieder von der *Saratoga*-Crew umgeben zu sein: Hranok, Tamamota, Delaney, Captain Storil. Gleichzeitig wußte er, daß er nicht seine früheren Kameraden wiedersah — völlig fremde Wesen standen ihm gegenüber. Er wandte sich an Locutus.

»Nein. Ich sage die Wahrheit.«

Der holographische Fischteich. Jake, der auf dem Felsvorsprung saß. Aufrichtige Neugier schimmerte in seinen Augen. »Wer bist du?«

»Man nennt meine Spezies ›Menschen‹«, antwortete

Sisko. »Wir kommen von einem Planeten namens Erde.«

»Erde?« wiederholte der Jake-Alien verwirrt.

Sisko suchte nach geeigneten Worten für eine Beschreibung, gab es auf und vollführte eine Geste, die der aktuellen Umgebung galt. »So sieht meine Heimat aus.«

Das Jake-Geschöpf ließ den Blick umherschweifen, und sein Gesicht blieb ausdruckslos. Offenbar wußte es die Schönheit des künstlichen Ambiente nicht zu schätzen.

Sisko versuchte es noch einmal. »Allem Anschein nach gibt es erhebliche Unterschiede zwischen unseren Völkern. Sicher wird es lange Zeit dauern, bis wir uns richtig verstehen.«

»Zeit«, wiederholte Jake und lauschte dem Klang dieses Wortes. »Was ist das? Zeit ...«

An jenem Morgen bedauerte Keiko ihr Selbstmitleid sehr. Sie verabscheute es, deprimiert zu sein — wie Miles neigte sie von Natur aus zu Optimismus und Zuversicht —, doch die Unterkunft verdiente es, in jeder Hinsicht als ›düster‹ bezeichnet zu werden. Die Raumstation war kaum mehr als ein Wrack, das Essen eine einzige Katastrophe ... Und sie vermißte ihre Freunde an Bord der *Enterprise.* Molly erging es ebenso. Beim Frühstück war sie sehr quengelig gewesen, und Keiko fühlte sich fast schuldig, weil sie ihre Tochter hierhergebracht hatte. In der *Enterprise* arbeiteten und wohnten fast tausend Personen. Im Vergleich dazu schien Deep Space Nine völlig leer zu sein.

Und die wenigen Leute, die sich in der Raumstation aufhielten ... Nun, Miles gehörte zweifellos zu den freundlichsten und liebsten Seelen im ganzen Universum; nichts lag ihm ferner, als schlecht über jemanden zu reden. Er beklagte sich nicht direkt, doch Keiko hatte es gelernt, bei ihm zwischen den verbalen Zeilen zu lesen, und daher wußte sie: Er war sehr besorgt in Hinsicht auf die nicht besonders professionelle Einstellung gewisser Personen, die in der Raumstation arbeiteten. Major Kira schien aggressiv und geradezu streitsüchtig zu sein — Miles hatte keinen so krassen Ausdruck benutzt —, und Constable Odo zeigte das Gebaren eines sarkastischen Pessimisten, der nur seine eigene Autorität respektierte. Selbst Commander Sisko, den Keiko für sehr nett hielt, erweckte den Eindruck, sich an einen anderen Ort zu wünschen.

Ein schwacher Trost: Es gab noch andere, denen es in Deep Space Nine nicht gefiel.

Wenigstens gab es wichtige Aufgaben für Miles. Er sprach nicht offen darüber, aber Keiko kannte ihn gut genug, um zu wissen: Er empfand es als Herausforderung, das volle Funktionspotential der Raumstation wiederherzustellen. In gewisser Weise beneidete Keiko ihren Mann: Für sie selbst gab es kaum etwas zu tun, sah man davon ab, alle Sachen auszupacken und ihr Quartier in einen einigermaßen erträglichen Zustand zu versetzen. Sobald das erledigt war ...

Sie versuchte, an etwas anderes zu denken.

Einige Stunden lang beschäftigte sich Keiko damit, auf- und umzuräumen, doch sie wurde immer unruhiger, ebenso wie Molly. Als die Niedergeschlagenheit zurückzukehren drohte, zog sie ihre Tochter an und brach auf, um der Promenade einen Besuch abzustatten. Von Miles wußte sie, daß die Sicherheitsprobleme in Deep Space Nine während der vergangenen vierundzwanzig Stunden erheblich geringer geworden waren, aber er hatte ihr trotzdem geraten, sich von Quarks Spielkasino und den Bars fernzuhalten. Falls sich doch Schwierigkeiten ergaben ... In erster Linie um Mollys Willen trug Keiko einen Insignienkommunikator, mit dem sie jederzeit Hilfe anfordern konnte.

Die Promenade bot einen interessanten und gleichzeitig auch deprimierenden Anblick: Die vielen exotischen Läden hatten etwas Faszinierendes, doch die meisten von ihnen waren von den Cardassianern verwüstet worden und warteten nach wie vor auf die Instandsetzung. Dennoch herrschte ein allgemeiner Eindruck von reger Aktivität: Zahlreiche Passanten schlenderten über die Gehsteige; hier und dort nahmen Techniker Reparaturen vor. Keiko seufzte. Vielleicht sah es hier gar nicht so schlecht aus, sobald alles wieder in Ordnung gebracht war. Außerdem: Sie konnte ihrer Tochter jetzt mehr Zeit widmen als vorher, und damit ging ein alter Wunsch in Erfüllung.

In diesem Zusammenhang dachte sie an die klugen Worte ihrer Mutter: *Sei vorsichtig mit dem, was du dir wünschst. Vielleicht bekommst du es ...*

Sie sah auf Molly hinab, die ihre Hand fest umklammert hielt. In Hinsicht auf das breite Gesicht und die stabile Statur kam das Mädchen ganz nach seinem Vaters, doch der Charakter stammte von Keiko. Molly war abenteuerlustig und liebte es, auf Entdeckungsreise zu gehen. Wie dem auch sei: An diesem Morgen wirkte die Promenade eindrucksvoller als sonst, und nachdem das Kind den ersten Ferengi gesehen hatte, lehnte es die Hand der Mutter nicht länger ab.

Keiko lächelte nun. »Bist du müde? Möchtest du getragen werden?«

Molly schüttelte stur den Kopf, und dadurch schwang ihr braunes Haar von einer Seite zur anderen. Sie schürzte die zarten Lippen, was ihre niedliche Pausbäkkigkeit betonte. Keiko seufzte. Nur noch einige Meter trennten sie von den Imbiß-Kiosken, und ein verlockender Duft wehte ihr entgegen — sie wollte gern feststellen, ob die Buden und Stände besseres Essen anboten als die Synthetisierer. Mit Molly im Arm wäre sie sicher schneller vorangekommen, aber manchmal konnte das Mädchen sehr bockig sein — eine Eigenschaft, von der Keiko und Miles behaupteten, daß sie von der jeweils anderen Familienseite stammte.

»Na schön«, sagte Keiko geduldig. »Wir gehen jetzt hier entlang und sehen nach, ob es dort drüben etwas zu essen gibt.«

»Ja«, erwiderte Molly. Ihre großen mandelförmigen Augen glänzten, als sie die manchmal recht seltsam anmutenden Fußgänger und Verkäufer in den Läden beobachtete.

Sie hatten den ersten Kiosk fast erreicht, als etwas wuchtig gegen Keiko stieß und ihr die Luft aus den Lungen preßte. Sie fiel nach hinten und zu Boden, sah die Sterne jenseits der ovalen Aussichtsfenster. Kurz darauf erschien ein Gesicht über ihr: die erschrockene Molly.

Keiko versuchte sich aufzusetzen, aber dazu fehlte ihr die Kraft. Etwas schien sie gelähmt zu haben — sie konnte nicht atmen.

»O Himmel.« Ein zweites Gesicht erschien in ihrem Blickfeld, und es gehörte einem dunkelhäutigen Jungen. »Meine Güte ... Es tut mir schrecklich leid. Sind Sie verletzt?«

Keine Panik, dachte Keiko. *Ganz ruhig. Entspann dich. Gleich kannst du wieder atmen.* Die Beklemmung fiel von ihr ab, und sofort schnappte sie nach Luft. »Molly?« Sie setzte sich auf.

Das kleine Mädchen stand neben ihr und schluchzte.

»Nicht weinen.« Keiko griff nach der Hand ihrer Tochter. »Es ist alles in Ordnung mit Mami. Ich bin nur zu Boden gestoßen worden.«

Der besorgte Junge kniete neben ihr. »Es tut mir wirklich sehr leid.«

»Schon gut«, erwiderte Keiko. Der Knabe erschien ihr vertraut, und nach einigen Sekunden fiel ihr ein: Sie hatte ihn schon einmal gesehen, während der ersten Besichtigungstour durch die Station. Durch einen Hinweis von Miles war sie auf ihn aufmerksam geworden. »Ich bin heil geblieben. Was ist mit dir? Du bist der Sohn des Commanders, nicht wahr? Jake, wenn ich mich recht entsinne ...«

»Ja, und mir ist nichts passiert.« Er sah über die Schulter, und sein Blick galt einem wütenden Bajoraner, der mit verschränkten Armen hinter ihm wartete.

»Danke dafür, daß Sie diesen kleinen Dieb aufgehalten haben«, sagte er.

»Was?« Keiko blinzelte und stemmte sich hoch. Jake half ihr beim Aufstehen. »Sie müssen sich irren. Er ist Commander Siskos Sohn.«

»Das habe ich bereits gehört«, erwiderte der Alte trocken. »Aber er hat seinem Ferengi-Freund geholfen, zwei meiner Drolis zu stehlen.«

Jake ließ den Kopf hängen. »Das stimmt nicht. Ich hatte keine Ahnung, daß Nog die Kekse nehmen wollte. Ich habe angeboten, dafür zu bezahlen, aber mit Krediteinheiten kann der Inhaber nichts anfangen.«

»Vielleicht nimmt er das hier.« Keiko nahm ein Goldstück aus der Gürteltasche. Von Miles wußte sie, daß die auf den Zentralwelten der Föderation gebräuchliche Währung hier wertlos blieb, bis sich die ökonomische Situation stabilisiert hatte. »Genügt das?«

Die Miene des Bajoraners erhellte sich, als er das Geld sah. Er strahlte so sehr, daß Keiko ahnte: *Vermutlich kosteten die Kekse nicht annähernd soviel.* Rasch griff er nach dem Goldstück und eilte fort.

»Es tut mir leid«, sagte Jake noch einmal. Er schnitt eine so mitleiderweckende Mein-Vater-dreht-mich-durch-die-Mangel-Miene, daß es Keiko sehr schwerfiel, nicht zu lächeln. »Sie gehören vermutlich zu den Offizieren der Raumstation«, spekulierte er.

»Mein Name lautet Keiko, und das ist Molly. Ich bin mit Fähnrich O'Brien verheiratet.«

»Oh. Freut mich, Sie kennenzulernen. Ich zahle das Geld zurück. Im Ernst. Es ist nur ... Es gibt hier keine anderen Kinder in meinem Alter, nur Nog.«

»Der Ferengi?«

Jake nickte.

Keiko gab Strenge vor. »Warum bist du nicht in der

Schule? Ist es nicht noch ein wenig zu früh, die Station zu durchstreifen?«

»In welcher Schule?« erwiderte der Junge. »Ich entschuldige mich noch einmal in aller Form und verspreche Ihnen, daß ich Ihnen das Geld zurückgebe, noch heute abend, nachdem ich mit meinem Vater gesprochen habe. Jetzt sollte ich besser gehen, bevor ich mich in noch größere Schwierigkeiten bringe.« Er deutete in die Richtung des verschwundenen Droli-Verkäufers.

»Das halte ich für eine gute Idee«, entgegnete Keiko. »Es war nett, dir begegnet ... äh, mit dir zusammengestoßen zu sein.«

»Freut mich, Ihre Bekanntschaft gemacht zu haben«, sagte Jake schüchtern, bevor er sich umdrehte und fortlief. Keiko nahm ihre Tochter in die Arme und sah ihm nach. Ein junger Ferengi — wahrscheinlich der Dieb — näherte sich ihm, und anschließend verschwanden beide Jungen in der Menge.

Keiko war sehr nachdenklich geworden. Bisher hatte sie vor allem daran gedacht, welche Probleme sich für ihre eigene Familie durch den Transfer zur Raumstation ergaben, doch nun galten ihre diesbezüglichen Überlegungen auch den wenigen größeren Kindern in Deep Space Nine. Jake Sisko erschien ihr recht nett, aber sie spürte bei ihm so etwas wie Trauer und Einsamkeit. Es blieb ihr zunächst rätselhaft, warum ein Junge wie er auf diese Weise empfinden sollte — bis sie sich erinnerte. Miles hatte davon gesprochen, daß der Commander Witwer war.

Ein trauriges Vorstellungsbild: Molly, die nach dem Tod der Mutter versuchte, sich an das neue Leben in Deep Space Nine zu gewöhnen ...

Das Mädchen wurde unruhig, und Keiko kehrte in die Gegenwart zurück, setzte den Weg zum nächsten Imbiß-Kiosk fort.

Odo, Kira, O'Brien und Bashir saßen am Situationstisch in der Zentrale, hörten sich dort Lieutenant Dax' Bericht an. Normalerweise war es nicht erforderlich, daß der Sicherheitsoffizier an solchen Besprechungen teilnahm, doch diesmal gab es für Odo guten Grund, der jungen Frau aufmerksam zuzuhören. Dax' Schilderungen in bezug auf ein stabiles Wurmloch erstaunten nicht nur ihn. Kira beugte sich interessiert vor — wie Odo fühlte sie sich persönlich von den Neuigkeiten betroffen. In Bashirs Zügen zeichnete sich ein fast komisch wirkender Enthusiasmus ab; hinzu kam eine nicht nur platonische Bewunderung, die Dax galt. Bashirs jugendliche Überschwenglichkeit ging Odo immer mehr auf die Nerven.

»Die Navigationssensoren nützen uns nichts. Es gibt keine Möglichkeit für uns, Benjamin zu lokalisieren und zu ihm zu gelangen.« Dax sprach mit sanfter Ruhe. Odo respektierte sie sehr. Dem neuen wissenschaftlichen Offizier mangelte es ganz offensichtlich nicht an Intelligenz, und darüber hinaus hielt er — beziehungsweise sie — nichts von banalem Protokoll. Kira hatte ihm bereits erzählt, daß Dax den Commander auf recht ... persönliche Weise begrüßt hatte. Die symbiotische Beziehung bei einem Trill verstand Odo nicht ganz, doch das störte ihn kaum. Auch sich selbst verstand er nicht ganz, und deshalb fühlte er sich in gewisser Weise mit Kira verbunden — weil sie bei den übrigen Humanoiden beide als seltsam galten.

O'Brien nickte. »Wir wissen jetzt, daß wir es mit einem Wurmloch zu tun haben — also können wir einen Felddichte-Kompensator einsetzen.« Er beobachtete die Anzeigen der Sensoren, teilte seine Aufmerksamkeit zwischen ihnen und dem Gespräch.

Dax zögerte. »Es handelt sich um ein außergewöhnliches Wurmloch. Die Analyseergebnisse deuten darauf hin, daß es vielleicht nicht einmal natürlichen Ursprungs ist.«

»Nicht natürlichen Ursprungs?« staunte Bashir. »Soll das heißen, es wurde *konstruiert?*«

Dax nickte kurz. »Es ist durchaus denkbar, daß die Schöpfer der Doppelkugeln auch das Wurmloch entstehen ließen.«

»Der Himmelstempel«, sagte Kira leise und straffte die Gestalt, als Odo ihr einen neugierigen Blick zuwarf. Er wußte, daß Kira gelegentlich zum Mystizismus neigte, obwohl sie sich gern als Skeptikerin präsentierte. Darüber hinaus spürte er bei ihr eine ausgeprägte Loyalität Sisko gegenüber, seit er mit der Lade von Opaka zurückgekehrt war. Vor seiner Ankunft hatte sie sich mehrmals zu abfälligen Bemerkungen in Hinblick auf Starfleet-Commander hinreißen lassen, doch Sisko begegnete sie inzwischen mit weitaus mehr Achtung. Zwar sprach Kira nicht darüber, aber Odo vermutete, daß sie etwas Spezielles im neuen Kommandanten von Deep Space Nine entdeckt zu haben glaubte.

Und vielleicht glaubte das auch Odo. Einen Starfleet-Offizier hatte er sich ganz anders vorgestellt. Außerdem verdankte er es Commander Sisko, daß er nun eine einzigartige Chance bekam.

Er unterbrach seinen Gedankengang, als O'Brien meldete: »Die Cardassianer nehmen Fahrt auf ... Ihr Kurs führt sie zum Denorios-Gürtel.«

Daraufhin wurde die Gruppe von Anspannung erfaßt. Kira erhob sich und runzelte die Stirn. »Was wäre nötig, um die Raumstation zur Öffnung des Wurmlochs zu bringen?«

O'Brien riß die Augen auf. Die Lage war recht ernst, aber Odo fühlte trotzdem einen Anflug von Erheiterung. O'Brien entsprach dem Klischee des Starfleet-Offiziers: Er blieb immer bestrebt, sich an die Vorschriften zu halten, und jedesmal überraschte ihn Kiras Zum-Teufel-mit-dem-Reglement-Einstellung. »Dies ist kein Raumschiff, Major. Uns stehen sechs Manövrierdüsen zur Verfügung — mehr nicht. Unter solchen Bedingungen nähme eine hundertsechzig Millionen Kilometer weite Reise zwei Monate in Anspruch.«

»Wir müssen das Ziel morgen erreichen«, sagte Kira schlicht.

O'Brien schüttelte den Kopf. »Unmöglich, Sir.«

»Lassen Sie sich etwas einfallen.«

Der Fähnrich seufzte ungläubig. »Wenn Sie uns ein Raumschiff der Kategorie sechs besorgen ... Dann können wir darum bitten, abgeschleppt zu werden.«

»Lassen Sie sich etwas *anderes* einfallen«, entgegnete Kira unbeeindruckt. »Das Wurmloch könnte die Zukunft des ganzen Quadranten bestimmen. Bajor muß Anspruch darauf erheben.« Sie schlug mit der flachen Hand auf den Tisch, marschierte einige Schritte und drehte sich ruckartig zu O'Brien um. »Leider muß ich zugeben: Wenn die Föderation durch ihre Präsenz den Anspruch der Bajoraner unterstützt, so bekommt er weitaus mehr Nachdruck.«

»Ja, ich weiß«, pflichtete ihr Miles bei. »Und ich wünschte, ich könnte Ihren Wunsch irgendwie erfüllen.«

Dax hatte während der letzten Minuten mit solcher Gelassenheit zugehört, als ginge es nicht um das Leben eines guten Freunds und das Schicksal der Bajora. »Sind Sie imstande, die Intensität des von den Deflektorgeneratoren erzeugten Kraftfelds so zu verändern, daß die Raumstation in ein *nieder*energetisches Kraftfeld gehüllt wird?«

O'Brien runzelte die Stirn, doch wenige Sekunden später glätteten sich die Falten, und eine Erkenntnis verbrannte die Schatten des Zweifels aus seinen Zügen. »Dann wäre es möglich, die Trägheitsmasse zu verringern.«

Dax nickte zufrieden. »Wenn es uns gelingt, Deep Space Nine leichter zu machen, genügt der Schub von sechs Manövrierdüsen.«

»Es könnte klappen, Lieutenant«, räumte der Fähnrich ein. »Aber wenn's schiefgeht ...«, fügte er düster hinzu. »Dann bricht die Raumstation auseinander.«

Dax seufzte. »Selbst wenn wir Erfolg haben: Wir brauchen die Hilfe Starfleets, sobald wir am Ziel sind.«

»Die *Enterprise* ist nach wie vor das nächste Raumschiff«, sagte O'Brien. »Sie braucht etwa zwei Tage, um hierher zurückzukehren.«

Dax sah ihn an, und ihr Blick fragte: *Bleibt uns eine andere Wahl?* »Übermitteln Sie Starfleet eine offizielle Bitte um Hilfe.«

Miles nickte und wandte sich seiner Konsole zu.

Kira straffte die Gestalt. »Sie haben hier das Kommando, O'Brien. Ich leite die Rettungsmission.« Sie setzte sich in Bewegung, ging in Richtung Korridor. »Lieutenant Dax, Sie begleiten mich. Sie auch, Doktor. Jetzt bekommen Sie endlich Gelegenheit, ein Held zu sein.«

Bashir schloß hastig zur Bajoranerin und Dax auf. »Ja, *Sir.*«

Odo folgte aus eigenem Antrieb. Zu viele Jahre lang hatte er auf eine solche Chance gewartet — er wollte sie sich auf keinen Fall entgehen lassen.

Kira schien zu wissen, was in ihm vor sich ging. Ihre Stimme klang viel sanfter als sonst, als sie begann: »Constable ...«

Odo unterbrach sie sofort und zählte auf ihr Verständnis. »Es liegt ein Sicherheitsproblem vor. Und dafür bin ich zuständig.«

»Ihre Zuständigkeit beschränkt sich auf die Sicherheit *in der Raumstation.*« Kira verharrte am Turbolift, betätigte eine Taste und verschränkte die Arme. »Ich kann es nicht rechtfertigen, Sie ins Wurmloch mitzunehmen. Wer weiß, was uns dort erwartet. Vielleicht begegnen wir uns feindlich gesinnten Wesenheiten.«

Auch diesmal fehlte die sonst übliche Schärfe in Kiras Stimme. Odo ahnte, daß sie mit sich selbst rang, und er ließ nicht locker. »Man fand mich im Denorios-Gürtel,

Major. Ich weiß nicht, woher ich komme. Und ich weiß nicht, ob es noch andere Individuen meiner Art gibt.«

Kira wandte sich halb ab, und daraufhin sprach Odo lauter und zwang sie, ihm zuzuhören. Sie *mußte* ihn verstehen. *Niemand weiß besser als sie, daß es wichtigere Dinge gibt als die Starfleet-Vorschriften.* »Mein ganzes Leben lang bin ich gezwungen gewesen, mich als Humanoide auszugeben, um in Ihrer Mitte nicht zu sehr aufzufallen. Und immer habe ich mich nach meinem Ursprung gefragt. Vielleicht bekomme ich auf der anderen Seite des Wurmlochs Antwort.«

Metall kratzte über Metall, und die beiden Türhälften des Lifts glitten auseinander, als die Transportkapsel eintraf. Kira setzte zu einem weiteren Einwand an, aber Odo schritt einfach an ihr vorbei und betrat den Turbolift. »Worauf warten Sie noch?« fragte er unschuldig.

Einige kritische Sekunden verstrichen. Der Gestaltwandler beobachtete, wie Kira die Augen zusammenkniff, wie es in ihren Wangen zuckte. Sie sah zu Bashir und Dax, dachte vermutlich daran, daß sie durch Odos Insubordination den anderen Offizieren gegenüber an Autorität verlor.

Er hielt ihrem Blick stand, und seine Pupillen sagten ihr: *Bitte treffen Sie die richtige Entscheidung, Major.*

Sie seufzte kaum hörbar, und die Anspannung wich aus ihren Zügen. Odo lächelte, als sich Kira ihm wortlos hinzugesellte.

KAPITEL 9

Die Leere. Herzschlag. Atmung. Sisko wartete in reiner, formloser Existenz und hoffte, daß die fremden Wesen einen neuerlichen Kontakt mit ihm herstellten. Die Erwähnung der ›Zeit‹ hatte den Jake-Alien und seine Artgenossen zu einem verwirrten Rückzug veranlaßt.

Schließlich manifestierten sie sich erneut, und zwar in Gestalt von Jean-Luc Picard, der im Beobachtungszimmer der *Enterprise* stand. Jenseits der breiten Panoramafenster wölbte sich der Planet Bajor.

Wie lange habe ich einfach nur existiert? überlegte Sisko. *Wie lange habe ich darauf gewartet, daß sich die Fremden erneut zu erkennen geben?* Die Verwunderung des Jake-Aliens erschien ihm jetzt nicht mehr so sonderbar wie zuvor: Im Hier sah er keine Möglichkeit, zwischen Minuten und Stunden zu unterscheiden. Er wußte nicht, ob er wenige Sekunden oder ganz Jahrhunderte lang gewartet hatte.

Picard musterte ihn argwöhnisch. »Das Wesen muß ausgelöscht werden, bevor es uns Vernichtung bringt.«

Wechsel. Der Wandschirm im Kontrollraum der *Saratoga.* Und im Projektionsfeld: ein aus Fleisch und Metall bestehender Locutus. Mit mechanisch-monotoner Stimme verkündete er: »Es ist bösartig.«

Die Brücke der *Saratoga* verschwand und wich einem Baseball-Spielfeld. Ty Cobb stand am Schlagmal, lächelte verschmitzt und holte versuchsweise mit dem Schläger aus. »Aggressivität. Rivalität.«

Wechsel. Erneut die Beobachtungskammer der *Enter-*

prise. Jenseits der Fenster schwoll die Raumstation Deep Space Nine an. Eine Vergangenheit, die auf seltsame Weise Substanz gewann? Picard verscheuchte diesen Eindruck, indem er mit kühler, gnadenloser Stimme sagte: »Das Wesen muß eliminiert werden.«

»Ich bin nicht Ihr Feind«, sagte Sisko und stellte verblüfft fest, daß er eine Starfleet-Uniform trug, daß er *physisch* in dieser Kammer präsent war und *tatsächlich* neben Picard saß. Er betastete den Sessel, fühlte dabei feste Materie. Fast hastig wandte er sich dem Picard-Alien zu, um ihn von seiner Aufrichtigkeit zu überzeugen. »Ich bin von Personen hierhergeschickt worden, mit denen *Sie* sich in Verbindung gesetzt haben.«

»In Verbindung gesetzt?« wiederholte Picard mit eisiger Skepsis. Er stand auf, legte die Hände auf den Rükken und schritt zum Fenster, schien bemüht zu sein, einen größeren Abstand zwischen sich und dem Menschen zu schaffen.

»Mit Ihren Objekten«, sagte Sisko. »Mit den Doppelkugeln.«

Der Captain drehte sich um und starrte ihn an. »Wir suchen Kontakte mit anderen Lebensformen, nicht mit körperlichen Geschöpfen, die jede Gelegenheit nutzen würden, um uns zu vernichten.«

Sisko erhob sich ebenfalls und veränderte das Muster der Vergangenheit. »Ich bin *nicht* hier, um Sie zu vernichten.«

Wechsel. Hundert Flammen flackerten im dunklen, steinernen Gewölbe unter dem Kloster. Kai Opaka: Das Glühen der Kerzen spiegelte sich in einem noch immer von Striemen entstellten Gesicht wider. Die Fingerkuppen der Bajoranerin wanderten sanft über Siskos Wangen. »Sehen Sie nicht, welchen Schaden Sie bereits angerichtet haben?« fragte sie traurig.

Der Commander stellte fest: Zuerst hatten die fremden Entitäten ihn geduzt; jetzt gingen sie — aus welchen Gründen auch immer — zum Sie über.

»Wenn mich wirklich eine derartige Schuld trifft, so bringe ich hiermit ehrliches Bedauern zum Ausdruck«, erwiderte er. »Ich bin nur hier, um jene Geschöpfe zu finden, von denen die Doppelkugeln stammen.«

Opaka dachte darüber nach, und Myriaden Lichter funkelten in ihren dunklen Pupillen. »Zu welchem Zweck?«

»Um friedliche Beziehungen herzustellen, wie mit Hunderten von anderen Spezies.«

Opaka wich mißtrauisch zurück. »Meinen Sie Hunderte von körperlichen Spezies?«

Wechsel. Einmal mehr die Brücke der *Saratoga*. Sisko saß im Sessel neben Captain Storil. Tamamota wandte sich von ihrer Konsole ab und bedachte ihn mit einem vorwurfsvollen Blick. »Dieses Wesen bringt sie alle hierher.«

Hinter Sisko erklang Delaneys Stimme von der Operatorstation. »Sie werden uns vernichten.«

Der Commander sah Storil an. Der Vulkanier musterte ihn ruhig, drehte dann den Kopf, als der auf dem großen Wandschirm präsente Locutus den Mund öffnete. Eine Million Stimmen ertönten gleichzeitig: »Das Wesen muß *jetzt sofort* eliminiert werden.«

Sisko sprang auf und trat mit langen Schritten zum Projektionsfeld. »Für *mein* Volk ist das Leben wichtiger als alles andere!« rief er dem Borg-Mensch-Hybriden zu. »Können Sie das auch von sich behaupten? Wenn Sie mich ›eliminieren‹ wollen, so finden Sie wenigstens heraus, wen Sie umbringen.«

Storil sah ihn an, und eine gewölbte Braue deutete auf einen Hauch von Ärger hin. »Wir haben alle notwendigen Informationen.«

»Sie gefährden unsere Domäne«, sagte Delaney.

Sisko drehte sich zu Geschöpfen um, die ihn an seine einstigen Gefährten und Kameraden erinnerten. »Ich verstehe nicht, warum Sie sich durch mich bedroht glauben. Hiermit versichere ich erneut, daß ich nicht Ihr

Feind bin. Bitte geben Sie mir eine Chance, das zu beweisen.«

»Beweisen?« fragte Hranok.

Sisko zögerte. »Man könnte einen Menschen als Summe seiner Erfahrungen definieren. Sie haben ganz offensichtlich Zugang zu meiner Erlebniswelt.«

Huckleberry Jake blinzelte in der Sonne und ließ die Angelrute sinken. »Erfahrungen, Erlebniswelt ... Was bedeutet das?«

»Reminiszenzen«, sagte Sisko und spürte Erleichterung: Wenigstens erlaubte man ihm Erklärungen. »Ereignisse aus meiner Vergangenheit. Wie dies hier.«

Jake runzelte die Stirn, tauchte die Zehenspitze ins Wasser des Teichs und beobachtete, wie sich kleine Wellen kreisförmig ausdehnten. »Vergangenheit?«

»Dinge, die vor dem Jetzt geschehen«, entgegnete Sisko und sprach unbewußt im väterlichen, geduldigen Tonfall, den er oft seinem Sohn gegenüber benutzte.

Jake sah ihn an, und seiner Miene war zu entnehmen, daß er kein einziges Wort verstand.

»Du hast nicht die geringste Ahnung, wovon ich rede, oder?« murmelte Sisko.

Der Jake-Alien schüttelte den Kopf. In einem nahen Baum zirpte ein Vogel. »Was *früher* geschehen ist, unterscheidet sich nicht von dem, was jetzt geschieht und geschehen wird. Alles ist Teil der Existenz.«

Der Commander atmete tief durch und nahm neben dem Jungen Platz. Eine erstaunliche Erkenntnis reifte in ihm heran. »Ich vermute, für Sie gibt es keine lineare Zeit.«

Jennifer lag auf der Decke, senkte die Sonnenbrille ein wenig und blickte über ihren Rand. »›Lineare Zeit?‹ Was hat es damit auf sich?«

Sisko stellte das Tablett mit den drei Limonade-Gläsern ab. War ihm ein erster Durchbruch gelungen? Diese Hoffnung weckte Aufregung in ihm, und hinzu kam der Umstand, daß die so schöne und junge Jennifer einen hinreißenden Anblick bot. Er beugte sich vor, nahm den Duft ihrer glänzenden Haut wahr. »Meine Spezies lebt an einem Punkt im Strom der Zeit. Sobald wir uns von jenem Punkt entfernen, wird er zur Vergangenheit. Die Zukunft besteht aus Ereignissen, die erst noch geschehen müssen, und sie gehört nicht zu unserer unmittelbaren Existenz.«

Das Jennifer-Wesen stemmte sich verblüfft hoch. Ein Tropfen Sonnenöl glänzte an einer schwarzen Locke. *»Die Zukunft gehört nicht zu Ihrer unmittelbaren Existenz?«*

»Das ist die zentrale Signifikanz eines linearen Lebens«, sagte Sisko. »Wenn Sie sich eingehender damit befassen, so werden Sie zu dem Schluß gelangen, daß ich keine Gefahr für Sie darstelle.«

Er sah in die so vertrauten Augen, in das Braun mit den goldenen Flecken, und für einen Sekundenbruchteil glaubte er, das Fremde zu erkennen, ein auf Furcht basierendes Zögern.

Atmung. Herzschlag. Warten ...

O'Brien blieb mit einigen bajoranischen Technikern, unzuverlässiger Cardi-Technik und einer gehörigen Portion Besorgnis in der Zentrale von Deep Space Nine zurück.

Seit der ersten Besichtigungstour durch die Raumstation wußte er, daß Sisko nicht in Deep Space Nine bleiben wollte. Miles bedauerte diesen Umstand, denn er mochte den Commander. Mehr noch: Er fühlte eine sofortige Loyalität, die ihn überraschte. Selbst Major Kira schien auf diese Weise zu empfinden, insbesondere seit Siskos Rückkehr von Kai Opaka. O'Brien bezweifelte, ob er jemals den gleichen Standpunkt vertreten konnte wie Kira, doch vielleicht gab es eine Ausnahme: In Hinsicht auf Sisko mochten sie durchaus der gleichen Ansicht sein. Zuerst hatte Miles seine Entscheidung bereut, sich nach Deep Space Nine versetzen zu lassen, aber jetzt ahnte er, daß er wieder eine Heimat gefunden hatte. Die Raumstation erschien ihm allmählich wie ein neues Zuhause, das die *Enterprise* voll und ganz ersetzen konnte.

Er hoffte, daß auch Sisko auf diese Weise zu fühlen begann, und beschloß, in der Station zu bleiben. Vorausgesetzt natürlich, es gelang ihnen irgendwie, ihn aus dem Wurmloch zu holen.

Das Verschwinden des Commanders erinnerte O'Brien an Picards Entführung durch die Borg, an jene schrecklichen Momente, als die Crew ihren Captain wiedersah und das Ergebnis einer schrecklichen Verwandlung beobachten mußte. Damals hatte O'Brien nicht zu hoffen gewagt, daß der *Mensch* namens Picard jemals zurückkehrte.

Doch es war ihnen gelungen, den Captain zu befreien. *Und irgendwie schaffen wir es auch, Sisko heimzubringen,* dachte Miles. Er war entschlossen, einen eigenen Beitrag dafür zu leisten. Anschließend lag es beim Commander, die richtige Entscheidung zu treffen ...

Wenn doch nur auf die cardassianische Technik Verlaß gewesen wäre!

Es gab noch eine andere, tiefer sitzende Sorge, die O'Brien aus seinen bewußten Gedanken fernzuhalten versuchte: die Furcht um Keiko und Molly, wenn er aus dem Alptraum erwachte. Einmal mehr trachtete sie danach, sich ins Zentrum seines Selbst zu schieben, doch er verdrängte sie. Dies war nicht der geeignete Zeitpunkt, um sich von irgendwelchen Ängsten ablenken zu lassen. Es gab eine Menge zu tun ...

Er überprüfte die Instrumente und ihre Anzeigen, als plötzlich das Licht flackerte und aus dem gleichmäßigen Summen des Reaktors ein unregelmäßiges Brummen wurde.

O'Brien blieb abrupt stehen und fluchte leise. Bisher hatte alles perfekt funktioniert — zu perfekt. Er gewöhnte sich allmählich an die Vorstellung, daß Eigensinn ein Bestandteil der Technik von Deep Space Nine zu sein schien, aber das änderte kaum etwas an seinem Ärger. »Verdammt! Computer: Analysiere Integrität des Subraumfelds.«

Es verstrichen nur ein oder zwei Sekunden, aber in seiner gegenwärtigen Stimmung ertrug Miles nicht einmal eine so kurze Wartezeit. Zum tausendsten Mal seit einigen Tagen dachte er daran, daß der *Enterprise*-Computer *sofort* geantwortet hätte.

»Energetische Instabilität verhindert Feldschließung«, ertönte die Sprachprozessorstimme.

O'Brien schnaufte. »Kompensiere mit Reaktormodul drei.«

Er eilte zur nächsten Konsole und beobachtete eine schematische Darstellung der Station: Das Warpfeld umhüllte sie — um gleich darauf wieder zu zerfasern.

»Es besteht ein partielles Feld«, meldete der Computer. »Instabilität bei zwölf Prozent.«

»Ein *partielles* Feld ...«, stöhnte O'Brien. »Ist die Trägheitsmasse der Station gering genug, um die Umlaufbahn zu verlassen?«

»Ein solcher Vorgang wird derzeit nicht empfohlen.«

Miles versteifte sich und fühlte, wie die Wangenmuskeln mahlten. Mehrere bajoranische Techniker warfen ihm eingeschüchterte Blicke zu, und daraufhin ahnte er, daß er wie Major Kira reagierte, sogar im gleichen Tonfall sprach. »Ich habe nicht um eine Meinung gebeten, verdammt! Sag mir nur, ob uns durch ein partielles Feld genug Schub zur Verfügung steht!«

»Bestätigung.«

Er seufzte und beruhigte sich wieder. »Na schön. Transitmodus initialisieren. Drei-Achsen-Stabilisierung. Status der Manövrierdüsen im Heckbereich?«

»Bereitschaft.«

Gut. O'Brien nickte zufrieden. »Also los.«

Er sah wieder auf den Monitor, und die schematische Projektion zeigte ihm feuernde Düsen. In der Ferne grollte es leise, und dann vibrierte der Boden. In einigen geöffneten Konsolen rasselte es, und nicht befestigte Kabelstränge zitterten. Jenseits der Fenster setzten sich die Sterne in Bewegung und glitten langsam zur Seite. *Wir entfernen uns vom Planeten,* dachte O'Brien und erlaubte sich ein gedankliches Lächeln. Welche Reaktionen mochte der nicht angekündigte Transit auf der Promenade hervorrufen?

Das Grollen wurde lauter, und die Vibrationen nahmen zu. Ein Surren erklang, veränderte die Frequenz und wurde zu einem Pfeifen. Sirenen heulten. O'Brien wandte sich wieder den Displays zu.

»Warnung«, sagte der Computer. »Feldintegrität läßt nach. Instabilität bei einundzwanzig Prozent.«

»Wir müssen die Lücke im Warpfeld schließen, wenn die Station nicht zerrissen werden soll!« rief Miles den Technikern zu. Er war viel zu beschäftigt, um sich zu fürchten. Seine Aufmerksamkeit galt in erster Linie der mit vielen Mängeln behafteten Cardi-Technik.

Erneut ertönte die Stimme des Computers, und diesmal erzeugte der Sprachprozessor einen unheilverkündenden Klang. »Warnung: Angesichts der derzeitigen Geschwindigkeit ist keine sichere Desaktivierung des Warpfelds möglich. Feldkollaps in sechzig Sekunden.«

Die Vibrationen wurden noch stärker, das Pfeifen lauter. Der Boden schien sich mehrmals zu heben und zu senken — O'Brien mußte sich festhalten, um nicht das Gleichgewicht zu verlieren. Er sah wieder zu den Anzeigen, suchte nach einer Lösung für das Problem und starrte so auf die cardassianischen Hieroglyphen hinab, als könnte er sie allein mit Willenskraft entziffern.

Er fand tatsächlich eine Lösung, nicht bei den krakeligen Schriftzeichen, sondern irgendwo in seinem Innern.

»Weiß jemand, wie man die Trägheitsabsorber mit den Deflektoren verbinden kann?« rief er seinen Mitarbeitern zu.

Die Bajoraner wechselten verwirrte Blicke. O'Brien seufzte, sah auf seine Konsole und murmelte: »Nun, finden wir's heraus.« Seine Finger huschten über Tasten. »Computer: Nutze die Energie der Trägheitsabsorber, um das Warpfeld zu verstärken.«

Die schematische Darstellung zeigte keine Veränderung.

»Ein solcher Vorgang wird derzeit nicht empfohlen.« Diesmal klang die Stimme des Computers fast verdrießlich.

Miles verlor die Geduld. »Transferiere die Energie, verdammt!«

»Kann die Anweisung nicht ausführen«, antwortete der Computer mit einer Selbstgefälligkeit, die das Feuer des Zorns in O'Brien schürte. »Das Sicherheitsprotokoll der Stufe eins hat die Order annulliert.«

»*Wie* bitte?« brachte der Fähnrich ungläubig hervor.

Und dann, um alles noch schlimmer zu machen: »Warnung — Feldkollaps in dreißig Sekunden.«

O'Brien verzichtete auf einen weiteren Wutanfall, um keine Zeit zu vergeuden. »Ich beginne mit einem manuellen Transfer!« rief er den Technikern zu und stellte einen Blickkontakt mit dem nächsten Bajoraner her. »Leiten Sie die Energie auf mein Zeichen hin in die Deflektoren.«

Der Mann nickte.

»Sorgen Sie für die energetische Balance«, forderte Miles einen anderen auf.

»Feldkollaps in fünfzehn Sekunden«, sagte der Computer.

»Jetzt!« donnerte O'Brien und versuchte, mindestens ein Dutzend Tasten gleichzeitig zu drücken. Es fiel ihm deshalb so schwer, weil die entsprechenden Kontrollen auf mehrere Konsolen verteilt waren — er mußte zwischen den Pulten hin und her springen. Die beiden Bajoraner arbeiteten mit dem gleichen hektischen Eifer.

Das Licht flackerte, und es wurde dunkler. Das Pfeifen wechselte erneut die Frequenz. O'Brien blickte zur schematischen Projektion — *Halten Sie durch, Comman-*

der, dachte er; *wir holen Sie zurück* — und stellte fest: Das Warpfeld hatte sich ganz um die Station geschlossen.

Das Heulen verklang, und die Vibrationen ließen nach. Kurz darauf glühten die Leuchtkörper wieder mit der üblichen Intensität.

»Feldenergie jetzt innerhalb der Flugtoleranzen«, meldete der Computer.

O'Brien ließ den angehaltenen Atem entweichen und bedankte sich mit einem schiefen Lächeln bei den beiden Bajora. Dann trat er an die nächste Konsole heran. »Computer: Ich muß ein Wörtchen mit dir reden.«

Kira und Dax flogen den Flitzer. Odo saß hinter der Bajoranerin und Bashir gegenüber, der sich immer wieder aufgeregt umsah.

Odos Ich ruhte nicht in Gelassenheit — vielleicht erfuhr er bald etwas über seine Herkunft, und diese Aussicht genügte, um seinen emotionalen Kosmos mit freudiger Erwartung zu füllen —, aber wenigstens war er würdevoll genug, um die Nervosität nicht so deutlich zu zeigen wie der junge Arzt.

Bashir offenbarte die ungezwungene Neugier eines Kinds, als er aus dem Fenster sah und über Dax' Schulter hinweg zu den Kontrollen blickte. Odo hoffte inständig, daß der Doktor keinen Versuch unternahm, ihn in ein Gespräch zu verwickeln.

Anspannung dehnte sich aus und ließ nur Dax unberührt — sie blieb in eine Aura ruhiger Kompetenz gehüllt. Nach einer Weile brach sie das Schweigen.

»Das cardassianische Kriegsschiff ist jetzt in visueller Reichweite.«

»Auf den Schirm«, sagte Major Kira.

Das Bild auf dem zentralen Schirm wechselte, zeigte nicht mehr die Sterne sondern ein düster wirkendes, geradezu riesig anmutendes Raumschiff. Kira warf einen kurzen Blick auf die Instrumentenanzeigen und beobachtete dann den cardassianischen Kreuzer. An seinem

Ziel konnte kein Zweifel bestehen: das Wurmloch. »Sie halten direkt darauf zu«, sagte die Bajoranerin, seufzte verärgert und trommelte mit den Fingern auf die Konsole.

Bashir stützte sich an der Rückenlehne von Dax' Sessel ab und beugte sich vor. »Die Cardassianer sind doch sicher bereit, auf die Stimme der Vernunft zu hören, nicht wahr? Wenn wir sie warnen und darauf hinweisen, was geschehen könnte, wenn sie einen Transit wagen ...«

»Doktor«, warf Odo ein und machte keinen Hehl aus seinem Zynismus, »viele Leute sind vollkommen taub, was die Stimme der Vernunft betrifft. Und das gilt gerade für Gul Dukat.«

»Aber ...«, beharrte Bashir.

Kira hob die Hand. »Die Frage ist, ob sie uns glauben oder nicht. Und darüber können allein die Cardis entscheiden.« Bashir nahm verärgert Platz, und die Bajoranerin betätigte eine Taste, öffnete damit einen externen Kom-Kanal. »Hier ist das Föderationsschiff *Jangtsekiang* unter dem Befehl von Major Kira Nerys.«

Es piepte dreimal, und auf dem Bildschirm erschien Gul Dukat. Er wirkte harmlos, sogar unscheinbar, aber Odo wußte, was sich hinter dieser Fassade verbarg: Bereitschaft zu erbarmungsloser Grausamkeit.

»Major ...«, brummte Dukat, und sein Gesichtsausdruck ließ keinen Zweifel an seiner Geringschätzung der Bajoranerin gegenüber.

Kira verschränkte die Arme und versuchte, ihren Haß unter Kontrolle zu halten. Sie sprach in einem fast freundlichen Tonfall, was ihr sicher nicht leicht fiel — Odo bewunderte sie dafür. Er hatte direkt beobachtet, zu welchen Greueltaten die Cardassianer fähig waren, und in Kiras Vergangenheit gab es in diesem Zusammenhang noch schrecklichere Erlebnisse. *Die Cardis haben ihre Verwandten und Freunde umgebracht,* erinnerte sich der Gestaltwandler. In dieser Hinsicht war er froh, keine Familie zu haben — dadurch blieb ihm Leid erspart.

»Gul Dukat ...« Kiras Miene zeigte nun eine würdevolle Strenge, die keinen Widerspruch zuließ. »Wir wissen, daß Sie zum Wurmloch unterwegs sind.«

»Wurmloch?« Dukats Lippen formten ein spöttisches Lächeln. Er gab sich nicht einmal die Mühe, den *Anschein* von Aufrichtigkeit zu erwecken. »Was für ein Wurmloch?«

Kira holte zischend Luft, beherrschte sich jedoch. »Ich rate Ihnen dringend, den Flug nicht fortzusetzen. Wir sind dort einer feindseligen Lebensform begegnet.«

Gul Dukat neigte den Kopf, als er zuhörte, und die Skepsis war ihm deutlich anzusehen. »Vielleicht ist die fremde Lebensform Cardassianern gegenüber nicht ganz so feindselig ...«

»Dukat ...«, warf Odo ein. Sein Vorrat an Geduld war erschöpft, und er ignorierte Kiras empörten Blick. »Sie wissen, daß ich Sie nicht belügen würde, und *ich* weiß, daß Sie kaum auf mich hören werden, aber ich möchte es trotzdem betonen: Wir versuchen, Ihnen ziemliche Schwierigkeiten zu ersparen.«

»Ach, tatsächlich?« erwiderte Dukat voller Sarkasmus. »Wollen Sie auch behaupten, daß es sich nicht um jene Lebensform handelt, von der die seltsamen Doppelkugeln stammen? Und streiten Sie ab, daß Commander Sisko mit den Fremden verhandelt, damit Sie ihre Technologie nutzen können?« Er schüttelte den Kopf. »Vielen Dank für die Besorgnis, aber wir halten an der Absicht fest, selbst einen Eindruck zu gewinnen.«

Dukat unterbrach die Verbindung, und der zentrale Schirm zeigte wieder Sterne und den cardassianischen Raumer, der zum Denorios-Gürtel flog. Odo seufzte und sah zu Bashir. »Soviel zur Stimme der Vernunft.«

Gul Dukat saß auf der Kommando-Plattform des cardassianischen Kriegsschiffs, schloß den Kom-Kanal mit einem energischen Tastendruck und lächelte verächtlich.

Die Bajoraner waren so lächerlich dumm: Über Jahrhunderte hinweg hatten sie die rätselhaften Objekte in den Laden nur als Grundlage für eine Religion verwendet! Und jetzt warnte Major Nerys vor irgendwelchen Gefahren im Wurmloch. Fiel ihr nichts Besseres ein?

Warum gestattete es Starfleet einem so minderwertigen und unterentwickelten Volk, sich selbst zu regieren? Dukat spürte, wie sich bei diesem Gedanken Ärger in ihm regte. Er haßte Starfleet und das zuckersüße Gerede von Freiheit, Selbstbestimmung und so weiter. Welchen Sinn hatten Freiheit und Selbstbestimmung für Idioten und Narren? Vermutlich dauerte es nicht lange, bis sich die Bajoraner durch einen Bürgerkrieg selbst auslöschten. Der Streit hatte in dem Augenblick begonnen, als die Cardassianer ihre Truppen zurückzogen.

Dukats Meinung nach brauchten primitive Völker eine Regierung, die mit eiserner Faust für Ordnung sorgte. In dieser Hinsicht hatte er als bajoranischer Präfekt über Jahre hinaus gute Arbeit geleistet — wer ihn kritisierte, mußte sich den Vorwurf gefallen lassen, neidisch zu sein. Er glaubte, daß es seine Intelligenz durchaus mit dem eigenen Ehrgeiz aufnehmen konnte, und eines stand fest: Er war *enorm* ehrgeizig. Es gefiel ihm ganz und gar nicht, die durch das Amt des Präfekten errungene Macht zu verlieren, und insgeheim schmiedete er Pläne, um sie zurückzugewinnen. Die Doppelkugeln boten ihm vielleicht eine entsprechende Möglichkeit. Jetzt erwies es sich als richtig, daß er die Raumstation und den neuen Kommandanten im Auge behalten hatte. Sein guter Instinkt zahlte sich aus, in Form eines Wurmlochs. Es befand sich in einem Raumgebiet, das sechs Jahrzehnte lang Teil des cardassianischen Einflußbereichs gewesen war.

Er strebte ein Ziel an, für das es sich zu kämpfen

lohnte. Vor dem inneren Auge sah Dukat, wie Sisko das Büro in der Zentrale von Deep Space Nine räumen und seinem rechtmäßigen Herrn überlassen mußte ...

Die weiter unten erklingende Stimme eines Offiziers unterbrach den Gedankengang des Cardassianers. »Gul Dukat, wir nähern uns dem Wurmloch.«

Dukat stand auf, trat zum Rand der Plattform und betrachtete die Darstellungen des Wandschirms: Interplanetarer Staub schien hier und dort zu glühen; ferne Sterne schimmerten. »Gut. Teilen Sie Macet mit, daß wir hineinfliegen. Transitbeginn.«

Das Kriegsschiff glitt durchs All, und Dukat zuckte nicht zusammen, als jähes Licht gleißte. Er lachte nur triumphierend.

Reine Existenz. Zeitlosigkeit. Sisko spürte eine subtile Veränderung im Nichts, eine Art Prickeln, und instinktiv wußte er, daß die Fremden zurückkehrten.

Plötzlich befand er sich wieder im Szagy-Park, steckte in einem jüngeren, schlankeren Körper und saß auf einer Picknick-Decke, die Jennifer ausgebreitet hatte. Sie liebte den Aufenthalt im Freien, brachte Park, Meer und Bergen eine Leidenschaft entgegen, die er sich allmählich aneignete. Darüber hinaus fand sie großen Gefallen an alten Bräuchen. Sisko hielt es zunächst für albern, daß sie bei der ersten Verabredung auf einem Treffen im Park bestand. Doch er dachte ganz anders darüber, als er sie in einem hauchdünnen, mit Blumenmustern geschmückten Kleid sah, das selbst bei leichtem Wind flatterte. Damals hatte er gelacht und die vorbereiteten Speisen aus dem Weidenkorb genommen, der noch von seinem Vater stammte und genau zur allgemeinen Atmosphäre zu passen schien.

Lag es nur an der besonderen Perspektive, am Rückblick, oder hatte er damals — erst am Gilgo-Strand und dann im Szagy-Park — mit der gleichen Sicherheit wie heute *gewußt*, daß nur Jennifer als Ehepartnerin für ihn in Frage kam? Vergangenheit, Gegenwart und Zukunft verschmolzen jetzt miteinander, verloren an Bedeutung. Sisko versuchte sich daran zu erinnern, daß er nur ein Trugbild sah, daß die so liebevoll blickenden Augen einem fremden Wesen gehörten.

Es war ein warmer, wolkenloser Tag mit strahlend blauem Himmel. Eine leise Brise wehte, trug das fröhliche Lachen von Kindern über die Wiese. Sisko saß auf der Decke, neben den Resten einer leckeren Mahlzeit. Jennifer lag in seinen Armen, warm und lebendig, die Haut weich, das Haar seiden. Einige Sekunden (?) lang gab er sich der Vorstellung hin, sie *wirklich* in den Armen zu halten, die echte, wahre Jennifer, mit ihr irgendwo außerhalb der Zeit zu weilen ...

Sie hob die Hand, deutete auf sich selbst und zerstörte die Illusion. »Jennifer«, sagte sie.

Er wich von ihr fort und zog die Arme zurück. Etwas länger dauerte es, die Gefühle zu sortieren, mit ihnen fertig zu werden. Die Frau setzte sich auf, während Sisko über die von Bäumen gesäumten Pfade und Blumengärten blickte. »Ja, so lautete ihr Name«, bestätigte er ernst.

»Sie ist Teil Ihrer Existenz«, sagte der Alien mit Jennifers Stimme. Sisko blickte zum fernen Horizont.

(*Nicht denken. Nicht* fühlen)

(*Gefühle sind irrelevant*)

»Sie ist Teil meiner *Vergangenheit*. Jennifer lebt nicht mehr.«

Die Entität dachte darüber nach. Sisko drehte ein wenig den Kopf und sah aus den Augenwinkeln die Verwirrung in einem schmerzhaft vertrauten Gesicht. »Sie ist Teil Ihrer Existenz«, wiederholte das Wesen.

Der Commander seufzte. »Sie *war* ein sehr wichtiger Teil meiner Existenz. Aber ich habe sie verloren.«

»Verloren? Was bedeutet das?«

Er sah Jennifer an, und die großen dunklen Augen offenbarten ehrliche Neugier. So etwas wie Neid regte

»Sie existieren hier«, sagte das Jennifer-Wesen.

Er starrte die Frau an und verstand noch immer nicht, fühlte sich von Furcht, Kummer und Verwirrung regelrecht überwältigt. Er stieß sich von der Wand ab und öffnete den Mund, um einen Ambientenwechsel zu erflehen ...

Die Worte blieben ihm im Hals stecken, als alle Bewegungen plötzlich aufhörten, als jähe Stille alle Geräusche ablöste. Die Szene im Korridor der *Saratoga* wurde so statisch wie ein Stilleben: Flammen erstarrten ebenso wie jene Überlebenden, die durch den Qualm taumelten. Die Rauchwolken wogten nicht mehr. Jennifer, Hranok und Doran standen reglos und ohne zu atmen, wie Statuen.

Sisko sah sich erschrocken um. Er wollte seinen Erinnerungen entkommen, doch ihre plötzliche Unterbrechung erschien irgendwie *falsch*.

Der brennende Korridor und die Gestalten darin lösten sich allmählich auf. Ein schrilles Heulen erklang, schnitt wie ein Messer durch Siskos Gedanken. Er preßte sich die Hände auf die Ohren, aber das Pfeifen wurde nicht leiser, sondern lauter, während Doran, Hranok und Jennifer Substanz verloren.

»Was ist los?« rief der Commander. In dem Lärm konnte er nicht einmal seine eigene Stimme hören. »Was passiert jetzt?«

Leere. Atmung. Herzschlag. Schmerz ...

Dukat grinste breit, stand auf und sah zum großen Bildschirm, der buntes Funkeln zeigte. Das cardassianische Reich würde dieses Wurmloch nach ihm benennen und vielleicht auch noch andere Möglichkeiten finden, um ihn angemessen zu belohnen. Es spielte keine Rolle, ob Sisko darauf Anspruch erhob. Sollte er es ruhig versuchen. Mit den armseligen Waffen der Station konnte er nichts gegen zwei cardassianische Kriegsschiffe ausrichten.

Das Glitzern verblaßte, wich der Schwärze des Alls.

»Gul Dukat ...«, begann der Navigator aufgeregt. Er starrte auf die Anzeigen seiner Konsole, als könnte er es nicht fassen. »Wir sind im Gamma-Quadranten.«

Dukat lächelte. »Ausgezeichnet. Das Schiff drehen und den Kontratransit vorbereiten.«

Er beobachtete, wie die Sterne durchs Projektionsfeld glitten, als sich das große Schiff um hundertachtzig Grad drehte. Im Zugang des Wurmlochs strahlte und schimmerte es nach wie vor. Dukat konnte seine Begeisterung kaum im Zaum halten, und er mußte sich zwingen, wieder im Sessel des Kommandanten Platz zu nehmen — der Transfer verursachte heftige Vibrationen; er wollte dadurch nicht das Gleichgewicht verlieren und würdelos zu Boden fallen.

»Wir nähern uns dem Wurml ...« Der Navigator unterbrach sich und schnappte nach Luft.

Dukat folgte seinem Blick und sah, wie das Wurmloch auseinanderplatzte. Myriaden Lichtsplitter stoben davon.

»Das Wurmloch ...« Dax wandte sich verblüfft an Kira. »Es ist verschwunden!«

KAPITEL 10

»Warum hast du mich in eine solche Situation gebracht?« fragte Jake bitter, als er mit Nog durch die Menge eilte. Er ging so schnell, daß der Ferengi Mühe hatte, mit ihm Schritt zu halten. »Entspricht das deiner Vorstellung von einem lustigen Scherz?«

Über Nogs haarlosen Brauenwülsten formten sich tiefe Falten, und er blinzelte verwirrt. »Ich dachte, daß du klug genug bist, um ebenfalls zum richtigen Zeitpunkt wegzulaufen. Offenbar habe ich mich geirrt.«

Jake blieb mitten auf dem Gehsteig stehen und ballte die Fäuste. »Woher sollte ich wissen, daß du die Absicht hattest, Kekse zu *stehlen?*«

»Ich bin ein Ferengi«, erwiderte Nog und versuchte, so etwas wie verletzten Stolz zum Ausdruck zu bringen. Doch schon wenige Sekunden später zeigte sein Gesicht Schadenfreude. Er blickte nach rechts und links, holte dann eine Droli hervor. »Hier. Für dich. Du hast doch Hunger, oder?«

Jake stöhnte und ging weiter.

Nog folgte ihm und biß von der gestohlenen Droli ab. »Ich verstehe die Menschen nicht«, sagte er mit vollem Mund. »Warum bist du böse auf mich? Deine eigene Dummheit ist der Grund dafür, warum man dich erwischt hat. Ein Ferengi weiß, wann es zu fliehen gilt.«

»Menschen wissen es nicht«, entgegnete Jake. Er hatte kein bestimmtes Ziel, schien nur bestrebt zu sein, einen möglichst großen Abstand zwischen sich selbst und der erlittenen Demütigung zu schaffen. Vorher war es schon schlimm genug gewesen, aber jetzt ... Keiko würde mit Fähnrich O'Brien sprechen, und anschließend wandte sich Fähnrich O'Brien vielleicht an Dad. Jake stellte sich die Verärgerung seines Vaters vor. Bestimmt verbot er ihm den Umgang mit Nog — was eigentlich gar keine schlechte Idee zu sein schien. »Weil Menschen nicht stehlen. Zumindest normalerweise. Es ist ... *unehrlich.*«

»Ihr Menschen und eure Ehrlichkeit!« Nog biß erneut von der Droli ab, dann noch einmal. Er sprach jetzt so undeutlich, daß sich Jake auf jedes einzelne Wort konzentrieren mußte. »Welchen Sinn hat es, ehrlich zu sein? Täuschung und Betrug stellen doch weitaus mehr Profit in Aussicht.«

»Ich finde es abscheulich, auf eine solche Weise zu leben. Kaum dreht man sich um ... Man müßte jederzeit damit rechnen, daß einem alles gestohlen wird.«

»Weißt du denn gar nicht den Reiz des Abenteuers zu schätzen?« Nog richtete den Zeigefinger auf ihn; der Nagel daran wirkte fast wie ein Dorn. »Du hast keine Ahnung, was es bedeutet, jemanden zu überlisten, die eigene Schläue als Kapital zu verwenden. Dein Volk hat eine sehr langweilige Einstellung zum Leben.« Er stopfte sich den Rest der Droli in den Mund und leckte sich die Finger ab.

Jakes Wangen glühten plötzlich. »Wir wissen, was es mit Abenteuern auf sich hat! Aber wir erforschen das Universum und nicht die Taschen anderer Leute!«

»Grmpf.« Nog schniefte. »Hast du jemals etwas gestohlen, Jake Sisko?«

Er schob das Kinn vor. »Natürlich *nicht!* Und hast *du* jemals versucht, ehrlich zu sein?«

»Wenn ich jetzt ›ja‹ sagen würde ...« Nog grinste. »Dann wäre dir sofort klar, daß ich lüge. Nun, wie sollen wir uns verstehen, wenn wir nicht versuchen, Erfahrungen in der Welt des jeweils anderen zu sammeln?«

Jake schwieg, weil ihm keine passende Antwort einfiel.

»Komm.« Nog zog am Arm des terranischen Jungen und winkte. Jake drehte den Kopf und stellte fest, daß sie Quarks Spielkasino erreicht hatten. »Ich möchte dich mit *meiner* Kultur vertraut machen, Menn-sch.«

»Du bringst mich nur wieder in Schwierigkeiten«, brummte Jake. »Außerdem ...« Er deutete zum Kasino. »Man gewährt mir gar keinen Zutritt. Kinder sind dort nicht erwünscht.«

»Ich kenne einen geheimen Zugang.« Nog senkte die Stimme und vollführte eine einladende Geste. »Niemand sieht uns. Ich verspreche dir, daß ich nichts unternehme, ohne dich vorher darauf hinzuweisen. Diesmal ergeben sich überhaupt keine Probleme.«

Jake blickte unsicher zum Spielkasino. »Du versprichst es mir?«

»Bei meiner Ehre als Ferengi«, sagte Nog ernst. Eine Sekunde später lachte er wiehernd.

Nog führte Jake zum verriegelten Hintereingang des Kasinos, und dort betätigte der Ferengi die Code-Tasten eines Schlosses. Die niedrige Tür glitt beiseite, und Nog gestikulierte, forderte seinen menschlichen Begleiter auf, den Durchgang zu passieren.

»Rasch, rasch«, flüsterte er und folgte so leise, daß es Jake kaum wagte, irgendein Geräusch zu verursachen.

Kurz darauf fand er sich in einem Raum wieder, der offenbar als Lager diente: Kisten standen an den Wänden, und der terranische Junge bemerkte einen offenbar defekten Lastenaufzug. Staubige Spinnweben zeigten sich in den Ecken. Das Stimmengewirr im Spielkasino fand seinen Weg selbst hierher. Jake fand es erstaunlich, daß die Innenwände des Gebäudes ganz offensichtlich nicht schallisoliert waren.

Nog schlich übertrieben langsam zu einem Belüftungsgitter und löste es lautlos aus der Einfassung.

Dann sank er auf Hände und Knie, kroch in die Öffnung. Wenige Sekunden später verharrte er und bedeutete dem Menschen, ihm zu folgen.

Jake schluckte, sank ebenfalls auf die Knie und kam der Aufforderung des Ferengi nach. Zweifel suchten ihn heim. Ganz bewußt mußte er sich an seine Langeweile erinnern, auch an den Ärger auf Dad, der *noch immer* keine Möglichkeit gefunden hatte, die schreckliche Raumstation zu verlassen und zur Erde zurückzukehren.

Eine halbe Ewigkeit lang krochen sie durch rabenschwarze Finsternis, und bald wurden die Stimmen aus dem Saal so laut, daß Jake glaubte, nicht weiter als eine Armeslänge von den Spielern entfernt zu sein. Wahrscheinlich trennte sie nur eine dünne Wand von ihnen.

Nach einer Weile verharrte Nog so plötzlich, daß Jake gegen ihn stieß. Er unterdrückte ein Stöhnen, und der Ferengi schob sich so dicht an ihn heran, daß er den seltsam säuerlichen Geruch von Haut und Atem wahrnahm.

»Sieh nur«, hauchte Nog dem menschlichen Jungen ins Ohr und glitt ein wenig zur Seite, damit Jake durch das Gitter vor dem Ferengi blicken konnte.

Er hielt Ausschau und sah staubige Stiefel sowie einige Beutel auf einem schmutzigen Boden.

»Dabo!« rief ein Ferengi.

Die Stiefel gerieten in Bewegung, als sich ihre Besitzer vorbeugten. Unterschiedliche Stimmen erklangen, kündeten von Enttäuschung und Freude. Allem Anschein nach standen die Leute an einem Spieltisch.

»Gold«, raunte Nog und deutete zu den Beuteln auf dem Boden.

Wie in Zeitlupe begann er damit, das Belüftungsgitter zu lösen. Jake begriff plötzlich, was der Ferengi plante, und er keuchte unwillkürlich. Nog drehte verärgert den Kopf und hob den Zeigefinger vor die Lippen.

»Nog ... Laß mich hier nicht allein!«

Doch der Ferengi hatte bereits das Gitter beiseite gelegt und sich halb durch die Öffnung geschoben, Jake riß entsetzt die Augen auf, verharrte in der Dunkelheit des Schachtes und beobachtete das Geschehen.

Nog duckte sich und schlich geradewegs zu den Beuteln. Die Gesichter der Spieler konnte Jake nicht erkennen; er sah nur Stiefel und zwei ziemlich große, mit Schwimmhäuten ausgestattete Füße. In Jake krampfte sich etwas zusammen, als der Ferengi zum nächsten Stiefel hastete — und nach zwei großen Beuteln griff.

Sie schienen ziemlich schwer zu sein, denn Nog hätte fast das Gleichgewicht verloren. Er neigte sich zur Seite, um die Balance zu wahren, und gleichzeitig richtete er sich fast zur vollen Größe auf, um zu verhindern, daß die Beutel über den Boden strichen. Taumelnd näherte er sich dem Luftschacht.

»Dabo!« rief der Spielleiter, und ein freudiger Schrei erklang — jemand hatte gewonnen.

Nog erreichte die Öffnung, schnaufte und reichte Jake den kleineren Beutel. Das Gewicht überraschte den terranischen Jungen — der Beutel war mindestens halb so schwer wie er selbst. Mühsam schob er ihn tiefer in den Schacht hinein, drehte sich dann um und streckte die Arme aus, um Nog zu helfen.

Wieder ertönte ein Schrei, aber diesmal brachte er nicht die Freude eines Gewinners zum Ausdruck, sondern Zorn: Jemand hatte gerade festgestellt, bestohlen worden zu sein.

Nog erstarrte aus einem Reflex heraus, doch das Bewegungsmoment des zweiten Beutels spielte ihm einen üblen Streich. Er hatte gerade ausgeholt, um die schwere Beute in den Luftschacht zu schleudern, und diese setzte nun das begonnene Bewegungsmoment fort, was den Ferengi das Gleichgewicht kostete. Er wankte, und der Beutel rutschte ihm aus der Hand, fiel mit einem lauten Pochen zu Boden. Alle Stiefel und auch die Füße mit den Schwimmhäuten drehten sich.

Jake hob beide Hände vor die Augen.

Nog quiekte und sprang zur Öffnung, aber zwei große Hände packten ihn. Jake wirbelte um die eigene Achse und wollte in die Richtung fliehen, aus der er kam. Aber ein schwerer Goldsack versperrte ihm den Weg; hinzu kam ausgeprägtes Schuldbewußtsein. Er zögerte nur eine Sekunde lang, doch das genügte.

Der Spielleiter — ein Ferengi — bückte sich und starrte in den Schacht. »He, du! Menn-sch! Komm da raus!«

An Bord des Flitzers drang O'Briens Stimme aus dem Lautsprecher der externen Kommunikation. »Das Wurmloch existiert nicht mehr? Sind Sie ganz sicher? Vielleicht ist es tiefer in den Subraum zurückgewichen.«

In der Stimme des Fähnrichs hörte Dax eine Besorgnis, die sie alle teilten. Vielleicht gewannen die entsprechenden Empfindungen in ihr eine besonders starke Ausprägung, denn immerhin stand sie Benjamin näher als alle anderen. Äußerlich ließ sie sich nichts anmerken, arbeitete auch weiterhin mit ruhigem, sicherem Geschick und nahm eine Sensorsondierung des betreffenden Bereichs vor. Natürlich wußte sie, daß sie Benjamin eines Tages verlieren würde, wie so viele andere vor ihm. Aber sie hatte nicht geahnt, daß es so bald geschehen würde.

»Bisher fehlt jeder Hinweis darauf«, antwortete sie. »Wie dem auch sei: Wir setzen die Analysen fort.«

Nach einer kurzen Pause fragte O'Brien: »Soll ich dieses Ding in die Umlaufbahn von Bajor zurücksteuern?«

Major Kira beugte sich zur Konsole vor, und dadurch strich ihr das kastanienbraune Haar über die Wangen. In ihren Augen glühte es. Dax wußte: Die Vorstellung, Sisko für immer verloren zu haben, bescherte auch ihr Leid. Darüber hinaus gab es noch einen anderen Grund für sie, der Verzweiflung nahe zu sein: Das Wurmloch bedeutete ökonomische Rettung für ihr Volk. Trotzdem gelang es Kira, ruhig zu sprechen, ihre Empfindungen unter Kontrolle zu halten. Dax maß sie mit einem anerkennenden Blick. Die Bajoranerin hatte ein überschäumendes Temperament, aber sie strahlte Autorität und Kompetenz aus, ebenso wie Benjamin.

»Wo sind Sie jetzt?« erkundigte sich Kira.

»In knapp drei Stunden erreichen wir Ihre Koordinaten«, erwiderte O'Brien.

Kira zögerte kurz. Für einen Sekundenbruchteil zeigte sich Unsicherheit in ihren Augen, und dann traf sie eine Entscheidung. »Setzen Sie den Flug fort. Das Rendezvousmanöver findet hier statt. Bis dahin sollten wir genug Daten gesammelt haben.«

In O'Briens Stimme erklang deutliche Erleichterung. Niemand von ihnen wollte schon jetzt die Hoffnung aufgeben, Benjamin Sisko zurückzuholen. »Aye, Sir. Übrigens ... Die anderen Cardassianer verlangen Erklärungen, seit das Kriegsschiff verschwand.«

»Kann ich mir denken«, kommentierte Kira und preßte die Lippen zusammen.

»Sie werden Gul Dukat in sechzig oder siebzig Jahren wiedersehen, wenn er sofort mit dem Rückflug beginnt«, sagte Odo humorlos.

Dax musterte den Sicherheitsoffizier über die Schulter hinweg und deutete ein zuversichtliches Lächeln an. Odo versuchte, es zu erwidern, doch es gelang ihm nicht ganz. Er wandte den Blick ab, sah aus dem Fenster zu den Sternen. Dax fühlte sich durch das Verhalten des Gestaltwandlers nicht beleidigt. Sie hatte sein Gespräch mit Major Kira gehört und wußte daher, welche Chancen ihm das Wurmloch bot.

Sie seufzte innerlich, konzentrierte sich wieder auf die Instrumentenanzeigen und begann mit einer neuerlichen Datenauswertung.

Leere. Herzschlag. Atmung.

Der Schmerz hatte eine schier unerträgliche Intensität gewonnen, um dann abrupt nachzulassen. Sisko schwebte nun im Nichts und ruhte, schöpfte neue Kraft. Die memoriale Rückkehr zur brennenden *Saratoga* erfüllte ihn mit Grauen, doch jetzt empfand er die Last der Einsamkeit als immer schwerer und sehnte die Rückkehr der Fremden herbei.

»Sind Sie noch da?« rief er. »Bitte antworten Sie. Was ist geschehen?«

Jennifer erschien im Bikini und mit Sonnenbrille. Sisko stellte erleichtert fest, daß sie nicht etwa durch einen in Flammen stehenden Korridor schritt, sondern über den Strand wanderte. Kleine grüne Wellen tasteten nach ihren Füßen. Ernst trat sie auf ihn zu.

»Noch mehr von Ihrer Art«, sagte sie vorwurfsvoll.

Sisko versuchte zu verstehen. »Ist ein anderes Raumschiff ins Wurmloch geflogen?«

Der Zeigefinger rückte die Sonnenbrille ein wenig nach unten, und dunkle Augen blickten über ihren Rand. »Wurmloch? Was meinen Sie damit?«

»So nennen wir jenes Phänomen, das mir den Transit hierher ermöglichte.«

Jennifer und der Strand verschwanden. Die jähe Veränderung verwirrte Sisko. Er blinzelte — und stand wieder im Beobachtungszimmer der *Enterprise.* Captain Picard hatte die Hände auf den Rücken gelegt, blickte aus dem Panoramafenster und beobachtete die seltsam strukturierte Raumstation. Mißbilligender Ernst prägte seinen Gesichtsausdruck.

»Es ist beendet worden«, erwiderte Picard kühl.

Der Commander schauderte unwillkürlich. »Beendet?«

Die Brücke der *Saratoga:* Sisko starrte an sich herab und sah, daß er wieder die Uniform eines Lieutenant Commander trug. Neben ihm saß Storil im Kommandosessel, und sein ruhiger Blick galt dem Wandschirm.

Locutus. Ein roter Strahl ging von dem visuellen Sensor des Borg-Mensch-Hybriden aus und sondierte Sisko einige Sekunden lang. »Es kommt zu starken Interferenzen in unserer Existenz, wenn sich Körperliche transferieren«, sagte die Gestalt monoton.

Tamamota wandte sich von ihrem Pult an. »Ihre lineare Natur ist inhärent destruktiv.«

»Die Konsequenzen Ihres Handelns sind Ihnen völlig gleich«, ließ sich Delaney vernehmen.

»Das stimmt nicht«, widersprach Sisko. »Wir sind uns durchaus darüber klar, daß unsere Aktivitäten Folgen haben.«

Storil drehte seinen Sessel und preßte die Fingerspitzen aneinander. Er sprach mit einer ruhigen, nachdenklichen Stimme, und sein Gebaren ähnelte so sehr dem des toten Vulkaniers, daß sich neuerlicher Kummer in Sisko regte. »Aber Sie behaupten, daß Ihnen die Natur der Konsequenzen verborgen bleibt.«

»Wir ...«, begann der Commander.

Das glitzernde Wasser des Fischteichs. Die Bäume, Schatten. Und Jake auf dem Felsvorsprung. »Wie soll dann so etwas wie Verantwortung möglich sein?« fragte der Junge und runzelte die Stirn.

Sisko seufzte. Das dauernde Erklären ermüdete ihn, aber er wollte jetzt nicht aufgeben. »Wir lassen uns in diesem Zusammenhang von früheren Erfahrungen leiten.«

Er zögerte kurz und wußte, daß er sanfter als vorher gesprochen hatte. Der Grund dafür hieß Jake. Immer wieder mußte er sich daran erinnern, daß nicht sein Sohn vor ihm saß, sondern eine fremde Entität. »Was Jennifer und mich betrifft ... Erfahrungen bereiteten uns auf den Tag vor, an dem wir uns zum erstenmal begegneten. Sie verhalfen uns zu der Erkenntnis, daß wir eine gemeinsame Zukunft hatten. Mit unserer Heirat akzeptierten wir alle Konsequenzen, die sich daraus ergaben. Dazu gehört auch die Person, deren Gestalt Sie jetzt benutzen.«

Jake wirkte verwirrt. Der rot und weiß gemusterte Schwimmer tanzte mehrmals hin und her, verschwand unter der Wasseroberfläche und tauchte wieder auf. »Ich?«

»Mein Sohn Jake«, sagte Sisko.

Die Krankenstation. Der neugeborene Jake ... Von einer Decke umhüllt, ruhte er in den Armen seines Vaters. Sisko grinste vom einen Ohr bis zum anderen, als er sich entsann: Er sah auf das kleine Geschöpf hinab, und ein Gefühl tiefer Liebe durchströmte ihn. Jennifer lag erschöpft im Bett, von Krankenschwestern umgeben. Sie sah zu ihrem Mann auf, der den gemeinsamen Sohn hielt, und ein sanftes, glückliches Lächeln umspielte ihre Lippen.

»Ein Kind, mit Jennifer gezeugt«, flüsterte sie.

»Ja.« Sisko betrachtete den Neugeborenen und kämpfte gegen Tränen an.

»Lineare ... Fortpflanzung?«

»Ja.« Der Commander faßte sich wieder. Verstanden die Fremden endlich? »Jake setzt unsere Familie fort.«

»Die Geräusche spielender Kinder«, murmelte der Jennifer-Alien nachdenklich.

Ein Wurfmal. Sisko warf einen perfekten Fastball, und der Schlagmann holte weit aus, traf jedoch nur leere Luft. Der Ball landete im Handschuh des Fängers — in Jakes Handschuh.

Der Schlagmann hieß Ty Cobb, ließ den aus Holz bestehenden Schläger sinken, seufzte und schüttelte den Kopf. »Aggressivität. Rivalität.«

»*Wettstreit*«, berichtigte Sisko. »Um Spaß zu haben. Um sich zu vergnügen. Das Spiel heißt Baseball. Jake und ich lassen es auf dem Holo-Deck stattfinden.«

Jake richtete sich auf, nahm den Helm ab und betrachtete ihn neugierig. Dann schritt er zu seinem Vater, sah unterwegs zu den verschiedenen Markierungen des Spielfelds.

»›Baseball‹«, wiederholte er leise und schien das Wort im Mund hin und her zu drehen. Er warf Sisko den Ball zu. »Was bedeutet das?«

Sisko fing den Ball und seufzte — es klang fast wie ein Stöhnen. »Diese Frage habe ich befürchtet.« Er zögerte und überlegte, wie er Baseball einem Wesen erklären sollte, das keine klaren Vorstellungen von linearer Zeit hatte. Nach einigen Sekunden holte er tief Luft. »Ich werfe Ihnen den Ball zu. Zwischen uns steht ein anderer Spieler mit einem Stock, den man ›Schläger‹ nennt, und er versucht, den Ball fortzuschlagen.«

Jake sah ihn mit wachsender Verwunderung an.

»Auf die Regeln kommt es nicht an«, fuhr Sisko fort. »Wichtig ist in erster Linie: Es handelt sich um einen *linearen* Ablauf.« Er hob das Leder. »Wenn man das hier wirft, so können hundert verschiedene Dinge passieren.« Er deutete zu Ty Cobb. »Vielleicht trifft er den Ball. Vielleicht verfehlt er ihn ... Man kann nie wissen. Darum dreht sich alles. Man versucht, jede Möglichkeit zu berücksichtigen, Strategien zu entwickeln. Aber letztendlich läuft alles darauf hinaus: Man wirft den Ball und wartet ab, was geschieht. Mit jeder neuen Konsequenz gewinnt das Spiel an Form.«

Cobb näherte sich, und sein Gesichtsausdruck offenbarte plötzliches Verstehen. »Und Sie wissen nicht, welche Form sich ergibt — bis sie vollständig geworden ist.«

»Genau.« Siskos Aufregung wuchs. »Das Spiel verlöre seinen Reiz, wenn wir im voraus wüßten, wie es ausgeht.«

Jake blinzelte ungläubig. »Soll das heißen, Sie *schätzen* Ihre Unwissenheit in bezug auf die Zukunft?«

Sisko nickte. »Dieser Punkt ist besonders wichtig, wenn Sie die Menschen verstehen wollen. Das Unbekannte bestimmt unsere Existenz. Wir sind ständig auf der Suche, nicht nur nach Antworten auf unsere Fragen, sondern auch nach neuen *Fragen.* Tag für Tag erforschen wir unser Leben, und wir erforschen auch die Galaxis, versuchen dabei, die Grenzen unseres Wissens auszudehnen. Deshalb bin ich hier. Es liegt mir fern, mit Waffen oder Ideen zu erobern. Es geht mir um Koexistenz und die Gelegenheit zu lernen.«

Mit dem Handrücken rieb sich Jake Schweiß von der Stirn und dachte über die gerade gehörten Ausführungen nach. Sisko wartete, hoffte auf eine Antwort und betrachtete den Ball in seiner Hand.

Das Leder verschwand plötzlich. Der Commander schnappte nach Luft, als sich die eigenen Hände veränderten, als er blutige Schnittwunden und Brandblasen sah.

Jähe Panik quoll in ihm empor, und als er den Kopf hob ... Er stand nicht mehr auf einem Spielfeld, sondern in seinem Quartier an Bord der *Saratoga,* in der Gesellschaft von Hranok. Risse bildeten sich im Boden, und Flammen züngelten daraus empor. Ein Teil der Wand war geborsten, und ein großes Trümmerstück hatte diverse Einrichtungsgegenstände unter sich zermalmt ...

Jake, bewußtlos, im allgemeinen Chaos kaum zu erkennen.

Jennifers leblose Hand ...

Sisko kniff die Augen zu und schrie lautlos.

Neeeiiin ...

Hranoks Stimme übertönte das Prasseln des Feuers. »Wenn stimmt, was Sie eben gesagt haben ... Warum existierten Sie dann *hier?*«

Sisko starrte ihn groß an und verstand nicht.

Die Raumstation traf in jenem Bereich ein, wo sich zuvor das Wurmloch geöffnet hatte, und wenige Minuten später stand Major Kira in der Zentrale, sah zum Wandschirm und beobachtete drei cardassianische Kriegsschiffe, die sich Deep Space Nine näherten.

Sie kannte die cardassianische Mentalität und war daher nicht überrascht. Zu deutlich erinnerte sie sich an die Zeit im Flüchtlingslager, an die Auslöschung von Heim und Familie. Das Erscheinen von Gul Dukats

Schiff hatte genügt, um ihr einen klaren Hinweis darauf zu geben, was geschehen würde.

Äußerlich beschränkte sich Kiras Reaktion darauf, eine Hand so fest zur Faust zu ballen, daß sich die Fingernägel in den Handballen bohrten. In ihrem Innern kochten Zorn und Verwirrung. Wenn Sisko tatsächlich eine Art Messias war, der ihr Volk in eine glorreiche Zukunft führen konnte, wenn Kai Opaka ihm zu Recht vertraute, wenn das Wurmloch ein Geschenk der Propheten darstellte ... Warum schien sich dann das ganze Universum gegen den Commander zu verschwören?

Kira hielt der Mischung aus Zorn und Verwirrung stand. Sie hatte nicht die Kindheit in den schrecklichen Lagern überstanden, um jetzt einfach aufzugeben. Bestimmt gelang es ihr auch diesmal, dem Schicksal ein Schnippchen zu schlagen und zu überleben. Sie hatte bereits einen Plan.

O'Brien, Dax, Odo und Bashir saßen an ihren Stationen und warteten auf Anweisungen.

Ein Teil ihrer Aufmerksamkeit galt nach wie vor dem Wandschirm, als sie sich ruhig an O'Brien wandte. Ganz gleich, was sie von ihm verlangte: Sie zweifelte nicht daran, daß er alles versuchen würde, um ihren Erwartungen gerecht zu werden. Sie hatte um etwas Unmögliches gebeten, als sie ihn aufforderte, die Raumstation hierherzubringen, und doch war es ihm gelungen.

Aber er konnte nicht dafür sorgen, daß die Kriegsschiffe einfach verschwanden.

»Mr. O'Brien, sind Sie imstande, ein hochenergetisches Thoron-Feld zu schaffen, bevor die Cardis auf Sensorreichweite heran sind? Ich möchte einer Sondierung unseres Verteidigungspotentials vorbeugen.«

»Aye, Sir.«

Kira sah zu dem Fähnrich und entdeckte in seinem Gesicht etwas, das auch in ihr selbst wohnte: Haß, sorgfältig unter Kontrolle gehalten.

»Die Cardassianer haben einen Kom-Kanal geöffnet«, sagte Dax.

Kira nickte kurz. »Auf den Schirm.«

Die Kriegsschiffe verschwanden aus dem Projektionsfeld und wichen einer Darstellung des cardassianischen Kommandanten in seinem Bereitschaftsraum. Kira straffte die Gestalt und sagte mit kühler Förmlichkeit: »Hier spricht der Erste Offizier Kira Nerys.«

Der Kommandant — ein dicklicher Mann mit schütterem Haar — betrachtete seine Fingernägel, hob schließlich den Kopf und musterte Kira mit unverhohlener Verachtung. »Ich möchte mit dem Starfleet-Commander sprechen.«

»Er ist derzeit nicht erreichbar.«

Der Cardassianer schürzte die Lippen, und Falten durchzogen die dicken Stirnhöcker. »Ich bin nicht daran gewöhnt, mit Bajoranerinnen zu verhandeln.«

»Ich fürchte, Sie müssen mit mir vorliebnehmen.« Die Fingernägel bohrten sich noch tiefer in den Handballen.

Der Kommandant musterte Kira eine Zeitlang und seufzte ein wenig zu laut. »Ich bin Gul Jasad von der cardassianischen Garde, siebte Ordnung. Wo ist unser Raumschiff?«

»Mit ein wenig Glück befindet es sich jetzt im Gamma-Quadranten«, erwiderte die Bajoranerin. »Auf der anderen Seite des Wurmlochs.«

Jasad stand halb auf, und sein verzerrtes Gesicht zeigte jenen Zorn, der in Kira brannte. »Was für ein Wurmloch?« donnerte er. »Unsere Sensoren haben kein Wurmloch in diesem Sektor geortet!«

Du wärst ein guter Schauspieler geworden, dachte Kira. »Es kam gerade zu einem Kollaps«, sagte sie.

Dax verließ ihre Station und trat in den visuellen Erfassungsbereich des Kommunikators. »Wir glauben, daß es künstlichen Ursprungs gewesen ist«, verkündete sie in dem gleichen freundlichen Tonfall, den sie auch ihren Offizierskollegen gegenüber benutzte. »Vielleicht haben unsere Sensoren deshalb nicht die üblichen Quantenfluktuationen registriert.«

Jasad schüttelte den Kopf, und einige Falten fraßen sich ihm tiefer in die Stirnhöcker. »Sie behaupten allen Ernstes, daß jemand ein Wurmloch geschaffen und vor kurzer Zeit beschlossen hat, es ... auszuschalten?«

Kira setzte zu einer Antwort an — und klappte den geöffneten Mund wieder zu, als Jasads Abbild vom Wandschirm verschwand. Sein Kriegsschiff kehrte ins Projektionsfeld zurück.

»Die Cardassianer emittieren Anti-Leptonen, wodurch starke Subraum-Interferenzen entstehen«, meldete Dax. »Wir können Starfleet keine Kom-Berichte übermitteln.«

»Die bugwärtigen Phaser werden mit Energie beschickt«, sagte O'Brien.

»Alarmstufe Rot!« befahl Kira. »Schilde hoch.«

»Welche Schilde?« erwiderte Miles.

»Neuerlicher Kom-Kontakt«, warf Dax ein.

Kira reagierte nicht sofort. »Kanal öffnen«, entgegnete sie nach ein oder zwei Sekunden.

Jasad erschien wieder auf dem Schirm.

»Ihre angebliche ›Erklärung‹ genügt uns nicht«, knurrte er sofort. »Irgendwie ist es Ihnen gelungen, das Schiff zu vernichten ...«

»Gul Jasad, ich versichere Ihnen ...«, begann Kira, obgleich sie wußte, daß es keinen Zweck hatte.

»Wir fordern Sie hiermit zur bedingungslosen Kapitulation auf. Wenn Sie sich weigern, eröffnen wir das Feuer.« Das hatte Kira befürchtet. Sie bedachte O'Brien mit einem warnenden Blick, der ihn an die Schilde erinnerte, wandte sich dann erneut dem Wandschirm zu.

»Wir brauchen mindestens einen Tag für die notwendigen Vorbereitungen ...«

Jasads Antwort überraschte sie kaum. »Ich gebe Ihnen eine Stunde Zeit«, zischte er.

Einmal mehr wechselte das Bild. Kira sah zu

und wußte, daß sie sich schon wieder etwas Unmögliches von ihm erhoffte. Und diesmal wollte sie keine Einwände hören.

Die Stille dehnte sich, dauerte an. Schließlich sagte O'Brien: »Ich kann die zur Verfügung stehende Energie nutzen, um kritische Bereiche mit partiellen Schilden zu schützen. Aber wenn die Cardassianer den Andockring treffen, lassen sich schwere Schäden nicht vermeiden.«

Kira nickte ihm dankbar zu, und Miles machte sich unverzüglich an die Arbeit.

»Constable ...« Ihre nächsten Worte galten dem Sicherheitsoffizier. »Bitte veranlassen Sie den Transfer des Stationspersonals zu sicheren Sektionen.«

Odo eilte wortlos in Richtung Promenade.

Kiras Blick huschte zu Dax. »Wie weit ist die *Enterprise* entfernt, Lieutenant?«

»Sie braucht mindestens zwanzig Stunden bis zu uns«, erwiderte die junge Frau mit so ruhigem Professionalismus, daß Kira ihr sehr dankbar war, trotz der alles andere als erfreulichen Mitteilung.

Zwanzig Stunden. Die fast unbewaffnete Raumstation konnte drei cardassianischen Kriegsschiffen nicht einmal zehn Minuten lang standhalten. Andererseits: Kira war seit vielen Jahren mit aussichtslosen Situationen vertraut. »Wir müssen durchhalten, bis die *Enterprise* eintrifft.«

Sie brachte den Propheten kein rechtes Vertrauen entgegen — zu oft hatte sie gesehen, wie hilflose Bajoraner von Cardassianern niedergemetzelt worden waren —, respektierte jedoch ihre Religion. In jenem Traum allerdings, der ihr Sisko zeigte, glaubte sie an die Propheten, und jetzt kratzte Verzweiflung an ihren Gefühlen. Sie hielt es einfach nicht für fair, daß sich der Commander solche Mühe gab, ihrem Volk zu helfen — um zu scheitern und zu sterben.

Es kursierten Gerüchte über die große Macht der Kai. Wahrscheinlich handelte es sich dabei nur um einen

Mythos, aber Kira beschloß trotzdem, Opaka eine mentale Botschaft zu schicken: *Kai, spürst du nicht, was jetzt geschieht? Siehst du es nicht? Gibt es keine Möglichkeit für dich, uns zu helfen?*

Wenn die Kai Sisko als Boten der Propheten gewählt hatte — warum ließ sie ihn jetzt im Stich? *Hilf ihm,* fuhr Kira stumm fort. *Hilf uns. Wenn du mich hörst, wenn du weißt, was sich jetzt anbahnt, wenn du überhaupt existierst ... Hilf uns.*

Bashirs Überschwenglichkeit hatte sich in schockierte Verblüffung verwandelt. Er starrte zum Wandschirm, und in seinem jungen, attraktiven Gesicht zeigte sich eine seltsame Leere. »Ich kann einfach nicht glauben, daß es die Cardassianer wagen, einen Außenposten der Föderation anzugreifen.«

Kira wirbelte zu ihm herum und holte Luft für eine scharfe Bemerkung, aber O'Brien kam ihr zuvor. »Hatten Sie jemals Gelegenheit, sich mit den militärischen Hintergründen der Grenzkriege zu befassen? Haben Sie vom Massaker auf Setlik Drei gehört?« Irgend etwas in seinem Tonfall verriet, daß er von Dingen sprach, die er aus eigener Erfahrung kannte.

Kira musterte ihn, und sie wechselten einen Blick, den nur Überlebende verstanden. »Mr. O'Brien ...«, sagte sie sanft, »vermutlich sind Sie wie ich der Ansicht, daß eine Kapitulation nicht in Frage kommt.«

Miles nickte. »Sie wissen, wie die Cardassianer mit ihren Gefangenen verfahren.«

Ja, dachte Kira. *Und es tut mir leid, daß auch Sie ein derartiges Entsetzen erleben mußten.* Ihr nachdenklicher Blick verweilte einige Sekunden lang auf den Zügen des Fähnrichs, und dann drehte sie sich zu Bashir um, der fassungslos die cardassianischen Kriegsschiffe im Projektionsfeld des Wandschirms beobachtete.

Soviel zum Abenteuer am Rand des Nichts.

»Habe ich Sie schon darauf hingewiesen, daß Helden dazu neigen, früh zu sterben?« fragte Kira.

Der Ferengi packte Jake am Kragen, zog ihn aus dem Schacht und setzte ihn neben einem niedergeschlagenen Nog ab. Anschließend nahm er den zweiten Beutel Gold und reichte ihn seinem empörten Eigentümer. Die Gruppe am Spieltisch — vorwiegend Humanoiden und bajoranische Schürfer, die den Eindruck erweckten, sich seit einigen Tagen weder gewaschen noch rasiert zu haben — blickte wütend auf die beiden Jungen herab. Der Besitzer des zweiten Beutels griff nach seinem Gürtel, als wollte er eine Waffe ziehen. Jake ahnte, daß ihn nur die Präsenz des Ferengi vor einem ebenso schnellen wie tragischen Ende bewahrte.

»Meine Herren, verehrte Gäste ...« Der Ferengi gestikulierte beschwichtigend. »Ich bitte in aller Form um Entschuldigung. Drak!« rief er einem anderen Spielleiter zu. »Bitte vertritt mich hier. Ich liefere diese beiden jungen Diebe selbst im Büro des Sicherheitsoffiziers ab.«

Verzweiflung erfaßte Jake. Dad erfuhr bestimmt von diesem Zwischenfall. *Man sperrt mich in die Arrestzelle und wirft den Schlüssel weg,* dachte Jake. *Und wenn nicht ... Dann bin ich dazu verurteilt, Monate oder gar Jahre im gräßlichen Quartier zu verbringen, und dort leisten mir nur Dr. Lamersons Hologramme Gesellschaft.*

Der ältere Ferengi gab Jake einen wütenden Stoß, zerrte die beiden Übeltäter durch die Tür und über den Gehsteig der Promenade.

Als sie außer Hör- und Sichtweite des Spielkasinos waren, ließ der Spielleiter die Jungen los, holte tief Luft und zeterte auf Ferengi. Jake verstand nur ein Wort, das mehrmals wiederholt wurde: »Nog.«

Der kleinere Ferengi stand mit gesenktem Kopf und trug einen für Jake vertrauten Gesichtsausdruck: So eine mißmutige Verdrießlichkeit zeichnete sich auch in seiner Miene ab, wenn Dad ihm eine Predigt hielt. Er musterte den älteren Ferengi und sagte mit einer Mischung aus Unschuld und Überraschung: »Sie sind Nogs Vater.« Diese Erkenntnis brachte Erleichterung —

vielleicht waren sie gar nicht zum Büro des Sicherheitsoffiziers unterwegs. Etwas anderes fiel ihm ein: Wurde Nog jetzt getadelt, weil er Umgang mit einem nichtsnutzigen Menschen pflegte?

Schließlich richtete der Spielleiter seine Aufmerksamkeit auf Jake und beugte sich vor. Zorn blitzte in den kleinen Augen unter dicken Brauenwülsten. Auch in diesem Fall nahm der terranische Junge einen säuerlichen, knoblauchartigen Geruch wahr. »Und du bist Commander Siskos Sohn! Hat dich dein Vater geschickt, um mich noch mehr zu demütigen? Oder verdanke ich alles Nog, der sich selbst bei einem ganz einfachen Diebstahl schnappen läßt?« Er wandte sich wieder seinem Sohn zu und zischte einige zusätzliche Worte auf Ferengi.

Jake wartete, bis Nogs Vater eine Pause einlegte. »Wollen Sie meinem Vater davon erzählen?« fragte er schüchtern.

Der Spielleiter gestikulierte ruckartig, streckte die Hand aus und zeigte die langen Fingernägel wie eine Katze ihre Krallen. »Ich werde ihm nicht nur alle Einzelheiten berichten, sondern auch darauf bestehen, daß er...«

Eine laute Stimme unterbrach ihn. Jake blickte verwirrt auf und bemerkte das seltsam flache Gesicht des Constable. Er hatte ihn nur einmal von weitem gesehen und Dad gefragt, um was für eine Art von Alien es sich handelte. Angeblich war er ein Gestaltwandler und wählte nur deshalb ein humanoides Erscheinungsbild, um nicht zu sehr aufzufallen. Als sich Jake erkundigte, von welchem Planeten er stammte, schüttelte Dad nur stumm den Kopf. Nun, wenn Odo tatsächlich über die Fähigkeiten eines Gestaltwandlers verfügte, so konnte er vielleicht nicht richtig damit umgehen. Seine Nase wirkte zu glatt, und er hatte sehr dünne Lippen, wodurch sein Mund wie ein horizontaler Schlitz im Gesicht aussah. Die Ohren ... Jake verglich sie mit Modellierton, der darauf wartete, eine klar ausgeprägte Form zu bekommen.

»Diese Sektion muß evakuiert werden«, sagte der Constable zu Nogs Vater, und er sprach laut genug, damit ihn auch die Passanten hörten. »Suchen Sie den zentralen Marktbereich auf. Halten Sie sich von den Gebäuden fern.«

»Sehen Sie nicht, daß hier ein privates Familiengespräch stattfindet, Odo?« knurrte der ältere Ferengi. »Und überhaupt ... Was ist eigentlich los?«

»Wir sind in Schwierigkeiten«, sagte der Sicherheitsoffizier und unterbrach sich, als die Stimme des Computers aus den Lautsprechern drang.

»Die Zivilisten und das Stationspersonal werden aufgefordert, unverzüglich den zentralen Marktbereich aufzusuchen«, ertönte es. »Alarmstufe Rot. Begeben Sie sich zum zentralen Marktbereich und warten Sie dort auf weitere Anweisungen.«

»Cardassianer«, sagte Odo. »Ich habe keine Zeit, um Ihnen alles zu erklären. Vielleicht gibt es hier in der Promenade andere Leute, die größeres Interesse als Sie daran haben, mit dem Leben davonzukommen.« Er eilte fort.

»Warten Sie!« rief Jake und spürte, wie Panik in ihm emporquoll. Der Constable drehte sich um und runzelte ungeduldig die Stirn. »Mein Vater ... Ist er mit dem Flitzer zurückgekehrt?«

Ein Schatten huschte über die Züge des Gestaltwandlers. »Ich habe keine Zeit«, betonte er noch einmal.

Ein unwillkommenes Erinnerungsbild entstand vor Jakes innerem Auge ... Er sah sich selbst, drei Jahre jünger und an Bord der *Saratoga*. Das Schiff schüttelte sich plötzlich, und die Kabinenwand platzte — ein großes Trümmerstück raste ihm entgegen. »Bitte, Constable ...« Von einer Sekunde zur anderen fühlte er sich den Tränen nahe. »Ist mein Vater zurückgekehrt?«

Odo zögerte, und sein Gesicht blieb maskenhaft starr.

»Nein«, sagte er schließlich, und es klang sanft. »Der Flitzer ist im Wurmloch verschwunden.«

»Verschwunden?« flüsterte Jake und verstand kein Wort. Die Furcht in ihm verdichtete sich immer mehr und hinderte ihn daran, *irgend etwas* zu verstehen.

»Wir haben ihn verloren«, fügte Odo hinzu. »Bitte such jetzt den Evakuierungsbereich auf.« Er setzte den Weg fort, bevor Jake weitere Fragen stellen konnte.

Der Junge stand wie betäubt. *Dad ist verschwunden ... Vielleicht sehe ich ihn nie wieder.*

Auf diese Weise war es auch mit Mom geschehen. Im einen Augenblick lag Jake in ihren Armen, und im nächsten wachte er in einem fremden Krankenzimmer auf. Dad konnte kaum sprechen und sagte ihm nur, sie hätten Mom verloren. »Wir haben sie verloren.« So lauteten seine Worte. Als genügte es, aufmerksam genug Ausschau zu halten, um sie wiederzufinden.

So etwas hatte Jake die ganze Zeit über befürchtet. Er bedauerte, nicht längst fortgelaufen zu sein, schon damals in Planitia, als er von Dads Versetzung nach Deep Space Nine erfuhr. Jetzt war es zu spät.

Jemand zupfte an seinem Ärmel, und er sah auf. Nog musterte ihn mit einer sonderbaren Mischung aus Ungeduld und Anteilnahme.

»Komm, Jake. Wir müssen los.«

Sisko hustete in seinem Quartier an Bord der sterbenden *Saratoga* und versuchte, Rauch beiseite zu fächeln, um zu atmen. An Gesicht, Hals und Händen fühlte er eine Hitze, die ihn allmählich zu verbrennen schien, doch er achtete nicht darauf, sah nur Jennifer und Jake, die unter dem großen Trümmerstück lagen. Kummer und Zorn ließen ihn innerlich erbeben.

»Ich will nicht an diesem Ort sein!« rief er Hranok zu.

Heiße Luft verzerrte die Konturen des blauen Gesichts. »Sie existieren hier«, erwiderte die Entität schlicht.

»Was hat es für einen Sinn, mich hierher zurückzubringen?«

»Wir bringen Sie nicht zurück.«

Sisko drehte sich um, als er die Stimme seines Sohns hörte. Er sah einen anderen Jake, drei Jahre älter und unverletzt, jenen Jungen, der am Fischteich auf dem Felsvorsprung gesessen hatte. Neben ihm stand eine fünfzehn Jahre jüngere Jennifer und trug das gleiche Kleid wie damals im Szagy-Park.

»Wir bringen Sie nicht zurück«, wiederholte Jake.

»Sie bringen *uns* hierher«, fügte die junge Jennifer hinzu.

Hranoks Nicken kündete von Mitgefühl. »Sie existieren hier.«

Sisko hob eine zitternde Hand zur schweißnassen Stirn.

Kummer, Furcht und Zorn hatten ihn erschöpft; er fand kaum mehr die Kraft, um auch weiterhin zu versuchen, die Fremden zu verstehen und von ihnen verstanden zu werden. »Hören Sie endlich auf. Ganz gleich, was Sie bezwecken wollen ... Ich füge mich. Ich habe *genug.*«

»Suchen Sie im Innern nach Lösungen, Commander«, sagte Opaka. Sie stützte sich auf ihren Gehstock und lächelte durch einen Schleier aus Rauch und Flammen.

Sisko riß die Augen auf, als er die Kai sah, und unmittelbar darauf hörte er seine eigene Stimme: »Meine Frau ist eingeklemmt. Helfen Sie mir.«

Er beobachtete noch einmal, was vor drei Jahren in seinem *Saratoga*-Quartier geschehen war. Nur wenige Meter entfernt stand ein zweiter Hranok und sah zu einem Sisko, der sich an der geborstenen Kabinenwand abmühte.

Der Bolianer nahm den bewußtlosen Jake in die muskulösen Arme und richtete einen verständnisvollen Blick auf den Commander.

»Sie ist tot«, sagte er. »Wir können ihr nicht mehr helfen.«

Sisko folgte den Ereignissen und war nicht imstande, die Augen zu schließen oder sich von der schrecklichen Szene abzuwenden. Etwas zwang ihn, auch weiterhin zuzusehen.

Der damalige Sisko starrte auf seine verbrannten Hände, auf Jennifers Leiche, auf das große Trümmerstück, und er weigerte sich zu verstehen. »Was ist mit den Transportern?« murmelte er.

Hranok schüttelte den Kopf. »Ausgefallen, Sir. Wir müssen uns beeilen.«

Die Sprachprozessorstimme des Computers übertönte das Chaos. »Achtung, Beschädigung des Materie-Antimaterie-Wandlers. Strahlungsabschirmung versagt in zwei Minuten.«

Der jüngere Sisko kniete neben seiner Frau und griff nach ihrer Hand. Jener andere Sisko, der noch immer beobachten mußte, erinnerte sich an die kühle Leblosigkeit, und einmal mehr spürte er intensiven seelischen Schmerz.

Erneut erklang die Stimme des jüngeren Sisko, und ganz offensichtlich versuchte er, rational und vernünftig zu klingen. »Gehen Sie nur, Lieutenant. Und nehmen Sie den Jungen mit.«

Ein Sicherheitswächter erschien in der Tür, und Hranok reichte ihm den Jungen.

»Ich war bereit zu sterben«, hauchte der ältere Sisko und dachte nicht mehr daran, daß auch noch andere Beobachter zugegen waren: Jake, Jennifer, Opaka und der erste Hranok.

»›Sterben‹«, murmelte jener Hranok, während er seinem Ebenbild zusah. »Was ist das?«

Sisko setzte zu einer Antwort an, doch der Jennifer-Alien kam ihm zuvor. »Das Ende der linearen Existenz.«

Er musterte die Frau erstaunt. Sie streckte die Hand aus, legte sie ihm auf die Schulter. Er sah in Augen, die gleichzeitig vertraut und fremd wirkten — wenn auch nicht mehr so fremd wie vorher. Die Wärme einer Erkenntnis füllte sie.

Hinter ihnen, an Bord der *Saratoga,* griff Hranok nach Siskos Arm und zerrte ihn auf die Beine. Er sprach mit einer Autorität, die auf Verzweiflung basierte: »*Wir* gehen, Sir, und zwar *jetzt sofort.*«

(*Nicht denken. Nicht* fühlen ...)

»Nein«, sagte der jüngere Sisko. »Ich kann nicht ohne sie fort.«

Der Beobachter hörte Wahnsinn in der nur scheinbar ruhigen Stimme.

Hranok spannte die Muskeln und zog den Commander zur Tür.

»Verdammt!« stieß der jüngere Sisko hervor, als ihn der Bolianer zum Korridor schob, aus dem Blickfeld des älteren Sisko. »Wir müssen ihr helfen ...«

Die Worte hallten nicht nur im Gang wider, sondern auch im Gedächtnis des Beobachters. Sein Blick glitt durchs verheerte Quartier, galt den Trümmern einer Unterkunft und den Ruinen eines Lebens. Flammen züngelten, und Jennifer lag noch immer unter schwerem Metall ... Ganz plötzlich begriff Sisko und bestaunte seine eigene Blindheit.

»Ich habe die *Saratoga* nie verlassen«, murmelte er verblüfft.

Die Jennifer-Entität nickte erneut, und ihre warme Hand ruhte noch immer auf der Schulter des Commanders. »Sie existieren hier.«

Sisko starrte zu der schrecklichen Szene und sah sie nun aus einer ganz neuen Perspektive. »Ich ... existiere hier.«

Vor ihm führte Hranok den Sisko der Vergangenheit aus dem brennenden Zimmer, fort von Jennifer, die unter den Trümmern eingeklemmt blieb. Der beobachtende Sisko trat vor, nahm den Platz seines jüngeren Selbst ein, kniete neben der Toten und tastete nach ihrer Hand.

»Ich weiß nicht, ob Sie das verstehen können«, sagte er rauh. »Ich sehe meine Frau immer auf diese Weise, wenn ich die Augen schließe. Sie erscheint mir in der Dunkelheit hinter den Lidern und wartet darauf, daß ich ihr helfe, daß ich sie unter den Trümmern hervorziehe ...«

Die Stimme des Jennifer-Wesens erklang. »Keine Ihrer vergangenen Erfahrungen hat Sie auf diese Konsequenz vorbereitet.«

Sisko schüttelte den Kopf. »Und ich habe nie gelernt, ohne sie zu leben«, hauchte er.

»Deshalb beschlossen Sie, hier zu existieren.«

Er nickte und holte tief Luft. Er fühlte sich überwältigt, fand keine geeigneten Worte, um seine Empfindungen zu beschreiben.

Der Jennifer-Alien bewegte sich und trat näher. »Dies ist nicht linear.«

»Nein«, flüsterte Sisko. Er schluckte mehrmals, um den Kloß aus seinem Hals zu vertreiben. »Es ist nicht ... linear.«

(*Nicht denken. Nicht fühlen*)

Doch die emotionale Flut wogte ihm entgegen, und jetzt schwappte sie über alle mentalen Dämme hinweg. Sisko ließ die Hand seiner toten Frau los und weinte inmitten der Flammen.

Die Entitäten schwiegen, während sich der Mensch ganz seinem Kummer hingab. Nach einer Weile stand Sisko auf, drehte sich um und stellte fest, daß der Jennifer-Alien verschwunden war. Opaka, Jake und Hranok warteten auf ihn.

Es gab keine Fragen mehr, und es war auch nicht nötig, Gedanken und Gefühle in Worte zu kleiden. Die Jake-Entität schmunzelte, und in ihren Zügen zeigten sich Anteilnahme und Verständnis. Sisko wischte sich Tränen von den Wangen und erwiderte das Lächeln dankbar.

KAPITEL 11

»Das Flaggschiff setzt sich mit uns in Verbindung.« Lieutenant Dax sah mit der würdevollen Ruhe einer bajoranischen Kai von ihrer Konsole auf — ihr Gebaren bildete einen auffallenden Kontrast zur offensichtlichen Nervosität des Arztes Bashir. »Gul Jasad möchte eine Antwort.«

Kira nickte knapp und wandte sich der technischen Station zu. Sie zwang sich, ruhig zu atmen, jedes Anzeichen von Unsicherheit aus der Stimme zu verbannen. Das Leben Siskos und aller Personen in der Raumstation hing davon ab, ob das Täuschungsmanöver gelang. »Sind Sie soweit, Mr. O'Brien?«

»Ja, Sir.« Miles betätigte eine Taste und konzentrierte sich auf die Instrumentenanzeigen. »Wenn die Sondierungsimpulse das Thoron-Feld durchdringen, so dürften die Ortungsergebnisse den Cardis eine ziemliche Überraschung bescheren.«

Kira bedachte den Fähnrich mit einem anerkennenden Blick — in Hinsicht auf viele Dinge vertraten sie einen unterschiedlichen Standpunkt, aber inzwischen hatte er sich ihren Respekt verdient — und beobachtete die Kriegsschiffe auf dem Wandschirm. Ihr Herz schlug schneller, als sie sagte: »Geben wir unsere Antwort — sechs Photonentorpedos vor Jasads Bug.«

O'Brien schnappte verblüfft nach Luft. »Uns stehen insgesamt nur sechs Exemplare zur Verfügung, Major.«

Sie blickte auch weiterhin zum großen Projektionsfeld. »Diese Auseinandersetzung gewinnen wir nicht mit Torpedos, Fähnrich.«

»Aye, Sir«, erwiderte er, und es klang fast wie ein resigniertes Seufzen.

Sechs Photonentorpedos rasten durchs All und explodierten vor dem Bug des ersten cardassianischen Kriegsschiffes.

»Eine Dringlichkeitsanfrage von Jasad«, meldete O'Brien, als sich der letzte Torpedo in gleißende Energie verwandelte.

Bashir grinste breit und erleichtert. »Allem Anschein nach ist es uns gelungen, seine Aufmerksamkeit zu wecken.«

»Auf den Schirm«, sagte Kira.

Eine Sekunde später präsentierte das Projektionsfeld einen gefaßten cardassianischen Kommandanten. »*Das* ist Ihre Antwort?« fragte er ungläubig.

Kira schob das Kinn vor, nahm eine herausfordernde Haltung an und stützte sich mit der linken Hand auf dem Situationstisch ab. Sie wußte: Ihr Erscheinungsbild wies auf selbstsichere Zuversicht hin. Doch in ihrem Innern sah es ganz anders aus. Mühsam widerstand sie der Versuchung, sich mit beiden Händen am Tisch festzuklammern, weil ihre Knie nachzugeben drohten ...

Verdammt! fuhr es ihr durch den Sinn. Nie wieder sollte ein Cardassianer bei ihr den Eindruck von Schwäche und Hilflosigkeit erwecken. Nie wieder ...

»Glauben Sie etwa, daß Starfleet diese Raumstation übernommen hat, ohne ihr ein ausreichendes Verteidigungspotential zu geben?« erwiderte sie spöttisch.

Jasads Lippen verzogen sich zu einem höhnischen Grinsen. Kira hätte am liebsten ausgeholt und ihm die Faust ins Gesicht gerammt. »Was für ein Verteidigungspotential meinen Sie?« Der Cardassianer lachte. »Selbst gegen *eins* unserer Kriegsschiffe hätten Sie nicht die geringste Chance.«

Kira richtete sich zu ihrer vollen Größe auf und trat wie drohend einen Schritt vor. »Wahrscheinlich haben Sie recht, Jasad. Wenn Sie es jetzt mit einem Starfleet-

Offizier zu tun hätten ... Vielleicht würde er zugeben, daß unsere Lage hoffnungslos ist.« Sie gab einen Teil der Selbstbeherrschung auf und ließ zu, daß etwas von ihrem Zorn in Stimme und Mimik kroch. Die Augen blitzten, und mit einer gewissen Genugtuung nahm sie zur Kenntnis, daß Jasad ein wenig zurückwich. »Aber ich bin nur eine Bajoranerin, die ihr ganzes Leben lang einen hoffnungslosen Kampf gegen Cardassianer führte. Wenn Sie einen Krieg wollen, so bekommen Sie ihn.«

Sie atmete stoßweise, und ihre Brust hob und senkte sich in echtem Zorn. Der Cardassianer musterte sie eine Zeitlang und schüttelte den Kopf, schien es kaum zu fassen, daß man ihm mit einer solchen Unverschämtheit begegnete. Abrupt unterbrach er die Verbindung, und daraufhin zeigte der Wandschirm wieder das All.

»Major ...«, begann O'Brien, und Kira wirbelte zu ihm herum. Sie war noch immer zornig, und das kastanienbraune Haar schwang hin und her. Der Fähnrich sah sie mit deutlicher Bewunderung an, und in seinen Mundwinkeln zuckte es kurz. Die Bajoranerin blinzelte — der plötzliche emotionale Wandel verwirrte sie.

»Eins steht fest«, fuhr O'Brien fort. »Wer sich mit Ihnen aufs Bluffen einläßt, zieht in jedem Fall den kürzeren.«

Daraufhin formten Kiras Lippen den Hauch eines Lächelns.

An Bord des cardassianischen Kriegsschiffes beugte sich Jasad im Kommandosessel vor, sah zum großen Bildschirm und beobachtete die Raumstation. Verwirrt strich er sich mit dem Zeigefinger übers Kinn und hob den Kopf, als sein Stellvertreter Majut auf ihn zutrat. Jasad wußte nicht, was er von den Behauptungen der Bajoranerin halten sollte. Er vermutete, daß es sich um leere Drohungen handelte: Wenn man Bajoraner unter Druck setzte, so neigten sie zu Wutanfällen. Andererseits ... Starfleet führte jetzt den Befehl über die Station, und dadurch mochten sich bereits wichtige Veränderungen ergeben haben.

Majut deutete eine Verbeugung an und wartete, bis ihm Jasad mit einem kurzen Wink Sprecherlaubnis erteilte. »Ein Thoron-Feld sollte unsere Sondierungsimpulse blockieren, aber wir konnten es durchdringen.«

»Hmm ...« Jasads Zeigefinger strich auch weiterhin übers Kinn. »Wie groß ist das festgestellte Verteidigungspotential?«

Majut reichte dem Kommandanten einen Datenblock, und Jasad betrachtete ihn, während sein Stellvertreter antwortete: »Nach den Ortungsergebnissen zu urteilen verfügt die Raumstation über fünftausend Photonentorpedos. Hinzu kommen diverse Phaserbatterien.«

Jasad runzelte erstaunt die Stirn. »Woher stammen die Waffen? Wie konnte ein solches Arsenal installiert werden, ohne daß wir etwas davon erfuhren?«

Majut zögerte kurz, bevor er auf den Datenblock deutete. »Aus der Analyse geht hervor ...«

Jasad warf den kleinen elektronischen Block achtlos beiseite. Majut versteifte sich, schwieg jedoch und faßte sich in Geduld.

Der Kommandant schüttelte den Kopf. »Irgendwie ist es den Bajoranern gelungen, ein Trugbild zu schaffen, wahrscheinlich mit Hilfe von Duranium-Schatten ...«

»Aber wenn die Waffen tatsächlich existieren ...«

»Ausgeschlossen!« donnerte Jasad.

Majut beugte sich ein wenig vor und sprach nun in einem besänftigenden Lassen-Sie-uns-vernünftig-sein-Tonfall. »Warum eine Konfrontation riskieren, Gul? Die vierte Ordnung kann in einem Tag hier sein.«

Jasad zischte wütend. »Und Starfleet auch.« Er hob die Hand zur Stirn und dachte angestrengt nach.

»Sie sind darauf hereingefallen!« entfuhr es Bashir begeistert. Er wandte sich Dax zu und hoffte ganz offensichtlich, daß sie sich ebenso freute wie er. Sie verharrte an ihrer Konsole, ohne auf den Jubel des Arztes zu reagieren, und deshalb wandte er sich den anderen Offizieren zu. »Wir haben es geschafft!« rief er.

»Noch nicht«, erwiderte O'Brien ernst. »Die Cardassianer denken noch darüber nach.«

Dax blickte auf die Displays, und dabei bildeten sich dünne Falten in ihrer Stirn. »Major, das Flaggschiff hat einen Subraum-Kommunikationskanal geöffnet und fordert Verstärkung an.«

»Ja!« Bashir hob triumphierend die Faust.

Kira starrte unbewegt zum Wandschirm. Ihre Erfahrungen vermittelten eine unmißverständliche Botschaft: Traue niemals einem Cardassianer. »Es ist noch zu früh, um den Sieg zu feiern, Doktor ... Mr. O'Brien?«

Tasten klickten unter den Fingern des Fähnrichs, und einige Displays zeigten neue Werte. »Die Schiffe formieren sich zum Angriff, Sir.«

Bashir ließ den Arm sinken und schwieg. Kira wechselte einen grimmigen Blick mit O'Brien und Dax. Zuerst hatte sie sich darüber geärgert, daß Starfleet Offiziere schickte, um die Raumstation zu übernehmen, aber jetzt war sie dankbar dafür, Gelegenheit erhalten zu haben, diese Personen kennenzulernen, mit ihnen zusammenzuarbeiten. Sie bedauerte es, daß sie nun alle sterben mußten.

Wenigstens scheide ich in guter Gesellschaft aus dem Leben, dachte Kira und hoffte, daß Bashir lange genug den Mund hielt ...

»Gefechtsstationen besetzen«, sagte sie und rang mit Verzweiflung, als sie sich vorstellte, daß die Träume von Kai Opaka, Sisko und den Propheten wirklich nichts weiter als Träume gewesen waren.

Propheten! rief ihre mentale Stimme. *Wo seid ihr? Wo ist der Himmelstempel? Wir brauchen eure Hilfe.*

Der Kummer hing wie ein bleiernes Gewicht an Jakes Seele, als er den beiden Ferengi zum Spielkasino folgte.

Auf den Gehsteigen war kaum jemand mehr unterwegs. Die meisten Leute hatten inzwischen den zentralen Marktbereich aufgesucht. Nur einige Nachzügler — Ladeninhaber, die zuerst ihre Geschäfte abgeschlossen und gesichert hatten — eilten im Dauerlauf über die Promenade.

»Alarmstufe Rot«, tönte die Computerstimme aus den Lautsprechern. »Bitte begeben Sie sich unverzüglich zum zentralen Marktbereich.«

Vor dem Kasino verharrte Nogs Vater. »Geht nur. Ich muß noch einige Dinge erledigen.«

»Ich helfe dir dabei«, bot sich Nog an. Er war ganz offensichtlich bestrebt, wieder das Wohlwollen seines Vaters zu erringen.

»Wir sollten keine Zeit verlieren und sofort den Weg zur Evakuierungszone fortsetzen«, sagte Jake dumpf.

»Geh nur.« Nog gab ihm einen sanften Stoß.

Jake rührte sich nicht von der Stelle. Er spürte keine Furcht, dachte nur an seinen im Wurmloch verschwundenen Vater. Er glaubte noch einmal zu fühlen, wie ihm Dad am letzten Abend übers Haar strich — Jake hatte nur den Anschein erweckt zu schlafen.

Mir ist gerade aufgefallen, wie sehr du deiner Mutter ähnelst ...

Gleichzeitig wußte er: Wenn Gefahr drohte, wenn die Cardassianer das Feuer auf die Raumstation eröffneten, so wurde der Aufenthalt in Gebäuden besonders riskant.

Er beobachtete, wie Nog und sein Vater ins Spielkasino eilten.

»Bitte nicht!« rief Jake ihnen nach, aber die beiden Ferengi schenkten ihm keine Beachtung. Unmittelbar darauf hörte er ein dumpfes Grollen, wie von einem Erdbeben, und eine heftige Erschütterung schleuderte den Jungen zu Boden.

In der Zentrale hob und senkte sich das Deck unter Kiras Stiefeln. Sie verlagerte das Gewicht, und dadurch gelang es ihr, auf den Beinen zu bleiben. Kein direkter Treffer — den Propheten sei Dank. Sie betätigte einige Tasten, und eine schematische Darstellung erschien im Projektionsfeld, wies auf energetische Entladungen im Bereich des Andockrings hin.

»Vielleicht werden wir nur auf die Probe gestellt!« rief O'Brien, um das Donnern zu übertönen. »Ich könnte eine Impuls-Kompressionswelle durch die Phaserbänke leiten und den Cardis einen Strahl schicken, der sie nachdenklich stimmt.«

»In Ordnung«, bestätigte Kira und hielt sich mit einer Hand an der Konsole fest, als der Boden einmal mehr erzitterte.

Zusammen mit den anderen Offizieren beobachtete sie, wie der Phaserstrahl durchs All raste und das cardassianische Flaggschiff traf. Diesmal jubelte Bashir nicht. Stumm stand er neben Dax, als auf dem Wandschirm das Gleißen der Entladung nachließ und Beschädigungen am Rumpf des Flaggschiffes erkennbar wurden.

Die Cardassianer feuerten auch weiterhin auf die Raumstation. Erneut bebte der Boden, und diesmal mußte sich Kira mit beiden Händen festhalten.

»Schadensbericht!« rief sie und wußte bereits, daß es den Habitatring erwischt hatte.

»Direkter Treffer«, antwortete O'Brien. »Ebene vierzehn. Leere Lagerkammern. Keine Verletzten.«

Kiras Erleichterung blieb von kurzer Dauer.

»Potential der Schilde auf siebenundzwanzig Prozent gesunken«, sagte Dax. Einen Sekundenbruchteil später krachte es ohrenbetäubend laut, und Kiras Welt kippte jäh zur Seite. Mit dem Gesicht nach unten fiel sie aufs Deck.

Erst wurden die Erschütterungen immer schlimmer, und dann ließen sie ein wenig nach. Jake lag auf dem schmutzigen Boden, und seine Händen tasteten hin und her, suchten Halt. Er schnappte nach Luft und kämpfte gegen die Panik an, als er sich an Bord der *Saratoga* zurückversetzt glaubte. *Immer mit der Ruhe,* dachte er. *Du bist hier in der Raumstation Deep Space Nine, und die Cardassianer haben das Feuer eröffnet. Aber jetzt schießen sie nicht mehr auf uns, und gleich ist wieder alles in Ordnung.*

Seine Gedanken glitten zu Dad, und neuerliches Entsetzen erfaßte ihn, als er sich vorstellte, wie der Flitzer von cardassianischen Phaserstrahlen getroffen wurde ...

Das kleine Schiff verschwand im Wurmloch, erinnerte sich Jake. *Wenn wir es dort nicht finden können, so bleibt auch die Suche der Cardassianer erfolglos, oder?*

Ein geringer Trost. *Wenn du jemals zurückkehrst, Dad: Ich verspreche, daß ich nie wieder über diese Raumstation klagen werde. Und ich vergesse die Erde einfach. Bitte komm zurück, bitte ...*

Jake verdrängte diese Gedanken und stand auf. Wieder bebte das Deck der Promenade, aber diesmal war der Junge darauf vorbereitet und wahrte das Gleichgewicht, indem er die Arme ausbreitete. Er wagte es nicht, sich an der Fassade des Spielkasinos festzuhalten — sie wirkte alles andere als stabil.

»Nog!« rief er. »Wir müssen uns beeilen, Nog!«

Jake bekam keine Antwort, aber er hörte ein Klappern im Gebäude. Er war Nog und seinem Vater gegenüber zu nichts verpflichtet, doch aus irgendeinem Grund widerstrebte es ihm, sie sich selbst zu überlassen. Er beruhigte sich mit dem Gedanken, daß ihn sein Vater bestimmt aufgefordert hätte, sich in Sicherheit zu bringen. Wenn Nog und sein Vater Constable Odos Hinweise einfach ignorieren wollten, so war das ihre Sache. Jake mußte für sich selbst entscheiden. »Ich mache mich jetzt auf den Weg!« rief er, drehte sich um und lief über den Gehsteig.

Der Boden erzitterte erneut und neigte sich jäh nach oben — die Hand eines Riesen schien die Station zu packen und sie zu schütteln. Jake flog einen Meter weit, fiel und prallte schmerzhaft fest aufs Deck, erst mit den Ellenbogen, dann mit dem Kinn. Seine Zähne bohrten sich ihm in die Zunge.

Mit diesen Erschütterungen einher ging lautes Donnern. Jake blieb an Ort und Stelle liegen, schmeckte Blut und hob die Hände über den Kopf, um ihn vor einem Hagel aus Metallfragmenten abzuschirmen.

Einige Sekunden lang blieb er reglos liegen, bis er sicher sein konnte, daß der Regen aus metallenen Splittern tatsächlich aufgehört hatte. Dann rollte er zur Seite, setzte sich auf und tastete mit den Fingerkuppen übers angeschlagene Kinn.

Einige Meter weiter rechts leckten Flammen durch einen breiten Riß im Boden, und kurz darauf brannte es auch links vom Jungen. Jake erhob sich, eilte zum Spielkasino zurück, blickte durch die Tür — und erschrak. Die Glut eines Feuers flackerte in der Nähe der Theke, und dichter Rauch wallte. Normalerweise wäre so etwas kaum gefährlich gewesen: Selbst ein automatisches Löschsystem mit nur geringer Kapazität hätte dieses Problem lösen können — vorausgesetzt natürlich, daß es richtig funktionierte. Und daran mußte angesichts des allgemeinen Zustands von Deep Space Nine gezweifelt werden.

»Nog!« rief Jake.

Die Gestalt des Ferengi zeichnete sich im Qualm ab und taumelte dem terranischen Jungen entgegen.

»Mein Vater«, krächzte er und deutete zu den Flammen, bevor er einen Hustenanfall erlitt und sich zusammenkrümmte. Ein neuer Treffer erschütterte die Promenade, und die beiden Jungen klammerten sich aneinander.

Jake starrte zum Feuer, drehte sich um, hastete über den Gehsteig und hämmerte mit der Faust an den nächsten öffentlichen Kom-Anschluß. »Constable Odo ... Sicherheitszentrale ...«

Er brach ab, als nur statisches Rauschen aus dem Lautsprecher drang. Etwas weiter entfernt und in Richtung des Marktbereichs fraßen sich Flammen durchs Deck. Am Ende der Promenade schien das Feuer besonders schlimm zu sein, was bedeutete: Sicher dauerte es eine Weile, bis Hilfe kam.

Jemand stöhnte im Kasino. Jake handelte, ohne vorher zu überlegen, holte tief Luft und sprang durch den Eingang. Die flackernde Glut an der Theke beschränkte sich auf eine Stelle, aber sie schuf sehr dichte Rauchwolken. Der Junge fächelte mit den Händen und spürte, wie ihm Tränen in die Augen quollen, als er Ausschau hielt.

Nogs Vater lag auf der Seite, zwischen Treppe und Tresen. Mal ächzte der ältere Ferengi, mal hustete er. Das schwere, aus Metall bestehende Geländer war ihm auf die Beine gefallen, zwängte ihn ein. Vor den Füßen flirrte Hitze.

»Hilf mir«, stieß der Spielleiter hervor, als er Jake sah. Dann hob er die Arme vors Gesicht und hustete erneut.

Jake griff nach dem Geländer und ließ es praktisch sofort wieder los — das Metall war heiß, hinterließ Brandblasen an seinen Fingern.

Plötzlich dachte er wieder an Dad im Quartier der *Saratoga*. Er stellte sich vor, wie er Frau und Kind fand, eingeklemmt unter einem schweren Trümmerstück. Und nach seinem Erwachen in jenem Krankenzimmer ... Dad hatte Verbände an den Händen getragen. Das begriff Jake erst jetzt. Und eine weitere Erkenntnis reifte in ihm: Er war zu sehr auf den Schmerz konzentriert gewesen, um das Leid seines Vaters zu beachten ...

Etwas blökte direkt an Jakes Ohr, und als er den Kopf drehte, sah er einen nervös winkenden Nog.

»Wir dürfen nicht hierbleiben!« heulte der junge Ferengi. »Die automatischen Löschsysteme funktionieren nicht! Das Feuer ...«

»Oh, laß deinen Vater ruhig im Stich!« erwiderte Jake zornig. »Ich bin nur ein dummer Mensch und kann ihn nicht einfach so zurücklassen ...«

Einige Lampen erloschen, und wieder bebte der Boden. Der menschliche Junge taumelte der Glut entgegen und ruderte mit den Armen, um das Gleichgewicht zu wahren. Hände und Unterarme berührten die Flammen, und aus einem Reflex heraus kniff er die Augen zu ...

Jemand packte ihn an der Schulter und riß ihn zurück. Er wankte benommen und hustete, während ihm Nog auf die schwelenden Ärmel klopfte. Der ältere Ferengi stöhnte lauter, als hätte ihm die Bewegung zusätzliche Pein bereitet.

Hinter der Theke klirrte es, und einige Flaschen fielen um. Hier und dort löste sich ein Verschluß. Flüssigkeit tropfte auf den Boden, bildete kleine Lachen.

Entsetzt beobachteten die beiden Jungen, wie eine der Pfützen mit einem lauten *Wumm* Feuer fing.

Als der Computer auf die Alarmstufe Rot hinwies, bestand Keikos erster Impuls darin, zum Quartier zurückzukehren. Sie kannte die Vorgänge bei Starfleet gut genug, um nicht einmal in Erwägung zu ziehen, Kontakt mit Miles aufzunehmen — obgleich sie sich eine solche Möglichkeit sehr wünschte. Bestimmt hatte er jetzt viel zu tun, und ein Gespräch mit seiner Frau lenkte ihn nur von dem Bemühen ab, die Raumstation zu verteidigen.

Keiko nahm Molly in die Arme und lief in Richtung Turbolift. Nach einigen Metern fiel ihr ein, daß die Lifte vielleicht keine Sicherheit mehr boten, und daraufhin blieb sie stehen. Andere Personen schoben sich hastig an ihr vorbei.

Sie schloß sich der Menge an, strebte mit ihr einem offenen Bereich entgegen und konnte noch immer nicht fassen, daß Deep Space Nine angegriffen wurde. Vermutlich mißachteten die Cardassianer ihre Friedensvereinbarung mit der Föderation — aber warum?

Keiko räumte der Furcht keinen Platz in ihr ein. Sie war an Bord der *Enterprise* gewesen, als das Schiff vom schlimmsten aller Feinde — den Borg — angegriffen wurde, und sie hatte überlebt. *Damals gab es Molly nicht,* dachte sie nun. *Wenn man allein ist, fällt es einem leichter, das eigene Leben aufs Spiel zu setzen.* Um Mollys willen wagte sie es jetzt nicht, der Panik nachzugeben.

Aber das Mädchen spürte die Angst der anderen Passanten, und es begann zu weinen, wand sich immer heftiger in den Armen der Mutter hin und her. Keiko konnte es kaum mehr festhalten.

»Nein, Molly. Wir müssen uns beeilen. Laß dich von Mami tragen.«

Das Kind heulte wie eine Sirene und trat. Keiko biß die Zähne zusammen, drückte ihre Tochter an sich und lief, um nicht den Anschluß zu verlieren. Sie wußte nicht, wo sich der zentrale Marktbereich befand, vertraute ganz darauf, daß die vielen Bajoraner um sie herum zum richtigen Ort unterwegs waren.

Irgendwo donnerte es, wie von einem fernen Gewitter, und der Boden neigte sich nach rechts. Keiko stieß gegen eine Bajoranerin, hielt das Mädchen in ihren Armen mit solcher Entschlossenheit fest, daß Molly schmerzerfüllt wimmerte. Sie bekam Ellenbogen und Knie zu spüren, als auf allen Seiten Männer und Frauen versuchten, nicht das Gleichgewicht zu verlieren. Hier und dort erklangen furchterfüllte Schreie, die Molly zu leisem Schluchzen veranlaßten.

»Keine Angst«, keuchte Keiko. »Halt dich an Mami fest, Schatz. Halt dich gut fest.«

Das Mädchen kam der Aufforderung seiner Mutter nach und schwieg nun, als Keiko den Weg etwas langsamer fortsetzte. Trotz der Explosion ließ die Nervosität die Menge nach: Ein Bajoraner schritt umher und versuchte ganz offensichtlich, einer Massenhysterie vorzubeugen.

»Laufen Sie nicht. Bitte bewahren Sie die Ruhe — dann haben Sie weitaus bessere Chancen, die Evakuierungszone sicher zu erreichen.« Er streckte die Hand aus und legte sie einem jungen Mann auf die Schulter, der an ihm vorbeistürmen wollte. Der Betreffende wurde sofort langsamer.

Der vermeintliche Bajoraner erwies sich als jener Constable, von dem Miles seiner Frau erzählt hatte. Keiko entsann sich in diesem Zusammenhang an eine recht seltsame Bemerkung ihres Mannes: »Offenbar fällt es ihm schwer, ein Humanoide zu sein.« Als der Sicherheitsoffizier nun näher kam, verstand sie plötzlich. Noch nie zuvor hatte sie einen Gestaltwandler gesehen und zwang sich dazu, den Blick zu senken, um nicht der Versuchung zu erliegen, ihn anzustarren. Nach Miles' Beschreibungen zu urteilen, handelte es sich um einen zynischen Griesgram, der keine besonders angenehme Gesellschaft bot, aber derzeit war Keiko dankbar für Odos Präsenz und seine beruhigende Wirkung auf die Menge.

Sie hatten die Evakuierungszone fast erreicht, als sich die heftigen Erschütterungen wiederholten. Keiko sank auf ein Knie, und eine Bajoranerin half ihr wieder hoch. Molly war viel zu sehr erschrocken, um einen Ton von sich zu geben.

Mehrere Explosionen dicht hintereinander. Keiko versuchte nicht mehr, einen Fuß vor den anderen zu setzen, konzentrierte ihre ganze Aufmerksamkeit darauf, nicht aus dem Gleichgewicht zu geraten. »Es ist alles in Ordnung«, murmelte sie mehrmals, küßte Molly auf den Kopf und schaukelte sie. »Mami hält dich fest. Bald haben wir's überstanden.«

»Papa«, schluchzte Molly und preßte das Gesicht an den Hals der Mutter.

»Papa ist nicht hier«, sagte Keiko und versuchte, die

Tränen zurückzuhalten. »Er arbeitet in der Zentrale, Schatz. Dort kümmert er sich um alles und sorgt dafür, daß wir in Sicherheit sind. Wir sehen ihn heute abend beim Essen.« Wie leicht fiel es nun, den Transfer nach Deep Space Nine für einen Fehler zu halten ...

»Ich will *Papa*«, beharrte Molly. Keiko blinzelte und lenkte sich von den Tränen ab, indem sie durchs nächste Fenster blickte. Sie sah den Bug eines cardassianischen Kriegsschiffes, beobachtete einen Phaserstrahl, der durch die Schwärze zuckte und die Raumstation traf.

Die ganze Welt kippte und fiel. Das Krachen und Heulen von berstendem Metall zerriß Keiko fast die Trommelfelle. Sie wurde zur Seite geschleudert und konnte keinen klaren Gedanken fassen, war nicht mehr imstande, zu atmen oder das Mädchen festzuhalten. Es regnete Splitter aus Kunststoff und Metall; instinktiv hob sie die Hände über den Kopf. Orangefarbene und rote Flammen loderten.

Einige andere Leute in der Nähe standen auf, und Keiko folgte ihrem Beispiel. Nur ein paar Meter entfernt fraß sich Feuer durch einen Riß im Boden, und innerhalb weniger Sekunden kamen zwei weitere Brandherde hinzu.

Eine Treibstoffleitung ist geplatzt, dachte Keiko. Wenn sie nicht schnell abgedichtet oder isoliert wurde, ging die ganze Promenade in Flammen auf.

Die anderen Leute stoben davon.

Keiko blickte sich um. »Molly?«

Keine Spur von dem Mädchen. Sie sah nur in Panik geratene Bajoraner, Ferengi und Menschen, die es sehr eilig hatten, diesen Ort zu verlassen. Constable Odo schien sich in Luft aufgelöst zu haben. Keiko stand mitten in dem Durcheinander und schrie, als die Menge um sie herum anschwoll, sie zwang, sich ebenfalls in Bewegung zu setzen, wenn sie nicht zu Boden gestoßen und zertrampelt werden wollte.

»Molly!«

O'Brien griff nach der Konsole und zog sich hoch. Aus den Augenwinkeln sah er, wie Kira aufstand und den Mund öffnete, um neue Anweisungen zu geben. Sie kam nicht dazu, denn Dax rief:

»Direkt unter der Promenade ist eine Treibstoffleitung geplatzt.«

Miles spürte, wie es ihm plötzlich kalt über den Rükken lief. Er erinnerte sich an den Traum, der ihn noch einmal mit dem Setlik-Massaker konfrontierte und den Eindruck vermittelte, daß die Cardassianer Keiko und Molly in Lebensgefahr brachten.

Das war natürlich lächerlich. Bestimmt befanden sie sich im Quartier, in relativer Sicherheit. Trotzdem: Die Furcht verharrte in O'Brien, widerstand der Logik.

Er versuchte, sie nicht zu beachten, konzentrierte sich statt dessen auf Major Kiras Frage: »Können Sie den Energiefluß neu kanalisieren?«

Seine Finger huschten über die Schaltflächen der Konsole, und kurz darauf schnitt er eine Grimasse. »Die Kontrollen sind blockiert.«

Es knackte im Kom-Lautsprecher. »Odo an Zentrale.«

O'Brien hörte die Besorgnis in der Stimme des Sicherheitsoffiziers. Kira betätigte eine Taste und wirkte noch ernster als vorher — sie ahnte, warum sich Odo meldete. »Wir hören.«

»Hier gibt es Verletzte! Haben Sie den Doktor irgendwo gesehen?«

Um Himmels willen, dachte O'Brien, als er sein Bemühen fortsetzte, den Energiefluß umzuleiten. *Hoffentlich sind Keiko und Molly tatsächlich im Quartier geblieben. Wenn sie die Promenade aufgesucht haben ...*

Kira drehte sich zu Bashir um, doch der Arzt lief bereits zum Turbolift. »Bin unterwegs!« rief er über die Schulter hinweg. Die Bajoranerin schien sich jetzt zum erstenmal darüber zu freuen, daß er zur Crew der Raumstation gehörte.

Was kann er schon ausrichten? fuhr es O'Brien durch

den Sinn, und er rang mit Verzweiflung. Bashir war nur dazu imstande, die Schmerzen der Verwundeten zu lindern — er konnte nicht verhindern, daß alle Personen in Deep Space Nine den Cardassianern zum Opfer fielen. Früher oder später platzte eine andere Treibstoffleitung, dann noch eine, bis die ganze Station in Flammen aufging, bis sie wie ein neuer Stern am Himmel von Bajor erstrahlte.

Der Feind zeigte das gleiche Gebaren wie auf Setlik, nahm keine Rücksicht auf Kinder und Alte, tötete mit einer Erbarmungslosigkeit, die Männer wie Captain Maxwell und O'Brien zwang, ebenfalls zu Mördern zu werden. Miles dachte an Maxwell, der durch den Verlust seiner Familie an den Rand des Wahnsinns geraten war. Einige schreckliche Sekunden lang stellte er sich vor, daß Keiko und Molly ums Leben kamen. Wie leicht wäre es, Rache zu schwören und seinerseits zu töten und zu töten ...

Erneut wurde die Raumstation von einem Phaserstrahl getroffen, dann noch einmal.

O'Brien hielt sich an der Konsole fest und preßte die Lippen zusammen. Entschlossen vertrieb er Furcht und Verzweiflung aus seinem bewußten Selbst. Diesmal durften die Cardassianer nicht den Sieg erringen: Miles war bereit, mit bloßen Händen gegen sie zu kämpfen, um Keiko und Molly zu schützen.

Der Fähnrich wandte sich von seiner Konsole ab und taumelte durch die Zentrale. »Ich muß den primären Energiefluß stillegen«, teilte er Kira mit. »Sonst bleibt von der Promenade überhaupt nichts übrig.« Er erreichte die Öffnung im Boden und kletterte hinein. »Verdammte Cardis — diese Systeme sind gerade erst repariert worden.«

Im Spielkasino stieß Nog einen Schrei aus, als die Spirituosenpfützen hinter der Theke dem Feuer neue Nahrung gaben. Jake blieb still und dachte nach. Wenn die

Flammen zu den anderen Flaschen gelangten, würde der Brand das ganze Gebäude erfassen, und dann gab es keine Hoffnung mehr für Nogs Vater. Qualm wallte über den älteren Ferengi hinweg, als die Glut allmählich auf ihn zukroch. Eine Rauchvergiftung stellte derzeit die größte Gefahr für ihn dar.

Erneut flackerte das Licht, und dann verblaßte das Schimmern der Lampen. Nog und sein Vater verwandelten sich in vage Silhouetten vor einem Hintergrund, der zum größten Teil aus Flammen bestand.

So muß sich Dad gefühlt haben, dachte Jake. *Hilflos, dem Geschehen ausgeliefert. Aber er hat eine Möglichkeit gefunden, mit Rauch, Flammen und Furcht fertig zu werden, mich zu retten ...*

»Das Feuer darf sich nicht weiter ausbreiten!« rief er. »Gibt es hier manuelle Feuerlöscher oder ein Reservesystem?«

Der junge Ferengi schüttelte den Kopf.

»Was ist mit Wasser?«

Nog wimmerte und wich vor der Glut zurück.

»Was ist mit Wasser?« wiederholte Jake scharf und griff nach der Schulter des anderen Jungen.

Nog bewegte sich so plötzlich, daß es zunächst den Anschein hatte, als wollte er fliehen. Doch er hastete an den Flammen vorbei, verschwand kurz hinter der Theke und kehrte mit nassen Tüchern zurück. Eins reichte er seinem Vater, der es sich auf Mund und Nase preßte, und das zweite bekam Jake. Die beiden Jungen holten mit den Lappen aus, schlugen nach dem Feuer.

In der Ferne erklang das Donnern von Explosionen. Immer wieder zitterten Boden und Wände; es fiel Jake und Nog nicht leicht, auf den Beinen zu bleiben. Dennoch gelang es ihnen in nur einer Minute, die an der Theke züngelnden Flammen zu ersticken.

Augen und Hals des menschlichen Jungen brannten, aber der Erfolg erfüllte ihn mit Zufriedenheit. Er sah zu Nog, als der Ferengi noch einmal mit dem feuchten Tuch zuschlug. Schweißperlen rollten über das rußige Gesicht des Ferengi, vermischten sich mit Tränen, die aus den Augenwinkeln quollen. Rauch, Hitze, Adrenalin und Anstrengung kosteten sie beide viel Kraft, aber sie durften jetzt nicht ausruhen.

Der ältere Ferengi hielt sich das Tuch auch weiterhin vor Mund und Nase. Inzwischen schien er sich ein wenig beruhigt zu haben, doch in den glasigen Augen zeigte sich noch immer heftiger Schmerz. Jake verlangte andere Tücher, dick und trocken. Nog nickte und eilte zur Theke zurück.

Er ist soweit in Ordnung, dachte Jake. Nog mochte ein Dieb und manchmal auch feige sein, aber man konnte sich auf ihn verlassen, wenn es drauf ankam. Und eins stand fest: Er war alles andere als dumm.

Nog wankte durch den Rauch, gab Jake einen trockenen Lappen, nahm selbst einen und wickelte ihn um einen Teil des Geländers, unter dem sein Vater eingeklemmt lag. Siskos Sohn traf ähnliche Vorbereitungen und nickte dem jungen Ferengi zu, als er fertig war.

Jake spannte die Muskeln und zog mit seiner ganzen Kraft ...

Während er versuchte, das Geländer anzuheben, erinnerte er sich an Hranok. Der Bolianer hatte ihn damals besucht, wenn Dad keine Zeit für ihn erübrigen konnte, und er berichtete von den Ereignissen an Bord der *Saratoga.* Bestimmt fehlten gewisse Einzelheiten in seinen Schilderungen, aber seine Hinweise genügten, um vor Jakes innerem Auge klare Bilder entstehen zu lassen: Er sah, wie Dad versuchte, das Trümmerstück zu heben, aber es war zu schwer, viel zu schwer ...

Ihm gegenüber knirschte Nog mit den Zähnen und stöhnte leise, als er sich anstrengte.

Das Geländer geriet in Bewegung, hob sich ganz langsam, Millimeter um Millimeter. Nog ächzte erneut und mobilisierte alle seine Kraftreserven, zog noch mehr. Jake folgte seinem Beispiel und spürte dabei eine andere Art von Feuer — es brannte in seinen Muskeln. Aus den Millimetern wurde ein erster Zentimeter, dann ein zweiter.

Eine weitere Erschütterung ließ die Raumstation erbeben. Wie durch ein Wunder schaffte es Jake, die Balance zu wahren und das Geländer nicht loszulassen. Das Tuch schützte ihn vor einem direkten Kontakt mit dem heißen Metall, aber die Hitze durchdrang den Stoff allmählich ...

Wie schrecklich es für Dad gewesen sein mußte! Jake stellte sich vor, wie sein Vater mehrmals versuchte, das schwere Trümmerstück zu bewegen. Es war niemand da, der ihm helfen konnte, und schließlich blieb ihm nichts anderes übrig, als Mom zurückzulassen. Wenn Jake an seiner Stelle gewesen wäre ... Er hätte es nicht fertiggebracht, das Quartier zu verlassen. Doch Dad brachte genug Kraft auf, um zu gehen, um sich selbst *und seinen geliebten Sohn* in Sicherheit zu bringen ...

Jake schrie und zerrte an dem Geländer. Nog zog ebenfalls. Schließlich hob sich das heiße Metall weit genug, um es dem älteren Ferengi zu ermöglichen, darunter hervorzukriechen. Die beiden Jungen ließen gleichzeitig los und zuckten unwillkürlich zusammen, als das schwere Geländer mit lautem Krachen auf den Boden prallte.

»Wir müssen ihn stützen«, sagte Jake — und erlitt einen Hustenanfall. Er zwang sich, ruhig und gleichmäßig zu atmen, und gemeinsam mit Nog half er dem älteren Ferengi auf die Beine. Schmerz verzerrte das Gesicht von Nogs Vater, als ihn die beiden Jungen vorsichtig nach draußen geleiteten. Auf dem Gehsteig schnappte Jake erleichtert nach Luft.

Wie ein unsicheres sechsbeiniges Geschöpf wankten sie über die Promenade, in Richtung des zentralen Marktbereichs. An einigen Stellen deutete schwarzer Rauch auf erst vor kurzer Zeit gelöschte Feuer hin.

Nogs Vater sprach mit seinem Sohn, und Jake verstand kein einziges Wort, hörte nur ein rhythmisches Zischen und Fauchen.

Sie erreichten die auf dem Marktplatz versammelte Menge, als der menschliche Junge schließlich den Mut fand zu fragen: »Was hat dein Vater gesagt?«

Nog kniff andeutungsweise die Augen zusammen. »Er meinte, du hättest ein sehr schlechtes Beispiel für mich geboten, Menn-sch. Seiner Ansicht nach ist es sehr dumm von uns gewesen, daß wir unser Leben riskierten, um ihn zu retten. Kein Ferengi, der etwas auf sich hält, würde sich auf diese Weise verhalten.«

Jake rollte mit den Augen und seufzte voller Abscheu.

Nog fletschte die krummen und spitzen Zähne — vielleicht ein Lächeln, vielleicht eine Grimasse. »Abgesehen davon bedankt er sich bei dir.«

Jake schmunzelte, sah den erwachsenen Ferengi an und sagte: »Gern geschehen.«

Die beiden Worte verloren sich in neuerlichem Donnern, als die Raumstation getroffen wurde.

»Molly!« rief Keiko. Um sie herum herrschte ein dichtes Gedränge aus Leuten, die vor dem Feuer flohen. Im Bereich der geplatzten Treibstoffleitung wuchsen die Flammen, und sie spürte die von ihnen ausgehende Hitze im Gesicht. Verzweifelt hielt sie nach Molly Ausschau, aber das Mädchen blieb verschwunden. Panik erfaßte Keiko, als sie sich vorstellte, wie Dutzende von Flüchtlingen achtlos über ihre kleine Tochter hinwegtraten, wie der zarte Leib von Stiefeln zermalmt wurde ... »O Gott! *Molly!*«

Es ist alles deine Schuld. Du hättest Miles nicht dazu überreden sollen, die Beförderung zu akzeptieren ...

Hör auf damit. Beruhig dich. Wenn Molly verletzt ist, so liegt sie weiter hinten, näher beim Feuer.

Keiko bahnte sich einen Weg durch die Menge, und schließlich blieb das Gros der Fliehenden hinter ihr zurück. Bajoranische Feuerwehrleute hatten inzwischen begonnen, den Brand mit tragbaren Löschgeräten unter Kontrolle zu bringen. Offenbar waren auch die automatischen Löschsysteme beschädigt worden.

»Haben Sie ein kleines Mädchen gesehen?« rief Keiko. »Ein kleines menschliches Mädchen?« Doch die Aufmerksamkeit der Bajoraner galt allein dem Feuer. Nur einer von ihnen schien die Frau zu hören und zuckte kurz mit den Achseln.

Keiko blickte nach rechts und links — weit und breit keine Molly. Wenn das Kind tatsächlich gefallen und unter die Füße der Fliehenden geraten war, so hätte die Leiche hier liegen müssen.

Denk nicht daran, forderte sich Keiko auf. *Denk gar nicht erst daran.*

Sie wischte sich Tränen aus den Augen und eilte zu einer Gruppe, die sich einige Dutzend Meter entfernt gebildet hatte.

»Molly?« rief Keiko, als sie ihr Ziel erreichte. Viele Lichtjahre schienen sie jetzt von der Niedergeschlagenheit und dem Selbstmitleid des Morgens zu trennen. Jene Empfindungen waren absurd und lächerlich angesichts der Gefahr, die Tochter zu verlieren. »Hat jemand ein kleines Mädchen gesehen? Ein zwei Jahre altes terranisches Mädchen?«

Die meisten Leute blieben zu sehr im Gespinst ihrer Furcht gefangen, um Keiko zu hören. Doch einige andere — überwiegend Bajoraner — drehten sich um, und ihre Gesichter zeigten Anteilnahme. Ein junger Mann öffnete den Mund, um etwas zu sagen, doch eine neuerliche Explosion übertönte seine Stimme.

Keiko verlor das Gleichgewicht und fiel. Nach den heftigen Erschütterungen versuchte sie nicht, wieder aufzustehen, spähte statt dessen durch den Wald aus Beinen — vielleicht fand sie Molly, wenn sie sich eine kindliche Perspektive zu eigen machte.

Eine ausgestreckte Hand veranlaßte sie, nach oben zu sehen.

Constable Odo stand vor ihr. Der Ausdruck seines irgendwie *flachen* Gesichts ließ sich kaum deuten — durch fehlende Brauen und Lippen wirkte es wie eine Maske —, aber Keiko glaubte, Besorgnis in den Augen zu er«nnen.

»Sind Sie verletzt?« fragte der Gestaltwandler. Er sprach in einem schroffen, wie gleichgültigen Tonfall — womit er vermutlich über seine wahren Empfindungen hinwegtäuschen wollte. Keiko griff nach der ihr dargebotenen Hand und stellte erstaunt fest, daß sie sich ganz normal anfühlte. Odo half ihr auf.

»Nein«, antwortete sie und versuchte, das Zittern aus ihrer Stimme zu verbannen. »Aber meine kleine Tochter Molly... Ich kann sie nirgends finden. Wir wurden im Chaos nach der Explosion voneinander getrennt.« Sie drehte den Kopf von einer Seite zur anderen, während sie diese Worte formulierte, hielt erneut Ausschau.

»Nun, bestimmt ist sie nicht sehr weit gekommen«, erwiderte Odo ungeduldig. Er erweckte den Anschein, dieses Problem so schnell wie möglich lösen zu wollen, um anschließend seine Runde fortzusetzen. Der Constable folgte ihrem Blick und rief einige Worte auf Bajoranisch. Die Leute verstummten sofort und hörten Odo aufmerksam zu, als er sich nach Molly erkundigte.

Als der Wortschwall versiegte, ging ein Murmeln durch die Menge. Ganz hinten rief eine Frau etwas, und unmittelbar darauf vernahm Keiko eine dünne, vertraute Stimme. Hoffnungsvoll trat sie vor, und wenige Sekunden später sah sie Molly: Das Mädchen wand sich hin und her, als bajoranische Hände es hochhoben und weiterreichten.

»Molly!« rief Keiko. Jetzt versuchte sie gar nicht mehr, die Tränen zurückzuhalten, als sie sich zu Odo umdrehte, der bereits weitergehen wollte. Rasch griff sie nach seinem Arm. »O Constable, ich *danke* Ihnen!«

Die Züge des Gestaltwandlers veränderten sich ein wenig, offenbarten fast so etwas wie Abscheu, als er

Keikos Hand beiseite schob. »Ich *bitte* Sie, Madam. Wir dürfen keine Zeit vergeuden.« Er trat fort, und schon nach wenigen Schritten eilte einer der bajoranischen Feuerwehrmänner auf ihn zu, teilte ihm etwas mit.

»Danke«, wiederholte Keiko leise und hastete durch die Menge zu ihrer Tochter.

In der Promenade flackerten die Lampen ein letztes Mal und erloschen dann. Weitere Explosionen krachten in der Ferne.

Odo kniete neben einer bewußtlosen Bajoranerin, und Furcht verdichtete sich in ihm. Sie betraf nicht ihn selbst — er hatte keine Angst davor, durch cardassianische Gewalt den Tod zu finden, denn diese Möglichkeit bestand seit vielen Jahren, seit er bei den Bajoranern aufgewachsen war. Aber jetzt fühlte er sich zum erstenmal in seinem Leben völlig hilflos. Funktion und Struktur des humanoiden Körpers blieben ihm ein Rätsel; gerade deshalb fiel es ihm so schwer, entsprechende Gestalt anzunehmen. Er wußte nicht, wie man einen verletzten Humanoiden behandelte — einer der Gründe dafür, warum er Waffen in der Promenade verboten hatte.

Die Verwundete bewegte sich und stöhnte leise. Sie war jung und attraktiv, gehörte zu den Ladeninhabern. Odo kannte sie gut genug, um ihr bei jeder Begegnung einen Gruß zuzunicken. Die Druckwelle der letzten Explosion hatte die Schaufensterscheibe ihres Geschäfts zerfetzt, und die Frau war von einigen Splittern am Hals getroffen worden: Blut strömte aus der Wunde, sammelte sich neben dem Kopf zu einer immer größer werdenden Lache an.

Die Namenlose verblutete, und Odo wußte nicht, wie er es verhindern sollte.

Nach einigen Sekunden seufzte die Verletzte leise, öffnete die Augen und sah furchtsam zu ihm auf.

»Es ist alles in Ordnung«, sagte der Gestaltwandler

sanft auf Bajoranisch. »Seien Sie unbesorgt. Der Arzt trifft gleich ein.«

Die Lippen der Frau zitterten, aber sie brachte keinen Ton hervor. Odo hörte nur rasselnden Atem. Verwirrung und Benommenheit trübten den Blick; kurz darauf sanken die Lider herab.

Odo glaubte, *irgend etwas* unternehmen zu müssen. Er preßte die Hand auf die Wunde, schauderte, als ihm warmes, klebriges Blut über die Finger rann und er einen übelkeiterregenden metallisch-organischen Geruch wahrnahm. Schwindel erfaßte ihn, und er holte tief Luft, schloß ebenfalls die Augen.

Er öffnete sie wieder, als er eine Bewegung spürte. Zum erstenmal seit Bashirs Ankunft in der Station freute sich Odo, ihn zu sehen.

Der Doktor kniete ebenfalls neben der Frau und untersuchte sie mit einem medizinischen Tricorder, gab dabei routiniertes Geschick zu erkennen. Profunde Erleichterung durchströmte Odo.

Bashir betrachtete die Anzeigen des kleinen Gerätes, legte es beiseite und griff jäh nach Odos Hand.

Aus einem Reflex heraus wich der Sicherheitsoffizier zurück, aber der Arzt duldete jetzt keinen Widerstand und führte die Finger des Gestaltwandlers zu einer ganz bestimmten Stelle am Hals der Frau.

»Drücken Sie hier«, sagte er scharf. »Und zwar *fest.*«

Odo kam der Aufforderung nach, drückte fest zu und stellte entsetzt fest, daß er eine dicke Ader der Verletzten berührte, im *Innern* der Wunde. Neuerliche Übelkeit regte sich in ihm. »Hören Sie, Doktor, Sie sollten sich besser von jemand anders helfen lassen ...« Er wollte sich erheben.

Bashir hielt ihn fest. *»Drücken Sie auf die Ader«*, sagte er, und in seiner Stimme erklang dabei eine Autorität, die sich durchaus mit der von Major Kira vergleichen ließ.

Odo blinzelte verblüfft, riß sich zusammen und

drückte noch fester. Es floß kein Blut mehr aus der Wunde, und dadurch bekam Bashir Zeit genug, seiner Medo-Tasche einen chirurgischen Laser zu entnehmen. Mit der freien Hand stützte er den Kopf der Frau und beugte sich über sie, setzte den Laser an und arbeitete mit einer Konzentration, die Odo zutiefst beeindruckte.

Er drückte noch immer auf die Ader, regte sich nicht und bewunderte Bashirs Kompetenz, als die Lampen plötzlich wieder leuchteten.

»Das sollte genügen«, meinte O'Brien und kletterte nach oben, als Deep Space Nine einen weiteren Treffer hinnehmen mußte. Er rutschte zur Seite und hätte fast das Gleichgewicht verloren. In letzter Sekunde gelang es ihm, sich am Rand der Öffnung festzuhalten, und in dieser Haltung wartete er, bis die schlimmsten Vibrationen vorbei waren. Dann zog er sich schnell hoch, eilte zu seiner Konsole und rechnete jeden Augenblick mit neuen Erschütterungen.

»Die Kapazität der Schilde ist auf achtzehn Prozent gesunken und nimmt weiter ab«, sagte Dax so ruhig, als beträfe sie die ganze Sache gar nicht.

Kira schloß die Hände so fest um eine Kante ihres Pults, als wollte sie die Finger ins Metall bohren. Sie starrte zum Wandschirm und beobachtete die Kriegsschiffe, dachte voller Zorn daran, daß es ein Fehler gewesen war, den Propheten und ihren Träumen zu vertrauen. Ihr ganzes Leben lang hatte sie gegen den Feind gekämpft, und nun bahnte sich eine endgültige Niederlage an.

Eine persönliche Niederlage, die auch das Schicksal ihres Volkes besiegelte.

O'Brien schien ihre Verzweiflung zu erahnen, denn er sagte: »Vielleicht bin ich imstande, Ihnen noch eine Phaser-Salve zu ermöglichen, Major.«

Kira ließ die Konsole los und stand, ohne sich abzustützen. »Nein«, sagte sie ruhig und ignorierte den

Schmerz in ihrer Seele. Eine Fortsetzung des Kampfes hatte keinen Sinn mehr. Sie konnten jetzt nur noch ehrenvoll sterben, ohne Furcht. »Teilen Sie dem Kommandanten des cardassianischen Flaggschiffs mit, daß wir bereit sind ...«

»Major!« entfuhr es Dax. In ihrer sonst immer gelassenen Stimme erklang unüberhörbare Aufregung. »Die Sensoren registrieren Neutrino-Turbulenzen fünfzehn Kilometer vor den bugwärtigen Andockmodulen.« Sie sah zu Kira und lächelte strahlend. »Das Wurmloch!«

Kira holte zischend Luft, und irgendwie gelang es ihr, beim Einatmen zu sprechen. »Auf den Schirm.«

Im All glitzerte es bunt. *Der Himmelstempel,* dachte Kira, und sie glaubte, nie etwas Schöneres gesehen zu haben. Sie erwiderte das Lächeln des wissenschaftlichen Offiziers — in Dax' Gesicht zeigte sich reflektierter Glanz, und dadurch bekamen ihre Züge etwas Glückseliges — und blickte dann wieder zum Projektionsfeld.

Der winzige Flitzer erschien im Wurmloch, gefolgt von einem riesigen, mindestens fünfzigmal so großen cardassianischen Raumschiff.

Siskos laute, triumphierende Stimme drang aus dem Lautsprecher der externen Kommunikation. »*Rio Grande* an Deep Space Nine.«

Kira fühlte sich den Tränen nahe — und einen Sekundenbruchteil später verfluchte sie diese Schwäche. »Auf den Schirm«, sagte sie noch einmal und versuchte, ernst und grimmig zu wirken, als das Projektionsfeld den unverletzten Commander präsentierte. Sein Schmunzeln bewirkte eine automatische Reaktion: Kiras Lippen deuteten ebenfalls ein Lächeln an. »Commander ...«

»Die Verspätung tut mir leid«, sagte Sisko mit gespielter Beiläufigkeit. In seinen Augen funkelte es amüsiert. »Ich wußte nicht, daß wir Besuch bekommen. Bitte um Zuweisung eines Landebereichs.«

»Aye, Sir«, erwiderte O'Brien und grinste. »Sie bekommen Landebereich C, Sir.«

Danke, dachte Kira, und es war ihr völlig gleich, welchen Entitäten ihre Dankbarkeit gebührte. *Danke ...*

Und dann lachte sie, als ihr klar wurde: Die Cardassianer hatten das Feuer eingestellt.

Sisko passierte die Luftschleuse, betrat den Gehsteig der Promenade und fühlte sich wie neugeboren. Zum erstenmal seit drei Jahren belastete ihn kein Kummer mehr; endlich konnte er den Blick von der Vergangenheit abwenden und in die Zukunft richten. Er begriff, daß er Jake mit seinen Depressionen geschadet hatte, doch das würde sich jetzt ändern. Von nun an konnte die Beziehung zwischen Vater und Sohn nur besser werden.

Er wußte, was er wollte — der dichte Nebel aus Schuld und Selbstmitleid hatte sich verzogen, gewährte ihm endlich klare Sicht. Er wünschte sich, in Deep Space Nine zu bleiben, den Bajoranern auch weiterhin zu helfen. Etwas verband ihn mit jenem Volk: Ebenso wie er bekam es eine zweite Chance, die Möglichkeit, noch einmal von vorn zu beginnen.

Doch die Entscheidung, das Angebot der Universität Vasteras abzulehnen, konnte er nicht allein treffen. Er mußte mit Jake darüber reden, die Gefühle des Jungen berücksichtigen ...

Sisko wandte seine Aufmerksamkeit der Promenade zu. Die Fassade eines Geschäfts war stark beschädigt worden, und er sah auch jene Stelle, wo aufgrund einer geplatzten Treibstoffleitung Flammen gelodert hatten. Dutzende von Personen bemühten sich dort, Schutt beiseite zu räumen und Ordnung zu schaffen. Nicht weit entfernt hockten Odo und Bashir neben einer verletzten Bajoranerin und sprachen so freundlich miteinander, daß Sisko erstaunt die Brauen wölbte.

»Dad!« Jake lief ihm entgegen, warf sich mit solcher Wucht in die Arme seines Vaters, daß Sisko zurücktaumelte. Er fand das Gleichgewicht wieder, drückte den

Jungen fest an sich und fand es herrlich, wieder mit ihm zusammenzusein.

»Dad ...«, stieß Jake hervor. Er klammerte sich regelrecht fest, so als wollte er nie wieder loslassen. »Ich hatte solche Angst, daß du ... nicht zurückkehrst.«

»Es ist alles in Ordnung«, erwiderte Sisko und strich dem Jungen übers Haar. »Es ist alles in Ordnung. Jetzt bin ich wieder hier.« Er umarmte seinen Sohn, bis er spürte, daß sich der Junge entspannte. Daraufhin schob er Jake ein wenig von sich fort und musterte ihn. »Lieber Himmel ...« Er schnupperte. »Du riechst nach Rauch! Bist du verletzt?«

»Nein, keine Sorge. Im Spielkasino brach ein Feuer aus, und wir haben's gelöscht.« Jake lächelte schief, und plötzlicher Enthusiasmus brachte Bewegung in sein rußiges Gesicht. »Von Odo erfuhr ich, daß du mit dem Flitzer im Wurmloch verschwunden bist. Ich war so verzweifelt, und doch ... Tief in meinem Innern wußte ich die ganze Zeit, daß du zurückkommen würdest. Meine Güte, du hättest sehen sollen, wie's hier bei uns zuging. Eine Zeitlang sah's wirklich finster aus. Die Cardassianer schossen auf uns, und die ganze Promenade bebte, aber Nog und ich haben das Feuer gelöscht, und außerdem retteten wir seinem Vater das Leben, er lag unter dem Geländer eingezwängt, ja, er hat sich das Bein gebrochen, aber das ist halb so schlimm, meint Dr. Bashir, und ...«

»He, langsam, langsam«, unterbrach Sisko den Redefluß seines Sohns. Er ging in die Hocke und sah ihm in die Augen. »Du und *Nog?*«

»Ja. Eigentlich ist er gar kein übler Kerl, für einen Ferengi, meine ich. Er bekam's echt mit der Angst zu tun, als die Cardassianer auf uns schossen — er haßt sie —, und ich schwöre dir, daß ich nichts gestohlen habe, ganz gleich, was die Leute behaupten. Und dann kam es zu einer besonders schlimmen Explosion, und es brannte ein ziemlich großes Feuer, und Nogs Vater wurde verletzt, aber ich glaube, es ist nichts Ernstes.« Jake unterbrach sich, als ihm etwas einfiel. »Wie geht es *dir*, Dad? Was geschah dort draußen?«

»Mir ging es nie besser«, antwortete Sisko sanft und richtete sich auf. »Ich erzähle dir alles, wenn wir in unserem Quartier sind. Vielleicht sollten wir uns dann auch über deinen Ferengi-Freund und die Sache mit dem, äh, Ich-habe-nichts-gestohlen unterhalten. Doch zuerst muß ich noch einige Dinge erledigen.« Er legte Jake den Arm um die Schultern, und gemeinsam gingen sie zu Odo und Bashir. Die verwundete Bajoranerin lächelte, als sie Sisko erkannte.

»Wie ist die Lage?« fragte der Commander.

Bashir sah auf, wirkte ernst, selbstbewußt und zuversichtlich. Er schien Jahrzehnte älter zu sein als jener junge Arzt, der vor kurzer Zeit die Krankenstation von Deep Space Nine übernommen hatte. »Dreizehn Verletzte, Sir. Niemand in Lebensgefahr.« Odo hörte dem Doktor aufmerksam zu, und seine Haltung brachte dabei Respekt zum Ausdruck.

Sisko nickte und schritt mit Jake zum nächsten Turbolift. »Heute abend müssen wir eine wichtige Angelegenheit besprechen«, sagte er zu dem Jungen. »Du mußt mir dabei helfen, eine Entscheidung zu treffen. Es geht dabei um folgendes: Man hat mir einen Lehrstuhl angeboten, an einer Universität.«

»Universität?« wiederholte Jake und rümpfte die Nase. »Soll das heißen, du wärst eine Art Lehrer?«

»Ja.«

»Nun ... Möchtest du das, Dad? Es klingt nicht sehr aufregend.«

Sisko holte tief Luft und versuchte, in einem möglichst neutralen Tonfall zu sprechen. »Das Angebot kommt von der Universität Vasteras, Jake. Auf der Erde.«

Er erwartete einen heftigen Gefühlsausbruch, rechnete halb damit, daß ihm sein Sohn erneut entgegensprang. Statt dessen runzelte er die Stirn, sah durch die offene Tür des Turbolifts und beobachtete, wie Decks vorbeihuschten. »Oh«, sagte er schließlich, und es klang enttäuscht.

»Ich dachte, du freust dich darüber«, meinte Sisko.

»Nun ...« Jake zögerte, bevor er die schmalen Schultern straffte. Er erweckte den Eindruck, als würde er Kraft sammeln, um mit einer unangenehmen Aufgabe fertig zu werden. Als er fortfuhr, vermittelten Tonfall und Worte eine erstaunliche Reife, die Stolz in Sisko weckte. »Wenn du dir so etwas wünschst, so freue ich mich für dich, Dad. Weißt du ... es ist mir gleich, wo wir leben. Ich möchte nur, daß du mit deiner Arbeit zufrieden bist.«

Sisko hörte ein kaum merkliches Vibrieren in der Stimme des Knaben. »Aber ...?«

Jake ließ den Kopf hängen, starrte zu Boden. »Ich würde Nog nie wiedersehen.« Er sah auf und begegnete dem Blick seines Vaters. »Ich meine, ich hatte kaum Gelegenheit, ihn richtig kennenzulernen.« Hastig fügte er hinzu: »Aber natürlich erhebe ich keine Einwände, wenn du zur Erde möchtest.«

Sisko lächelte behutsam und klopfte seinem Sohn auf die Schulter. »Ich glaube, ich kann dir Zeit genug geben, um Nog noch etwas besser kennenzulernen.«

Der Turbolift hielt auf dem Deck der Zentrale.

Als Vater und Sohn aus der Transportkapsel traten, rief Dax: »Die Cardassianer möchten mit dir sprechen, Benjamin.«

Sisko ließ Jake los und ging zu Kira, die ihn mit einem Schmunzeln begrüßte. »Auf den Schirm«, sagte er.

Gul Jasad und Dukat erschienen im Projektionsfeld.

Sisko begrüßte sie mit einem knappen Nicken. »Ich gratulieren Ihnen zur Rückkehr, Gul Dukat.«

»Commander ...« Dukat zeigte weiße Zähne. »Es freut mich, daß wir Sie sicher zur Raumstation eskortieren konnten.«

Sisko wechselte einen amüsierten Blick mit Kira. »Meine Herren ...«, sagte er förmlich. »Es ist mir gelungen, einen Kontakt mit jenen Lebensformen herzustellen, die das Wurmloch schufen.«

Jasad beugte sich vor, und vermutlich verriet er dadurch mehr Interesse, als er eigentlich beabsichtigte. »Ich biete Ihnen hiermit an, als Vermittler zwischen uns tätig zu werden.«

Sisko ignorierte diese Bemerkung. »Die Entitäten erlauben uns, das Wurmloch für die Erforschung des Gamma-Quadranten zu benutzen.«

Jasad lehnte sich wieder zurück, hob den Kopf und sagte in einem drohenden Tonfall: »Ich muß auf folgendes hinweisen: Das Phänomen befindet sich in einem Gebiet, das sechzig Jahre lang zum cardassianischen Reich gehörte, und deshalb ...«

Sisko unterbrach ihn. »*Ich* habe eine Vereinbarung mit den Fremden getroffen, und zwar *im Namen des Planeten Bajor.*« Aus den Augenwinkeln sah er, wie Kira ruckartig den Kopf drehte und ihn anstarrte. »Allein in diesem Zusammenhang ist der Transfer gestattet. Wer sich nicht an die Übereinkunft hält, wird sich irgendwo zwischen hier und dem Gamma-Quadranten im Nichts wiederfinden, ohne eine Möglichkeit, hierher zurückzukehren. Falls Sie mir nicht glauben ... Fliegen Sie ins Wurmloch und überzeugen Sie sich selbst.«

Stille folgte, während die Cardassianer finstere Blicke auf den Commander richteten. »Wer *sind* die Fremden?« fragte Dukat mit unüberhörbarem Ärger.

Sisko öffnete den Mund, um mit einer langen Erklärung zu beginnen. Doch dann lächelte er dünn, als ihm eine wesentlich einfachere Antwort einfiel. »Die Propheten des Himmelstempels.«

Er drehte sich halb um und stellte fest, daß ihn Kira mit sprachlosem Staunen musterte.

»Guten Morgen«, sagte Jean-Luc Picard freundlich, doch sein Gebaren verriet einen Hauch Unsicherheit, als er in der Tür des Büros verharrte.

Sisko sah vom Kom-Monitor auf — er hatte gerade ein Gespräch mit Opaka beendet — und erhob sich. »Captain ...«

Er streckte die Hand aus und trat auf Picard zu. Diesmal roch er keinen Rauch, und er hörte auch keine Schreie. Das Gedächtnis verzichtete darauf, vor dem inneren Auge ein Schreckensbild zu malen, das einen rot glühenden visuellen Sensor zeigte, einen entsetzlichen Hybriden aus Haut und Metall. Er sah jetzt nur einen Mann, einen Menschen aus Fleisch und Blut, jemanden, der bei den Borg unvorstellbares Grauen erlebt hatte.

Sisko vergaß seinen eigenen Schmerz, dachte an Picards Leid und schämte sich für sein früheres Verhalten. Er war damit nicht imstande gewesen, den Kummer in seinem Innern zu lindern, verstärkte nur den des Captains. Betroffen fragte er sich, welche Wunden er mit unvorsichtigen Worten aufgerissen hatte. Er wollte sich entschuldigen, alles erklären, doch irgend etwas veranlaßte ihn, auch weiterhin zu schweigen.

Mit besonderer Festigkeit ergriff er Picards Hand, begrüßte ihn wie einen alten Freund. Der Captain erwiderte den Druck, und die plötzliche Herzlichkeit des Commanders schien ihn zu erstaunen. Er kniff ein wenig die Augen zusammen und musterte ihn.

Verzeihen Sie mir, wollte Sisko sagen, doch die Worte blieben ihm im Hals stecken. Statt dessen lächelte er andeutungsweise.

Picard erwiderte das Lächeln vorsichtig und auf eine Weise, in der Sisko Dankbarkeit zu erkennen glaubte.

Er ließ die Hand des Captains los und bedeutete ihm, Platz zu nehmen. Picard setzte sich, und Sisko kehrte zum Sessel hinterm Schreibtisch zurück.

Der Besucher sprach zuerst. »Nun, Commander... Offenbar trägt Ihre Versetzung nach Deep Space Nine bereits erste Früchte. Ich würde gern wissen, wie es Ihnen gelungen ist, das Wurmloch zu lokalisieren.«

Sisko schmunzelte und erzählte davon. Er erwähnte Kai Opaka, die Lade und ihren Inhalt. Er schilderte, wie Dax die bajoranische Mythologie analysiert hatte, um Anhaltspunkte zu finden. Er sprach vom Himmelstempel und dem cardassianischen Angriff, von Kiras und O'Briens tapferen Bemühungen, ihn zu retten und die Raumstation vor der Vernichtung zu bewahren.

Picard hörte mit großem Interesse zu und nickte zustimmend, als Sisko die beiden Offiziere lobte und darauf hinwies, daß sich durch die Präsenz des Wurmlochs positive Konsequenzen für die bajoranische Ökonomie ergaben.

»Darüber hinaus haben die Cardassianer deutlich ihre Kooperationsbereitschaft zum Ausdruck gebracht«, beendete Sisko den Vortrag. Verlegenheit regte sich in ihm, als er begriff, daß er ebenso schwatzhaft war wie Jake beim Wiedersehen mit seinem Vater. »Ich schätze, derzeit haben wir nichts mehr von ihnen zu befürchten.«

Picard lächelte und hob die Hand so zum Kinn, daß der Zeigefinger über die Wange reichte. Der Enthusiasmus des Commanders schien ihn zu amüsieren. »Allem Anschein nach haben Sie Bajor zu einem Namen verholfen. Ich nehme an, dieses Sonnensystem wird innerhalb kurzer Zeit zu einem Handels- und Forschungszentrum.« Er verlagerte das Gewicht im Sessel und beugte sich vor. »Und eine sehr wichtige Basis für Starfleet.«

»Captain ...«, sagte Sisko und suchte nach geeigneten Worten. Als er zögerte, richtete Picard einen neugierigen Blick auf ihn. »Wir haben darüber gesprochen, mich hier durch jemand anders zu ersetzen ...«

»Bisher hatte ich leider noch keine Gelegenheit, Ihre Anfrage an Starfleet Command weiterzuleiten«, entgegnete Picard mit steinerner, undeutbarer Miene.

Sisko entspannte sich erleichtert. »Inzwischen habe ich es mir anders überlegt, Sir.«

Picard neigte den Kopf zur Seite und musterte den Commander skeptisch. »Ich weiß nicht, ob ich in der Lage bin, das Versetzungsgesuch einfach zu vergessen. Sind Sie ganz sicher, daß Sie hierbleiben möchten? Wir können uns keinen Kommandanten in Deep Space Nine leisten, der sich an einen anderen Ort wünscht.«

»Ja, ich bin ganz sicher, Sir«, bestätigte Sisko mit fester Stimme.

Picards Blick verharrte noch eine Zeitlang auf ihm. Dann stand der Captain auf und streckte die Hand über den Schreibtisch. »Viel Glück, Sisko.«

»Das wünsche ich *Ihnen,* Sir«, betonte der Commander, als er die Hand schüttelte. Picard blinzelte überrascht, und eine Sekunde später veränderte sich sein Gesichtsausdruck, wurde ernster. Sisko zweifelte nicht daran, daß ihn der Captain verstand.

»Danke«, sagte Picard leise.

KAPITEL 12

Keiko hatte es sich auf dem üppig gepolsterten cardassianischen Sofa im Quartier bequem gemacht und beobachtete, wie ihr Mann mit Molly spielte. Miles lag auf dem Boden und hob das Mädchen hoch, schaukelte es hin und her, bis es begeistert lachte. Es war spät, und eigentlich sollte Molly schon seit Stunden schlafen, aber Keiko brachte es einfach nicht fertig, sie zu Bett zu bringen. Das Kind offenbarte überhaupt keine Anzeichen von Müdigkeit, und was die Eltern betraf ... Trotz der emotionalen und physischen Erschöpfung mochte es noch Stunden dauern, bis sie genug innere Ruhe fanden, um endlich zu schlafen.

Es fiel Keiko nach wie vor schwer, Abstand zu den Ereignissen des vergangenen Nachmittags zu gewinnen. Sie brauchte nur die Augen zu schließen, um Flammen und Rauch zu sehen, die Panik der Fliehenden zu spüren und zu erleben, wie die Menge Mutter und Tochter voneinander trennte. Es waren schreckliche Erinnerungen, aber Keiko hoffte trotzdem, daß sie frisch blieben und nichts von ihrer Deutlichkeit verloren. Sie wollte nie vergessen, was die Furcht sie gelehrt hatte.

Sie entsann sich nun ... Als sie Molly wiederfand und in die Arme schloß, reduzierte sich alles in ihrem Leben auf den zentralen Kern. Die letzten Phaserstrahlen der Cardassianer schienen plötzlich gar keine Rolle mehr zu spielen. Die Promenade verwandelte sich in einen metaphorischen Schmelztiegel, in dem Komplexes zu Einfachem schmolz, der die Dinge auf ihre wahre Bedeutung zurückführte und ihnen den Ballast des Unwichtigen nahm.

Sie liebte Miles. Sie liebte ihre Tochter. Aber sie waren Menschen und daher sterblich; irgendwann würde der Tod sie voneinander trennen. Dabei handelte es sich um eine Tatsache, auf die sie keinen Einfluß hatte.

Ganz anders sah es mit ihrem eigenen Glück aus. Sie konnte es genießen und verhindern, daß Selbstmitleid die Freude an der Gesellschaft von Miles und Molly trübte.

Sie waren angeschlagen, aber im großen und ganzen unverletzt von der Promenade heimgekehrt, und erstaunlicherweise wirkte das Quartier nicht mehr annähernd so düster wie vorher. Es weckte Zuversicht, schien voller Möglichkeiten zu sein. Später kam Miles vom Dienst und erzählte alles. Anschließend hielten sie sich für lange, lange Zeit umarmt.

Keiko lehnte sich nun auf dem Sofa zurück, beobachtete Vater und Tochter — die ihr Spiel fortsetzten, während jenseits des Fensters Sterne schimmerten — und hoffte, daß die Dankbarkeit nie nachließ.

Die Niedergeschlagenheit am Morgen erschien ihr nun dumm und töricht. An Bord der *Enterprise* hatte sie sich häufig schuldig gefühlt, weil sie immer arbeiten mußte und nur wenig Zeit für Molly erübrigen konnte. Hier sah die Sache anders aus. Endlich konnte sie sich ohne Einschränkungen ihrer Tochter widmen und jene botanischen Fachzeitschriften lesen, die sich im Lauf der Zeit angesammelt hatten. Damit noch nicht genug: Es gab die Möglichkeit, mit Hilfe von Kom-Verbindungen und per Holo an wissenschaftlichen Kursen oder Symposien teilzunehmen.

»Ich habe nachgedacht ...«, begann Keiko leise.

Miles ließ Molly auf seine Brust sinken und gab ihr einen dicken Kuß. Das Mädchen quiekte, streckte die Hand aus und griff nach den goldbraunen Locken des Vaters.

»Au!« Miles schnitt eine Grimasse und schob die Hand behutsam fort. »Molly, Schatz ... Du weißt gar nicht, wie stark du bist! Vielleicht wirst du später mal Weltmeisterin im Ringen!« Er wandte sich lächelnd an seine Frau. »Worüber hast du nachgedacht, Liebling?«

»Vielleicht sollte ich hier in der Station mit einem botanischen Forschungsprojekt beginnen. Das benötigte Material könnte ich mir schicken lassen ...«

»Dabei ergeben sich bestimmt keine Probleme. Das Wurmloch sorgt bestimmt dafür, daß viele Shuttles hierherkommen.« Er setzte sich auf, mit Molly im Schoß.

»Natürlich muß ich Commander Sisko um Erlaubnis bitten.«

»Er hat sicher nichts dagegen.«

Keiko seufzte, als sie sich an Jake Sisko und den Ferengi-Jungen in der Promenade erinnerte.

»Stimmt was nicht?« fragte Miles besorgt.

»Ach, weißt du, wenn ich an Commander Siskos Sohn denke ... Wir sind uns in der Promenade begegnet. Ich wünschte, ich könnte ihm helfen. Er wirkte so einsam.«

»Das überrascht mich kaum. Ohne Altersgenossen und mit nur einem Elternteil hat es ein Junge hier in der Station sicher nicht leicht.« Miles blickte auf seinen Schoß hinab und senkte die Stimme. »Oh, sieh nur.«

Molly schlief, und in ihrer Stirn zeigten sich dünne Falten — dadurch erweckte sie den Eindruck, konzentriert über etwas nachzudenken. Die rosaroten Lippen waren geteilt. Miles hob sie vorsichtig hoch, reichte sie der Mutter und stand auf.

Keiko trug das Mädchen ins Nebenzimmer und legte es ins kleine, von der *Enterprise* stammende Bett. Miles folgte ihr, und eine Zeitlang standen sie stumm nebeneinander, beobachteten ihre schlummernde Tochter.

»Als die Cardassianer das Feuer eröffneten ...«, flüsterte O'Brien nach einer Weile und legte seiner Frau die

Hand auf die Schulter »Ich hatte solche Angst um euch.«

»Jetzt sind wir in Sicherheit«, antwortete Keiko leise und wandte sich ihm zu.

»Ich bedauerte es zutiefst, euch hierhergebracht zu haben«, fuhr Miles fort. »Ich glaubte, für alles verantwortlich zu sein ...«

»War es schlimmer als damals an Bord der *Enterprise,* als wir es mit den Borg zu tun bekamen?« fragte Keiko sanft.

Miles zögerte und überlegte. »Es grenzte an ein Wunder, daß wir mit dem Leben davonkamen. Viele starben.«

»Wir hatten Glück. Ebenso wie heute. Schuld und Verantwortung spielen in diesem Zusammenhang überhaupt keine Rolle. Wir sollten einfach nur dankbar sein. Ich bin froh, daß wir hier sind, zusammen.«

»Ich auch.« Miles umarmte seine Frau.

Keiko schmunzelte im Halbdunkel und schlang ihm den Arm um die Taille. »Komm, laß uns zu Bett gehen.«

Sisko beamte sich auf den Planeten und nahm dabei einen Behälter mit, in dem ein ganz besonderer Gegenstand ruhte. Als er diesmal durch die Straßen wanderte, sah er nicht in erster Linie zerstörte Gebäude, Ruinen und verbrannte Vegetation, sondern beobachtete beginnenden Wiederaufbau, neues Leben. Arbeiter bemühten sich, vergleichsweise leicht beschädigte Gebäude instandzusetzen, und viele Passanten waren unterwegs. Auf dem Platz unweit des Tempels hatten Ladeninhaber einen Markt improvisiert, und dort erklangen die Stimmen von Feilschern. In der Ferne ragten auberginefarbene Berge auf und boten einen so herrlichen, geradezu atemberaubenden Anblick, daß sie wie ein kunstvolles Gemälde wirkten.

Sisko dachte daran, wie prachtvoll die Stadt vor der

Verwüstung gewesen sein mußte. Vielleicht konnte ihr die Zukunft neue Schönheit geben.

Vor dem Eingang des großen, steinernen Tempels zögerte er kurz, bevor er in kühlen Schatten trat. Fast sofort erschien ein junger Mönch und verbeugte sich.

»Willkommen, Commander.«

Sisko lächelte und verneigte sich ebenfalls, wobei ihn der große Behälter ein wenig behinderte. Zum Glück sorgte ein Antigrav-Modul dafür, daß er fast nichts wog. Der Mönch drehte sich um und ging durch den Raum, in dem das Geräusch seiner Schritte dumpf widerhallte.

Der Besucher folgte ihm und stellte fest, daß sich der Tempel jetzt in einem wesentlich besseren Zustand befand. Die externen Wände wiesen keine Löcher mehr auf, und nun wurden die internen repariert. Nirgends zeigten sich Schutthaufen, und man hatte auch die zerbrochenen Statuen fortgebracht — vermutlich sollten sie restauriert werden.

»Commander Sisko.«

Kai Opaka trat aus der Dunkelheit, und jetzt glich sie der Frau aus dem Traum. Die Striemen waren aus ihrem Gesicht verschwunden, und sie hinkte kaum mehr. Allerdings benutzte sie nach wie vor einen Gehstock, als sie sich näherte. Sie lächelte ebenso offen wie Sisko. »Wie ich sehe, haben Sie uns noch ein Geschenk gebracht.«

Der Commander lachte und merkte verblüfft, daß er zum erstenmal seit drei Jahren richtig *glücklich* war. »Nein, Opaka. Ich gebe nur zurück, was ich von Ihnen empfing.«

»Kommen Sie«, sagte die Kai und drehte sich um. Sisko folgte ihr zu dem Hologramm, das einen glitzernden Teich zeigte, und anschließend suchten sie die geheime Kammer auf.

Opaka nahm ihm vorsichtig die Lade ab und stellte sie ins Regal.

»Vierzehn Planeten haben sich bereits mit uns in Verbindung gesetzt«, sagte Sisko. »Die Anfragen beziehen sich auf Handelsrouten durch bajoranisches Raumgebiet.«

Opaka nickte und wandte sich um. »Die Propheten sind sehr großzügig gewesen.«

Der Commander holte tief Luft und konnte es kaum abwarten, der Kai von den zeitlosen Wesen im Wurmloch zu erzählen. »Ich habe Ihnen viel über die Propheten zu berichten, Opaka.«

Sie winkte ab und bedachte ihn mit einem entschuldigenden Blick. »Überrascht es Sie, daß ich nichts davon hören möchte?«

Er wich zurück und fühlte sich enttäuscht, weil er sein Wissen nicht mit der Kai teilen konnte. Doch dann sah er die Sache aus ihrer Perspektive und lächelte verständnisvoll.

Seine Reaktion erleichterte die Bajoranerin. »Vielleicht war es deshalb einem Ungläubigen bestimmt, den Propheten zu begegneten. Man sollte niemals den eigenen Göttern gegenübertreten.«

Sisko nickte und seufzte, als er sich erinnerte. »Es war eine seltsame Reise ...«

Opaka trat einen Schritt auf ihn zu und berührte ihn am Kinn. Sanfte Finger tasteten über die Wange bis hin zum Ohr. Diesmal blieb Sisko entspannt und verharrte an Ort und Stelle. Er empfand keinen Schmerz.

»Interessant«, murmelte die Kai nach einer Weile. Und etwas lauter: »Es war erst der Beginn Ihrer Reise, Commander ...«

STAR TREK™

in der Reihe
HEYNE SCIENCE FICTION & FANTASY

Vonda N. McIntyre, Star Trek II: Der Zorn des Khan · 06/3971
Vonda N. McIntyre, Der Entropie-Effekt · 06/3988
Robert E. Vardeman, Das Klingonen-Gambit · 06/4035
Lee Correy, Hort des Lebens · 06/4083
Vonda N. McIntyre, Star Trek III: Auf der Suche nach Mr. Spock · 06/4181
S. M. Murdock, Das Netz der Romulaner · 06/4209
Sonni Cooper, Schwarzes Feuer · 06/4270
Robert E. Vardeman, Meuterei auf der Enterprise · 06/4285
Howard Weinstein, Die Macht der Krone · 06/4342
Sondra Marshak & Myrna Culbreath, Das Prometheus-Projekt · 06/4379
Sondra Marshak & Myrna Culbreath, Tödliches Dreieck · 06/4411
A. C. Crispin, Sohn der Vergangenheit · 06/4431
Diane Duane, Der verwundete Himmel · 06/4458
David Dvorkin, Die Trellisane-Konfrontation · 06/4474
Vonda N. McIntyre, Star Trek IV: Zurück in die Gegenwart · 06/4486
Greg Bear, Corona · 06/4499
John M. Ford, Der letzte Schachzug · 06/4528
Diane Duane, Der Feind — mein Verbündeter · 06/4535
Melinda Snodgrass, Die Tränen der Sänger · 06/4551
Jean Lorrah, Mord an der Vulkan Akademie · 06/4568
Janet Kagan, Uhuras Lied · 06/4605
Laurence Yep, Herr der Schatten · 06/4627
Barbara Hambly, Ishmael · 06/4662
J. M. Dillard, Star Trek V: Am Rande des Universums · 06/4682
Della van Hise, Zeit zu töten · 06/4698
Margaret Wander Bonanno, Geiseln für den Frieden · 06/4724
Majliss Larson, Das Faustpfand der Klingonen · 06/4741
J. M. Dillard, Bewußtseinsschatten · 06/4762
Brad Ferguson, Krise auf Centaurus · 06/4776
Diane Carey, Das Schlachtschiff · 06/4804
J. M. Dillard, Dämonen · 06/4819
Diane Duane, Spocks Welt · 06/4830
Diane Carey, Der Verräter · 06/4848
Gene DeWeese, Zwischen den Fronten · 06/4862
J. M. Dillard, Die verlorenen Jahre · 06/4869
Howard Weinstein, Akkalla · 06/4879
Carmen Carter, McCoys Träume · 06/4898
Diane Duane & Peter Norwood, Die Romulaner · 06/4907
John M. Ford, Was kostet dieser Planet? · 06/4922
J. M. Dillard, Blutdurst · 06/4929
Gene Roddenberry, Star Trek (I): Der Film · 06/4942
J. M. Dillard, Star Trek VI: Das unentdeckte Land · 06/4943
Jean Lorrah, Die UMUK-Seuche · 06/4949
A. C. Crispin, Zeit für gestern · 06/4969
David Dvorkin, Die Zeitfalle · 06/4996

STAR TREK™

Barbara Paul, Das Drei-Minuten-Universum · 06/5005
Judith & Garfield Reeves-Stevens, Das Zentralgehirn · 06/5015
Gene DeWeese, Nexus · 06/5019
Mel Gilden, Baldwins Entdeckungen · 06/5024
D. C. Fontana, Vulkans Ruhm · 06/5043
Judith & Garfield Reeves-Stevens, Die erste Direktive · 06/5051
Michael Jan Friedman, Die beiden Doppelgänger · 06/5067
Judy Klass, Der Boacozwischenfall · 06/5086 (in Vorb.)
Julia Ecklar, Kobayashi Maru · 06/5103 (in Vorb.)

STAR TREK: DIE NÄCHSTE GENERATION:

David Gerrold, Mission Farpoint · 06/4589
Gene DeWeese, Die Friedenswächter · 06/4646
Carmen Carter, Die Kinder von Hamlin · 06/4685
Jean Lorrah, Überlebende · 06/4705
Peter David, Planet der Waffen · 06/4733
Diane Carey, Gespensterschiff · 06/4757
Howard Weinstein, Macht Hunger · 06/4771
John Vornholt, Masken · 06/4787
David & Daniel Dvorkin, Die Ehre des Captain · 06/4793
Michael Jan Friedman, Ein Ruf in die Dunkelheit · 06/4814
Peter David, Eine Hölle namens Paradies · 06/4837
Jean Lorrah, Metamorphose · 06/4856
Keith Sharee, Gullivers Flüchtlinge · 06/4889
Carmen Carter u. a., Planet des Untergangs · 06/4899
A. C. Crispin, Die Augen der Betrachter · 06/4914
Howard Weinstein, Im Exil · 06/4937
Michael Jan Friedman, Das verschwundene Juwel · 06/4958
John Vornholt, Kontamination · 06/4986
Peter David, Vendetta · 06/5057
Peter David, Eine Lektion in Liebe · 06/5077 (in Vorb.)
Howard Weinstein, Die Macht des Formers · 06/5096 (in Vorb.)

STAR TREK: DIE ANFÄNGE:

Vonda N. McIntyre, Die erste Mission · 06/4619
Margaret Wander Bonanno, Fremde vom Himmel · 06/4669
Diane Carey, Die letzte Grenze · 06/4714

STAR TREK: DEEP SPACE NINE:

J. M. Dillard, Botschafter · 06/5115

DAS STAR TREK-HANDBUCH:

überarbeitete und aktualisierte Neuausgabe!
von *Ralph Sander* · 06/4900

Diese Liste ist eine Bibliographie erschienener Titel
KEIN VERZEICHNIS LIEFERBARER BÜCHER!